219626

10,000 lettres d'impression pour **1** centime.

BIBLIOTHÈQUE POUR TOUS

ILLUSTRÉE

ROMANS, HISTOIRE, VOYAGES, LITTERATURE, SCIENCES, ETC.

CHAQUE OUVRAGE COMPLET : **50** CENTIMES.

LES SOUTERRAINS
DE
SAINT-DENIS

PAR CLÉMENCE ROBERT.

Prix: 50 *centimes.*

60 CENTIMES POUR LES DÉPARTEMENTS ET L'ÉTRANGER,

PARIS

LÉCRIVAIN ET TOUBON, LIBRAIRES, RUE GIT-LE-CŒUR, 10

ET CHEZ TOUS LES LIBRAIRES DE PARIS, DES DÉPARTEMENTS ET DE L'ÉTRANGER

Publié par J. Lemer.

PARIS. — GUSTAVE HAVARD, BOULEVARD DE SÉBASTOPOL (rive gauche). — 1858.

BIBLIOTHÈQUE POUR TOUS

LES SOUTERRAINS DE SAINT-DENIS

PAR

CLÉMENCE ROBERT

I

INTÉRIEUR DE L'ÉGLISE.

Lorsque après une matinée brumeuse le soleil dissipe les nuages, l'intérieur de la basilique de Saint-Denis présente un magnifique spectacle. L'étendue s'éclaire d'une rapide lumière de couleur variée, le temple dévoile ses lignes majestueuses, les roses des croisées répandent les mille nuances aériennes de leurs vitraux et dessinent sur le pavé blanc leurs images prestigieuses. C'est l'heure où l'orgue se fait entendre ; le jour et l'harmonie conduisent la pensée jusqu'au fond du cœur, qui couvre les caveaux mortuaires où toute l'histoire de France est venue s'écouler dans les sépultures royales. Cet intérieur réunit toutes les splendeurs de l'espace : l'or et l'azur de l'horizon, la coupole du ciel, le cintre élancé des forêts ; la lumière est un arc-en-ciel, le vent une imposante musique. C'est ce qu'il y a de plus beau aux yeux, à l'ouïe, à la pensée... Et Dieu au-dessus de tout cela !

Ayant joui un jour de l'une de ces fêtes solitaires de l'église Saint-Denis, j'ai désiré demeurer, du moins par le souvenir, dans cette admirable enceinte, en écrivant une histoire simple et pure dont elle fut le principal théâtre, et qui m'est parvenue par une humble mais véridique tradition.

Le matin du 1er mai 1626, tout était en mouvement dans la petite ville de Saint-Denis : il y avait ce jour-là un concours d'événements tels qu'on n'en vit jamais dans le pays. Le roi arrivait, dans l'après-dînée, pour passer quelque temps de retraite au couvent des bénédictins, son entrée dans la ville serait de toute magnificence, et, avant ce moment-là, au coup de midi sonnant, une exécution du plus grand attrait, vu l'importance du condamné, devait avoir lieu sur la place publique, devant le péristyle de l'abbaye.

En conséquence, des préparatifs se faisaient de tous côtés. On pavoisait de guirlandes les rues où devait passer le cortége royal, on tendait de noir la place du supplice ; la hache et le billot se croisaient avec les instruments de musique ; la bière heurtait les corbeilles de fleurs ; le canon de réjouissance partait d'un côté, de l'autre les cloches tintaient le glas funèbre. La foule accueillait ces annonces de différents spectacles avec un même sourire de contentement, et si l'exécution n'eût heureusement précédé l'entrée triomphale, il y aurait eu un cruel embarras pour le choix du divertissement.

La rumeur s'étendait surtout des alentours de la prison à la place de l'abbaye, et de là à la porte de Paris. Au milieu du bruit et de la foule agitée, l'intérieur de l'église conservait sa solitude et son calme religieux.

La basilique de Saint-Denis, vers laquelle s'était particuliè-

1

rement tournée la piété de Louis XIII, et où avait eu lieu peu de temps auparavant le couronnement de la reine Anne d'Autriche, venait de recevoir de nouveaux embellissements. Un magnifique autel de marbre blanc s'était élevé à la place de celui des Saints-Martyrs, que les guerres religieuses avaient fort endommagé ; de précieux travaux avaient ajouté à l'antiquité de l'édifice de modernes ornements.

Il s'y trouvait seulement à cette heure quelques artistes méditant sur leurs travaux accomplis dans un grave silence.

De ce nombre, et le premier entre tous, était un jeune statuaire déjà célèbre, Karl-Jules Sarrazin. Il avait exécuté les bas-reliefs du monument érigé au saints patrons de l'abbaye, avec un art encore admiré aujourd'hui. Depuis plusieurs mois son travail le retenait dans cet intérieur, et il achevait en ce moment la restauration de quelques précieux morceaux de sculpture.

On s'occupait aussi de décorer la basilique pour la cérémonie de la consécration du nouvel autel des Martyrs, à laquelle le roi devait assister, et quelques personnes veillaient à ces soins.

Berthe, la fille du sacristain, était une des plus attentives et des plus habiles à parer et fleurir les chapelles : car cette belle enfant n'avait pas dire été élevée dans l'église, où son père exerçait ses fonctions depuis plus de trente ans.

La jeune fille et le sculpteur se voyaient tous les jours dans la basilique. Qu'ils fussent occupés dans les chapelles les plus éloignées l'une de l'autre, que Sarrazin travaillât aux figures du portique et Berthe aux rideaux tendus au fond du chœur, ils finissaient peu à peu par se rencontrer et s'entretenir languement.

Ce jour-là, le statuaire réparait un beau groupe de marbre blanc de Germain Pilon, qui représentait saint Michel terrassant le démon, et qui se voyait alors dans la nef, entre la chapelle de la Sainte-Trinité et celle de Saint-Louis.

Karl-Jules venait de replacer une nouvelle tête sur les épaules de l'archange, qui avait perdu la première dans la guerre des huguenots. Un pied sur le socle de marbre, l'autre sur le genou de saint Michel, il mettait la dernière main à son ouvrage. Berthe était assise sur le piédestal, tout à côté du démon, et cousait une crépine d'or d'un de ces voiles de soie blanche qu'on pose sur les reliques. Le groupe de marbre s'augmentait ainsi de deux charmantes figures vivantes.

La jeune fille laissait tomber le voile sur ses genoux, oubliant souvent son ouvrage pour contempler celui du statuaire.

La figure de marbre se vivifiait sous la main de l'artiste. Berthe, après avoir tenu longtemps son regard fixé sur l'ange, croit-le voir s'animer, respirer et prêt à lui parler.

— Que vous êtes heureux, monsieur Karl, de faire de si belles choses ! dit-elle au statuaire. Ce n'est qu'un morceau de pierre et ça devient, quand vous le voulez, une figure divine qu'on adore à genoux...

— Il faut bien travailler pour en venir là, allez ! Depuis l'âge de seize ans, tous les jours que fait le Seigneur, je modèle de la terre glaise ou taille du marbre du matin au soir.

— Seize, vingt-sept : cela fait onze ans que vous travaillez.

— Oui, et les commencements ont été bien durs. Je n'avais point de parents, point d'existence, et comme la sculpture ne me rendait rien, je faisais de la menuiserie une partie de la nuit, pour avoir une livre de pain à manger le lendemain en taillant mes statues.

— Pauvre jeune homme !

— Ensuite je n'avais pas de quoi payer un maître, il m'a fallu apprendre seul... Apprendre à imprimer sa pensée sur la pierre, à donner un corps à cette image qui vous est apparue aux lumières de l'imagination, à mettre dans cet être de marbre le feu qui court, la vie... c'est à se désespérer cent fois, et à se donner au diable avant d'y parvenir.

— Mais vous aviez envie de devenir, célèbre ?

— Ma foi non ; j'aurais mieux aimé ne travailler que juste ce qu'il fallait pour vivre, et vivre pour jouir, pour me promener dans les champs, au soleil.

— Alors c'était l'amour de l'art qui vous possédait ?

— Pas trop non plus ; il m'aurait suffi, de ce côté, de contempler à mon aise les œuvres des grands maîtres, j'aurais trouvé mon bonheur tout fait.

— Eh bien ! quoi donc ?

— Oh ! c'est un secret que je ne veux pas dire.

Le sculpteur descendit du piédestal pour donner un coup d'affûtage à son ciseau ; il demanda un peu d'eau à Berthe, qui alla lui en puiser à la fontaine dans une urne d'agate de la chapelle, et il passa quelques instants le fin acier sur la meule, en regardant souvent à travers le jour sa lame affilée ; puis il retourna prendre sa place sur le piédestal.

Alors Berthe reprit :

— Vous alliez me raconter, monsieur Karl, comment vous étiez devenu sculpteur.

— Moi ?...

— Oui, vous me disiez que c'était...

— Au fait, pourquoi ne l'avouerais-je pas ?... C'était une idée d'enfant qui est devenue celle de toute ma vie.

— Eh bien ?

Le jeune artiste appuya nonchalamment son bras sur l'épaule de l'archange et laissa reposer son ciseau.

— Pendant mon apprentissage de menuiserie, dit-il, je travaillais avec mon maître à une cinquantaine de lieues de Paris, dans une maison de campagne que faisait construire un vieux seigneur, dont le manoir tombait en ruine, et qui était trop pauvre pour relever ce vaste bâtiment sur ses dimensions primitives. Nos établis étaient sous un hangar adossé à la nouvelle maison. Le maître du domaine venait tous les jours après son dîner, vers une heure, observer la marche de l'ouvrage ; il entrait dans les murs que les ouvriers achevaient d'élever, puis il passait dans notre atelier. C'était un homme d'une soixantaine d'années, à la face balafrée en tous sens, au teint cuivré ; un homme des anciens temps, portant toujours le pourpoint de buffle, le harnois de fer, le grand chapeau retroussé comme la moustache. Avec son costume militaire, son corps taillé d'une pièce, sa figure d'un brun sombre, le vieux chevalier semblait être déjà tout coulé en bronze pour la postérité...

— Et c'est la vue de ce monsieur-là qui vous a si bien inspiré ?

— Oui, car il amenait toujours avec lui sa fille, âgée de seize ans à peine, et l'une des plus belles créatures qu'on ait jamais vues sur la terre. Elle avait hérité de son père la force de tempérament, la résolution, la fierté ; une sève chaleureuse animait son visage ; le riche développement de ses formes, au milieu de sa grande jeunesse, pouvait donner aux yeux de l'artiste l'idée d'une beauté achevée... C'est pourquoi, sans doute, je la contemplais avec un indicible ravissement !... Chaque jour je la voyais venir, appuyée au bras de son père, par la grande allée de pommiers qui amenait de l'ancien château à la construction nouvelle ; ils restaient quelques minutes, puis s'éloignaient par la continuation de cette même allée qui, en tournant, allait se perdre dans les prairies.

— Ah ! je comprends maintenant, dit la jeune fille : vous avez essayé de la sculpture, pour avoir de cette belle demoiselle une image qui restât près de vous quand l'autre disparaissait dans les arbres.

Le statuaire avait en ce moment oublié son travail, et se livrait tout entier à ses anciens souvenirs.

— Oui, répondit-il, c'est cela : je prenais la terre glaise du bord de l'étang, le bois propre à la sculpture, ou bien quelques fragments d'albâtre apportés des décombres du château, et avec le moindre outil je modelais de toute façon la matière docile ; je cherchais la ressemblance de cette adorable figure qui me préoccupait, sans être jamais satisfait de mon ouvrage, mais tellement cette occupation m'était bientôt impossible de faire autre chose.

— Et elle, elle ne savait rien de ces essais ?

— Elle !... dans ce temps-là, ne m'avait jamais vu. Comment aurait-elle remarqué, dans un coin obscur, un enfant dont la veste de laine brune se confondait avec les amas de bois brut qui l'entouraient, dont la figure pâle et triste n'avait que deux yeux pour l'admirer ! Mais l'ouvrage fut bientôt terminé : mon maître me ramena à Paris. Lorsque je l'ai dit, je partageais mon temps entre la menuiserie qui me faisait vivre, et la sculpture que j'aimais. Je continuais à vouloir reproduire les traits que je ne voyais plus qu'en souvenir ; et, en cherchant vainement ce but, j'en atteignis un autre auquel je ne songeais pas. J'avais sculpté quelques figures qui me semblaient moins difficiles à exécuter que celles de mes rêves ; ces études se répandirent au dehors ; elles fixèrent l'attention de Thomas Bodin, qui me prit dans son école. Dès ce moment mon sort fut arrêté ; je travaillai six années avec ardeur et persévérance ; le talent arriva peu à peu ; ma réputation commença ; quelques travaux bien rétribués me fournirent l'argent nécessaire pour mon voyage d'Italie.

— Et que devint votre amour en voyage ?

— Il fut mon fidèle compagnon de route. Chaque moment consacré à mon art me rappelait la source où je l'avais puisé. Même au bout de quelque temps, le développement d'imagination, les leçons d'amour que donne le ciel d'Italie, firent une véritable passion de ce qui n'avait été qu'un simple instinct d'enfance, d'autant mieux que son objet presque inconnu, vague   plusieurs années de date, recevait de la pensée tous les charmes qu'elle voulait lui donner. Si bien que lorsqu'à mon retour, je parcourus une partie de la France, la vue d'une maison nouvellement bâtie, que j'aperçus au bout d'une allée de pommiers, me causa plus d'émotion que tous les grands monuments romains... et cette maison, grâce au ciel, je devais bientôt la revoir de plus près...

— Comment ?

— Peu de temps après mon retour d'Italie, les travaux que j'en rapportai, le patronage de quelques hommes puissants me firent obtenir le cordon de l'ordre de Saint-Michel ; cet honneur, très-rare à mon âge, fixa sur moi l'attention ; et de hauts seigneurs, curieux de célébrités naissantes, m'attirèrent à la cour. En ce moment Anne d'Autriche voulait faire faire pour sa salle d'Apollon, à Saint-Germain, les statues en marbre des quatre plus belles filles de sa noblesse, sous des emblèmes allégoriques ; elle jeta les yeux sur moi pour cet ouvrage, et je lui fus présenté. Lorsque j'appris le nom de l'un des modèles que la reine voulait me donner, cet événement de ma vie me sembla tenir du miracle : c'était elle que j'allais revoir ! elle, la source et le but de toute ma carrière !

La reine avait remarqué la beauté de cette jeune fille pendant un séjour de quelques mois qu'elle avait fait à la cour, et me chargeait de reproduire ses traits dans l'une de mes compositions. J'étais fou de bonheur à cette pensée ; mais au moment de l'exécution, le marbre manquait ; il ne restait plus de tout celui venu de Florence sous le dernier règne que de mauvaises veines, et je ne trouvais pas de matière assez pure, assez noble pour l'image que je devais retracer. J'allai en chercher en Italie ; la guerre était allumée sur la frontière, je traversai les champs de bataille ; la peste régnait aux portes de Florence, je traversai les cordons sanitaires ; j'enlevai les précieux marbres, et les ramenai avec moi en triomphe !

— Et enfin ?

— La jeune châtelaine était impérieusement retenue à la campagne auprès de son père ; j'allai passer trois mois dans sa demeure, bien accueilli par le vieux chevalier, dont l'orgueil était flatté de l'honneur que la reine faisait à sa fille. Elle, je la voyais tous les jours, toutes les heures, ayant pour devoir de la regarder, de lui dire, par chaque coup de mon ciseau qui traçait une image adorable, combien elle était belle... Le ciel m'inspira sans doute ; car l'œuvre que je rapportai à la reine fut celle de toutes les miennes qui obtint le plus de succès (1).

— Et, depuis votre retour, qu'avez-vous fait ?

— Mon Dieu ! j'ai travaillé ; j'ai eu de bons moments et de tristes déceptions, des joies bien vives et de ces découragements où on se sent mourir ; j'ai eu des partisans sincères, de cruels ennemis... tout ce qui fait battre le cœur... moins pourtant qu'un premier amour : j'ai été artiste, enfin, et me voilà.

— Et maintenant, à quoi pensez-vous ?

— Je pense au temps où j'ai vu le modèle de ma belle statue, et j'attends celui de la revoir encore.

— Vous êtes bien heureux ? demanda Berthe, qui écoutait avec une extrême attention.

Le sculpteur secoua tristement la tête.

— Heureux ! dit-il ; il est des moments où, si je pouvais changer mon cœur avec ma condition, je jetterais là le ciseau de statuaire pour me faire laboureur.

— Jésus ! est-il bien vrai ?

— On n'est jamais heureux, voyez-vous, qu'en restant dans l'ordre de la nature, et il n'est pas naturel, pauvre sculpteur qu'on est, d'aimer une noble dame, de porter un cœur de baron sous un sarrau d'ouvrier... J'ai travaillé onze ans pour m'élever jusqu'à elle ; elle ne m'a connu qu'artiste à la mode, décoré et bien en cour ; mais enfin, cet artiste est toujours ouvrier, ne pouvant avoir pour fortune que le salaire, pour blason que le talent. J'ai marché de toute ma force et je n'ai fait qu'un pas pour me rapprocher d'elle : toute ma vie ne suffira pas à combler l'intervalle qui nous sépare.

— Cependant vous l'aimez toujours ?

— Je n'ai été sculpteur que pour cela.

— Et elle, vous aime-t-elle ?

Karl-Jules feignit de ne pas entendre.

— Mon Dieu ! dit-il, voici l'angelus de midi qui sonne, et je n'ai plus que quelques heures pour finir cette tête.

Il reprit vivement ses outils, et les deux jeunes gens se retrouvèrent à leur première position dans le groupe de l'archange.

Karl-Jules Sarrazin était alors âgé de vingt-sept ans ; il avait déjà produit d'admirables compositions, sa fortune était en bonne voie.

(1) Les quatre figures dont il est question ici sont au nombre des ouvrages les plus appréciés de Sarrazin, et parfaitement décrites dans le livre de M. Alexandre Lenoir, sur le *Musée des Monuments français*.

Mais, jeune, vrai, naturel avant tout, il avait conservé ses manières dans toute leur simplicité. Il ne voyait point, dans sa position, ce qu'elle pouvait lui donner de relief et d'importance, n'appréciait la richesse que pour le bien-être, le talent pour la noble satisfaction de soi-même. Il y avait toujours en lui quelque chose du jeune apprenti menuisier, qu'un jour de loisir et une bouteille entre amis, sous un berceau de vigne, suffisaient pour rendre heureux.

Sa figure était le reflet de son caractère, vive, ouverte, gracieuse ; il y passait de ces belles et douces expressions qui écrivaient sur les traits bonté, candeur, franchise. La première fois qu'une jeune fille l'eût vu, elle lui eût confié ses chagrins d'amour ; dans un danger, un enfant ou un vieillard se fussent jetés à lui pour qu'il les sauvât. C'était une de ces natures sympathiques faites pour vivre en bonne intelligence avec le monde où elles sont envoyées.

Ses cheveux châtains rejetés en arrière, son front large et beau, la vivacité de ses yeux bleus, sa moustache gracieusement unie à sa barbe ondulée, lui donnaient un aspect agréable bien que l'ensemble de son visage, plus attrayant que régulier, manquât jusqu'à un certain point de cette empreinte d'élévation et de noblesse qui signale les êtres d'élite. Il était bon pour cette terre, et ne devait jamais y répandre que douceur et bienfaisance sur son passage.

Pour Berthe, la fille du sacristain, c'était l'enfant de la campagne avec ses belles couleurs, sa fraîche santé qui se développe à l'aise en l'absence de pensées, de sensations dévorantes, et ce naturel parfait qui tient lieu de grâce dans les êtres incultes.

Elle portait une coiffe de linon, une robe d'étamine bleue, collante au corsage et bordée au cou par la toile de la chemisette, dont les larges manches blanches retournaient aussi sur celles de la robe, relevées jusqu'au coude pour les travaux journaliers.

En regardant cette jeune fille, on lui trouvait de la ressemblance avec quelques-unes des saintes qui ornaient la basilique. Peut-être sa mère de Berthe, morte en lui donnant le jour, avait beaucoup contemplé ces peintures pendant une grossesse souffrante ; peut-être la jeune fille, les voyant dès l'enfance, s'était-elle en quelque sorte développée à leur image. Ses grands yeux bruns avaient la même candeur radieuse et inspirée, son front la même rêverie pieuse ; elle donnait à ses cheveux bruns, légèrement crépés, le même contour le long du visage, où ils décrivaient une ligne ombrée ; ses vêtements étaient longs et modestes, comme les robes de saintes, et elle prenait naturellement quelque chose de leur pose et de leur expression simplement divine.

Berthe n'aimait que son père, ne sortait jamais de l'église et de ses dépendances. La douce quiétude de sa vie se peignait dans toute sa personne ; cependant, au milieu du calme de ses traits, il passait quelquefois, et sans qu'on pût en connaître la cause, une animation brûlante ou une langueur profonde ; son regard se perdait dans l'espace, les roses de ses joues se changeaient en une mate tristesse. Elle était entièrement occupée du service de l'église, passait toutes ses journées à entretenir l'ordre et la netteté des sanctuaires, à faire des ouvrages à l'aiguille ou des fleurs artificielles pour les autels ; mais la jolie sacristaine, allant sans cesse de l'une à l'autre chapelle, et apportant en général de la grâce et du goût dans ses arrangements, avait parfois d'étranges distractions ; elle aurait, par exemple, posé la couronne de roses destinée à la Vierge sur une tête de mort, ou allumé un cierge devant le démon ; elle aurait, en faisant des fleurs pour les vases sacrés, mêlé ensemble les pétales de marguerite et d'œillet, les feuilles de jasmin et d'oranger... Enfin, quelque simple et naturelle que fût cette jeune fille, on ne pouvait la regarder sans qu'elle inspirât une espèce de curiosité.

On entendait déjà en ce moment le bruit retentissant des marteaux qui bâtissaient l'échafaud sur la place de l'église, et la rumeur de la foule qui se portait au lieu de l'exécution. Mais ces lugubres préparatifs ne pouvaient avoir d'attrait pour le sculpteur et la jeune fille, qui demeurèrent à leur place et ne tardèrent pas à reprendre leur innocente causerie.

— De quoi ai-je été vous parler là, mademoiselle Berthe ! dit Karl-Jules, revenant au point où la conversation avait été interrompue ; vous ne connaissez rien des chagrins du cœur, vous : vous avez toujours été paisible et sage, aux côtes de votre père.

— Oh ! oui, toujours ! répondit-elle en laissant jaillir un de ces regards ardents qui partaient parfois de ses yeux. Me voici, à vingt-deux ans, dans la maison où je suis née, et j'en bénis le ciel.

— Et l'amour n'est jamais venu vous y chercher ?

— Non, vraiment, et la preuve en est là, dit-elle vivement en portant la main à une petite croix de nacre qui pendait sur son sein ; voici la croix de ma première communion, une croix bénie par le saint-père. Si j'avais eu la plus petite faute à me reprocher, n'est-ce pas, il aurait fallu la quitter, je n'aurais pas pu la profaner en la portant quand je n'en étais plus digne? eh bien, elle n'est jamais sortie de mon cou...

— Vous si jolie! élevée dans ce village où viennent tant de beaux seigneurs de Paris, comment avez-vous pu vous préserver de toutes les séductions qui ont dû vous entourer?

— Je ne sais... ma sainte patronne sans doute veillait sur moi... Et puis, à défaut de l'éducation qui me manquait pour puiser de sages enseignements dans les livres, il me venait parfois des choses les plus simples comme des leçons qui se faisaient comprendre d'elles-mêmes... Tenez, un jour...

— Eh bien?

— Oh! ce n'est pas la peine de vous parler de cela.

— Ne vous ai-je pas tout dit, moi?

— Eh bien! un jour, le prince Gaston et deux de ses officiers, les sires de Rieux et de Tréville, vinrent à Saint-Denis et entrèrent par hasard dans le jardin de notre maison. Il y avait alors un rosier à mille fleurs qui venait d'épanouir; mon père cultivait cet arbuste avec le plus grand soin; il le touchait à sa tige que pour l'appuyer sur un tuteur, l'abritait de la pluie, de l'ardeur du soleil, et ne la découvrait qu'à la rosée. Un des jeunes seigneurs se mit à regarder aussi cette branche de roses, et, comme elle lui plut, il l'arracha, la respira une minute, puis la jeta flétrie sur le sable de l'allée, où les autres la foulèrent aux pieds. Je vis alors combien le même sentiment peut produire des effets contraires. Mon père et le jeune seigneur étaient également attirés vers cette plante : ils avaient tous deux le même sourire en l'approchant; mais l'un ne voulait que la conserver, l'autre venait de la détruire. Je connus en ce moment qu'il y avait l'amour qui soutient et protège, et l'amour qui tue, et je jurai de m'en tenir toujours à la tendresse de mon père et à l'abri de nos saints autels.

— Et les richesses, les plaisirs ne vous ont jamais tentée?

— Non : soleil de fortune amène trop souvent rosée de larmes.

— Vous ne passez jamais le seuil de cette enceinte; depuis trois mois que je suis ici, je ne vous ai pas vue sortir une seule fois.

— C'est comme vous le dites, monsieur Karl; j'ai tenu ma résolution et j'en suis bien heureuse.

Mais, en prononçant ces mots, le visage animé de la jeune fille peignait moins une douce tranquillité de conscience qu'une joie amère et triomphante.

Un son lointain de fanfare se fit soudain entendre à cet instant du côté de la porte de Paris, et ensuite dans un espace plus rapproché.

Le jeune sculpteur se demanda si ce n'était point déjà l'arrivée du roi qu'annonçait cette musique; puis, sans attendre sa propre réponse, il sauta de son piédestal, et, en deux bonds, fut sous le portail de l'église et dans la rue.

Berthe demeura d'abord immobile, l'œil fixé vers la porte, l'oreille attentive aux sons de la musique lointaine. Ses doigts lâchèrent son ouvrage, une espèce de terreur se peignit sur ses traits... Puis elle se leva lentement et marcha comme attirée par une force magnétique vers la sortie de l'église.

A peine eut-elle disparu, que des pas pesants retentirent au fond du chœur, tandis qu'une voix disait :

— Ne sors pas, ma fille, ne sors pas.

Un vieillard s'avança la tête baissée vers la place que venait de quitter Berthe, en répétant :

— Prends bien garde, mon enfant, à me désobéir, et à passer le seuil de cette porte.

Il vit l'ouvrage de Berthe tombé sur le pavé... Alors il leva les yeux, regarda de tous côtés, n'aperçut personne. Une expression d'inquiétude très-prononcée se montra sur le front du sacristain Boniface; il se dirigea, aussi vite que le poids de sa vieillesse lui permit, vers la place publique.

Mais, dans la foule agitée en ce moment de mouvements divers, qui courait d'un côté, s'élançait de l'autre, et entraînait chaque personne qui venait s'y joindre dans le courant général, le vieillard ne put rejoindre sa fille.

II

L'EXÉCUTION.

Nous allons maintenant retourner sur la place publique, en remontant de quelques instants le cours de la journée.

Nous revenons au moment où un héraut d'armes proclamait à son de trompe :

La condamnation à mort du seigneur Jean Fergus, baron de Plangi, atteint et convaincu de haute trahison envers la France et le roi.

La ville et les faubourgs, la plaine et la montagne étaient accourus à ce son, et encombraient longtemps d'avance le lieu de l'exécution. En ces jours de spectacle, les gens abandonnent leurs demeures et vivent, comme aux temps antiques, sur la place publique. Il s'y trouve bientôt des pourvoyeurs de toute espèce pour fournir à tous les besoins de la vie; aussi dans ce moment, les tables rondes des cabarets étaient sorties de leurs salles enfumées pour se ranger en cercle sous les auvents et les treillages, et l'on voyait se presser autour d'elles tous ceux qui avaient besoin de boire à double coup pour se désaltérer et pour charmer les ennuis de l'attente.

Non loin de l'échafaud, que couronnaient déjà le lugubre billot et la hache étincelante, était donc une joyeuse engeance qui, en attendant, fêtait gaiement la vie.

On sonnait la cloche Chasse-ribauds (1), qui avait la propriété de mettre en fuite les coupe-jarrets, tire-laine et garnements quelconques du pays, et pendant ce temps, ceux-ci tiraient jusqu'au mouchoir du sonneur. Des ménestrels, jongleurs et bateleurs amusaient aussi les assistants de leurs joyeusetés, en guise de prélude au grand spectacle qui se préparait.

Mais dans cette assemblée populaire, un homme avait plus de succès que tous les singes et pantins ensemble, et pouvait s'arroger, après le condamné, les honneurs de la journée. C'était une espèce de chevalier errant en retraite, qui avait autrefois servi sous les ordres du baron Fergus de Plangi, surnommé *l'Ennemi de Baradas*; il pouvait raconter en toute vérité comment le seigneur avait reçu ce surnom, ce qui lui coûtait si cher, et s'était même trouvé présent à l'affaire à la suite de laquelle le malheureux Fergus allait porter sa tête sur l'échafaud.

Aussi ce précieux historien était appelé à grand nombre de tables, où un gros vin noir lui était abondamment versé en retour de son éloquence. L'heure avançait, il n'avait plus qu'un petit nombre d'éditions à donner de son histoire, lorsque, avisant un grand garçon qui avait à sa table une montagne de gâteaux et une cruche formidable et une jeune et ronde fermière, il lui donna la préférence, et, dégageant son habit de toutes les mains qui le tiraient, vint s'asseoir à ses côtés.

Après un court préambule, il commença ainsi le récit obligé :

— Vous savez, mes amis, que le comte de Baradas...

— Oui, le favori du roi pour le quart d'heure, interrompit le grand garçon, un *marjolet* qui mange les grains de nos champs en pastilles d'ambre, et tond ses rubans et ses dentelles sur le dos du peuple-mouton.

— Que le comte de Baradas, dis-je, arrive de la Champagne dont il est gouverneur...

— Et c'est ce qui fait dire, interrompit encore l'homme aux gâteaux et à la fermière, qu'il nous vient de Champagne comme le vin mousseux et passera comme lui...

— Silence donc! dit la dame en poussant une brioche dans la bouche de son cavalier, voici les hallebardiers qui se rangent sur la place, et les tambours voilés de crêpe qui battent le rappel, nous n'aurons pas le temps d'entendre la fin de l'histoire.

— Je vais vous l'abréger, reprit le narrateur. C'était l'année passée, à peu près à pareil jour; le comte de Baradas parcourait pour la première fois son gouvernement de Champagne. Un soir, vers dix heures, il arrivait avec une suite nombreuse dans la petite ville de Plangi, au confin le plus desert de la province. Il suivait à cheval la grande route bordée de peupliers, lorsqu'il vit dans la contre-allée un homme qui portait un habit de cour, c'est-à-dire un habit soigneusement pourvu de toutes les marques distinctives de la noblesse, mais qui n'avait plus que l'âme et dont les trous au coude laissaient passer tout le bras; le personnage de si pauvre tenue, en passant du côté éclairé du chemin, montrait évidemment l'intention de se chauffer aux derniers rayons du soleil.

Le jeune comte le regarda en riant, et sans se soucier d'être entendu de lui, demanda à des habitants de Plangi quel était ce seigneur usé, déchiré, passé au soleil et battu par les vents.

Or, ce qui lui fut raconté, je vais vous le dire en peu de mots, et tout à l'heure, quand le bourreau fera tomber la tête du condamné, vous serez en connaissance avec lui.

Jean Fergus, baron de Plangi, comme beaucoup de gentilshommes de ces derniers temps, leva des troupes indépendantes

(1) Cette cloche était dans une petite église dépendant de l'abbaye, et avait le pouvoir de chasser les malfaiteurs du pays aussi sûrement que les autres éloignent la foudre.

avec lesquelles il s'amusait à faire la guerre pour son compte, allant de tous côtés piller, voler, rançonner les villages et détrousser les voyageurs sur les terres du roi ; mais au lieu de gagner à ce jeu, il dépensa toute sa fortune à de magnifiques équipements dont il se plaisait à parer ses bandits. Au bout de dix ans, il revint dans sa province, ruiné, perdu, et fut obligé de vendre toutes les terres qu'il possédait en Champagne pour combler une partie de ses dettes. Mais, aussi orgueilleux que pauvre, il voulut conserver sur ses anciens domaines un colombier de six pieds carrés, pour avoir encore le droit de porter le titre de seigneur de Plangi, et se retira dans cette espèce d'ermitage, où pendant plusieurs années il s'occupa exclusivement à l'étude de l'astrologie. Il était encore là, lorsque advint pour lui cette malheureuse soirée.

Après avoir donné les renseignements que je viens de vous transmettre au comte de Baradas, on lui montra à droite de la route, du même côté où était Fergus, l'étroite masure dans laquelle le seigneur retiré avait, disait-on, tourné en magicien.

Le gouverneur, qui ne pensait déjà plus à rien, arriva tranquillement à la maison de ville, dont les appartements étaient préparés pour le recevoir. Mais Fergus, lui, n'avait rien perdu des rires du jeune seigneur sur son compte et des impertinences faites à son habit.

Il se trouve sur la porte en même temps que le gouverneur, et comme celui-ci va passer le seuil, il s'avance fièrement en disant :

— A tout seigneur tout honneur ! je suis baron de Plangi, j'entre le premier.

— Baron de Plangi, répond le beau sire, c'est possible ; mais vous ne montrez plus votre seigneurie que faute d'avoir un cache-guenille.

— J'atteste le ciel que ma seigneurie est plus éclatante que la tienne, qui sort à peine de dessous terre.

— Vous faites bien de prendre le ciel en témoignage ; car c'est là maintenant que sont tous vos fiefs et domaines, monsieur l'astrologue.

— Si tu me reconnais ce titre à la haute science, c'est une raison de plus pour me céder le pas.

Le comte de Baradas se met à rire.

Après ces politesses qu'ils échangent en se toisant tous deux, le gouverneur fait un mouvement pour entrer ; mais Fergus le retient violemment par le bras.

Furieux de se sentir toucher par la main sale de cet homme, le beau seigneur lui sangle un coup de cravache par la figure ; et la force armée, prenant encore parti pour le gouverneur, entoure Fergus pour qu'il ne riposte pas.

Mais il était devenu tout à coup calme et froid comme marbre. Il passa seulement la main sur sa figure, d'où coulaient quelques gouttes de sang, et levant cette main, dit au milieu du silence qui régnait alors, car tout le monde était en grand émoi :

— Par ce sang, par l'outrage fait à ma pauvreté, je jure de faire celui qui l'a commis plus pauvre que moi.

— Tu jures l'impossible, s'écria Baradas, en jetant un regard de flamme et de dédain sur les haillons seigneuriaux.

— Oui, plus pauvre que moi ! répéta Fergus. Et il ajouta en montrant sa masure, qu'on distinguait encore dans le crépuscule : car moi, j'ai encore pour m'abriter ce toit de chaume où viennent chanter les oiseaux, où le soleil reluit ; et toi, après ta ruine, tu n'entendras plus que ton arrêt de mort, tu n'auras plus que six pieds de terre dans la nuit éternelle.

Cela fut dit d'une manière si profonde et si vraie, que nous tous qui l'entendions nous en sentîmes comme un certain frisson courir par tout le corps.

Puis Fergus s'arrachant avec une force calme des mains des gardes, s'en retourna à pas lents et graves vers sa demeure.

Le narrateur qui s'était souvent interrompu pour fêter le plat de gâteaux, parut en ce moment tellement absorbé par la consommation d'une tarte à la crème, qu'il pouvait bien en oublier la fin de l'histoire.

— Et puis ?... et puis ? s'écrièrent en même temps la fermière aiguillonnée par la curiosité, et le grand garçon qui craignait de ne pas en avoir pour ses pots de vins.

— Ah ! voici, reprit l'historien en arrosant la narration sur ses lèvres. Il y eut une brillante réception à la maison de ville et dans les divertissements de la soirée chacun oublia un moment la singulière collision qui avait eu lieu.

Mais lorsque le comte de Baradas se trouva seul dans la chambre qu'on lui avait préparée, il paraît que la scène de son arrivée à Plangi lui revint à l'esprit et lui bourrela la tête toute la nuit. Il a dit depuis à Roland, son page favori, que du fond de son alcôve il ne pouvait s'empêcher de regarder constamment à l'horizon une petite lumière qui brillait toute seule au milieu des ombres, et que d'après sa position, il jugeait être celle du pavillon de Fergus. Cette veille constante, immuable, qu'il savait occupée à méditer sa perte, avait quelque chose de poignant pour lui, surtout à cause de cette diable de magie que possède, dit-on, Fergus, et à laquelle, tout brave que l'on soit, on n'aime pas à avoir affaire.

Les menaces lancées par le baron de Plangi contre le favori de Louis XIII firent sensation dans le pays, où les allures étranges du solitaire occupaient déjà beaucoup l'attention des habitants. On ne l'appela plus dans la province, que l'*ennemi de Baradas*. Le bruit de cette affaire, le surnom donné à Fergus, arrivèrent à la cour. Vous pensez si le prince ressentit vivement l'outrage fait à son premier écuyer !... Il en changeait à vue d'œil, il en perdait son royal sommeil.

Il envoya bientôt des hommes d'armes pour arrêter le sauvage baron de Plangi, et le mettre hors d'état d'exécuter ses menaces ; mais celui-ci avait déjà pris la fuite, et ce n'est que le mois dernier qu'on a pu s'en emparer et le conduire à Paris. Là son procès a été bientôt fait ; on l'a accusé et convaincu de trahison envers le roi, pour avoir levé des troupes et guerroyé en son nom sur le territoire français, crimes oubliés depuis dix ans ! et on l'a condamné à avoir la tête tranchée sans plus attendre... Mais personne ne doute du véritable motif de cette condamnation : le roi donne à son favori, comme un jouet de plus, la tête du dernier héritier d'une illustre maison.

Par quelque raison d'État, on n'a pas voulu que l'exécution eût lieu à Paris ; et on a choisi Saint-Denis comme l'endroit le plus près pour ne pas retarder le supplice. Le criminel a été remis hier soir à la nuit aux agents de la prévôté, avec ordre de faire exécuter le jugement avant vingt-quatre heures.

L'aventurier finit là son récit, et fort à propos, car midi sonnait, et les archers faisaient rudement ranger la foule, d'où partaient déjà ces acclamations de joie qui accueillent à grand bruit le moment décisif.

Des soldats, qui avaient été de garde dans la prison, se trouvèrent auprès des personnes qui venaient d'entendre ces détails sur la vie du baron de Plangi : ce fut à leur tour d'être appréhendés au corps ; et, sans respect pour la hallebarde en exercice de ses fonctions, on les accabla de demandes.

— Et le condamné, disait-on, où est-il ?... va-t-il venir ?... pourra-t-on bien le voir ?...

— Quant à ce qui est d'arriver, il ne tardera pas... le voilà là-bas, au fond de la rue... derrière ces cordeliers qui portent des cierges de cire jaune... vous allez le voir. Mais il fait une triste mine !

— Le pauvre homme, il sent que son heure est venue.

— *Son heure*, si vous voulez ; cependant, de cette heure-là qu'on lui donne, il ne s'en soucie guère.

— Il a donc l'air bien malheureux ?

— Hier à la nuit tombée, quand ceux de Paris l'ont remis entre nos mains, il était fier et droit comme un prince ; il a écrit de la prison aux autorités pour demander seulement deux grâces : la première, que dans la publication qui serait faite à son de trompe de son arrêt de mort et de son supplice, on lui donnât le titre de seigneur de Plangi, auquel il avait toujours droit ; la seconde, qu'on lui envoyât de suite un confesseur, dont le secours lui serait nécessaire pour toute la nuit. On lui a accordé ce qu'il désirait, et ce matin, au lieu d'y mettre de la complaisance à son tour, quand on l'a éveillé pour l'amener ici (car il dormait du sommeil du juste, le misérable !), il a poussé de tels rugissements et distribué tant de ruades aux aides du bourreau, qu'on a été obligé de lui mettre incontinent un bâillon sur la bouche, afin que ses cris n'invoquassent pas les démons, et de lui lier solidement tous les membres.

— A vos rangs ! Portez armes ! commanda le capitaine.

— Ah ! ah ! le voici !... On le voit ! s'écria la foule.

Le condamné s'avançait en effet lentement, et sa haute taille permettait qu'on l'aperçût de tous les points de la place. Jamais ce triste aspect de l'homme quittant le sol de la terre pour les fatales planches de l'échafaud n'avait été si saisissant.

Le désespoir était profondément empreint sur les traits du seigneur de Plangi. Un large bâillon couvrait une partie de son visage, et ce qu'on en voyait n'en montrait que mieux la terrible expression. Ses yeux lançaient des éclairs ; son front semblait le siège de l'indignation ; il y avait l'étonnement, la colère de l'être vivant en face de l'arrêt qui le condamne à n'être plus rien ; les efforts du criminel pour détacher ses mains, ou les soulever jusqu'à sa bouche dont il eût voulu arracher le bâillon, déchiraient ses poignets serrés de liens, et en faisaient jaillir le sang ; la douleur, la rage empreinte dans le désordre de ses habits, dans chacun de ses mouvements, faisait mieux ressortir ce qu'il y avait de rigueur implacable dans la justice humaine, et de barbarie dans le peuple attiré par le supplice.

Mais cette révolte de la vie contre le néant qui se montrait si visiblement dans ce condamné, ne semblait aux spectateurs que les manifestations de l'esprit infernal qui combattait en lui et eût voulu le délivrer. Aussi ce furent des acclamations de joie effrénées lorsque la hache se leva sur la tête de Fergus, penchée sur le billot.

En ce moment, un bruit retentissant de fanfares éclata du côté de la porte de Paris, les canons y répondirent; les nombreux *vivat* de la population répandue de ce côté retentirent dans l'air ; tout annonça l'arrivée du roi.

Ce fut au milieu de ce bruit de fête, de cette musique joyeuse que l'exécution s'accomplit. Aux deux premiers coups de glaive partirent des gerbes de sang et de fumée; au troisième, la tête, nettement enlevée, bondit sur l'échafaud, et alla rouler sur le pavé.

La curiosité étant pleinement satisfaite de ce côté, les longs courants de la foule se portèrent vers l'endroit où allait passer le cortège royal.

Dans cette précipitation tumultueuse, le rustique cavalier de la belle fermière se trouva heurter l'aventurier au long récit.

— Eh bien, dit en courant toujours le paysan, le bel écuyer du roi peut dormir tranquille, il n'a plus rien à craindre de son ennemi.

— Peut-être ! répondit l'ancienne connaissance de Fergus, avec un sourire narquois. Qui élève une tombe sur son chemin peut bien s'y heurter le pied et s'y casser le cou.

III

LE ROI.

Cependant le roi était encore assez éloigné; Sa Majesté ayant voulu faire une station à la *Croix Penchée* (1), qu'on remarquait alors sur la route de Saint-Denis, s'était quelque peu arrêtée dans sa marche. Il n'était encore arrivé à la porte de Paris qu'un héraut d'armes accompagné de trompettes, dont les sons avaient attiré la population de ce côté, et avaient fait sortir précipitamment de l'église, comme nous l'avons vu, le jeune artiste et la fille du sacristain.

C'était maintenant dans les rues de la Cordonnerie et de la Boulangerie que la foule était amassée et bien proprement rangée en deux haies par la lance des hallebardiers. Menu peuple, ouvriers, marchands, herbagères, lavandières, formaient une masse compacte devant le rez-de-chaussée des maisons, que surplombait alors l'étage supérieur, d'où pendaient en feston la palette du peintre, l'écriteau du logeur, la pancarte du pharmacien ; rustiques enseignes, qui étaient là comme des armoiries du peuple industriel placées au-dessus de sa tête.

Au premier rang, de l'un des côtés de la rue, se trouvait la fille du sacristain, sérieuse, immobile, tenant ses yeux ardemment tournés vers la porte de Paris, d'où étaient venus les sons précurseurs de l'arrivée du roi ; de l'autre côté, était le sculpteur Sarrazin, couvert de son sarrau de travail, qu'il n'avait pas pris le temps de quitter.

Il écoutait la conversation de ses voisines dans la foule, qui, ayant reconnu en face d'elles la jeune Berthe, médisaient quelque peu à son sujet pour faire passer le temps.

— Par quel hasard, disait une commère, la fille du sacristain est-elle donc sortie aujourd'hui?

— Voilà beau temps que cela ne lui est arrivé; elle se cachait comme une Madeleine pécheresse.

— Elle ferait aussi bien de n'en pas perdre l'habitude, car il y en aurait de belles à dire sur son compte...

— Oui, si on en savait quelque chose..., mais depuis un an on ne la voit plus dans le pays, et du reste on ne sait rien du tout.

— Si ce n'est qu'elle est toujours fraîche et jolie à croquer, répliqua un gros réjoui.

— Hum! les cerises rougissent pour que les oiseaux les mangent, dit le cabaretier de la *Renommée*.

— Vous savez donc ce qui lui est arrivé, vous, père?

— Chut! mon homme, interrompit sa femme; si tu sais de quoi il retourne, ne le dis pas... car le père Boniface a juré de rompre les os à qui parlerait de sa fille en bien ou en mal, et il tient sa parole, si bien qu'il a laissé l'autre jour Benoît Fergu étendu sur la place.

— Je le crois parbleu! le père Boniface est encore de bois vert quand il s'agit d'assommer.

— Alors, tiens-toi-le pour dit, et ne parle pas de la fillette.

(1) L'une des croix plantées sur la route aux endroits où s'arrêta saint Denis, et qui fut depuis célèbre par un miracle.

Le cabaretier obéit à sa femme, enchanté qu'on lui enjoignît de taire un secret qu'il ignorait.

Cependant Karl-Jules, qui avait prêté l'oreille à leurs discours, se disposait, en dépit de l'édit rendu par le père Boniface, à interroger ses voisins et à tirer d'eux le peu d'éclaircissements qu'ils seraient capables de lui donner au sujet d'une jeune fille qui l'intéressait vivement, et dont il entendait parler pour la première fois dans le village ; mais il en fut empêché par une clameur soudaine.

Des groupes d'enfants s'écriaient de toutes leurs forces, en battant des mains :

— Le roi ! le roi !

Ce n'était rien cependant qu'un courrier à cheval, mordoré, empanaché, enrubané, rayé de toutes les couleurs de l'arc-en-ciel, couvert de rosettes, de dentelles et de broderies, qui annonçait la venue de Sa Majesté.

Immédiatement après lui défilèrent les archers, les gardes du corps, les gardes suisses, les compagnies de mousquetaires et de hallebardiers.

Puis ces lignes de soldats s'étant écoulées, on vit au milieu de la route un cavalier monté sur un cheval blanc, et entouré d'écuyers et de pages.

C'était un jeune homme d'une haute et noble stature, à l'air martial et imposant, sous la recherche de parure la plus efféminée que le luxe et la mollesse du temps pussent inventer.

Avec sa jeunesse, sa beauté, ses amples vêtements blancs coupés de zones de pourpre, sa magnifique monture portant les mêmes couleurs, il aurait pu rappeler Alcibiade au milieu d'Athènes, éblouissant par son éclat redoutable, par son orgueilleuse puissance.

Il portait un pourpoint de satin blanc, au corsage brodé de dorures, dont les manches tailladées étaient entourés de lisérés d'or; de longues aiguillettes rouges mêlées de diamants tombaient de ses épaules; un baudrier couvert de pierreries et le cordon de l'ordre du Saint-Esprit se croisaient en sautoir sur sa poitrine ; son haut-de-chausse de soie blanche se terminait aux flots de dentelles qui sortaient de ses bottines en cuir blanc de Russie, garnies d'éperons d'or ; sa toque rouge enrichie de diamants et ornée de longues plumes, couvrait à demi son front, en laissant flotter ses cheveux noirs et brillants sur son col de dentelles précieuses; un long manteau blanc et or, bordé d'une bande de pourpre, était attaché sur son épaule droite ; à son côté gauche pendait une magnifique épée de ville à la poignée recouverte, incrustée de diamants.

Les feux de toutes ces pierreries étincelantes au soleil faisaient voir le jeune cavalier au milieu d'un cercle éblouissant de lumière.

Son cheval, dont la pelure était blanche et luisante comme la housse de soie brodée de pierres fines qui le couvrait, touchait à peine la terre ; il semblait ne sentir ni son frein d'or, ni les rênes de pourpre qui flottaient sur son cou, et se guider seulement sur la pensée de son maître.

Les officiers de ce haut personnage, rangés autour de lui et portant ses couleurs, étalaient la même magnificence ; ils étaient vêtus de brocart d'or et d'argent, coiffés de toques aux longues plumes, couverts d'armures étincelantes, et tous montés sur des chevaux pareils, dont les housses brillantes flottaient au vent.

A la vue de ce superbe cavalier, à la majesté de sa personne, au lustre éblouissant qui l'entourait, toute la jeunesse de la population répandue sur son passage se mit à crier avec enthousiasme :

— Le roi ! le roi ! vive le roi !

Mais, loin du maître et souverain de la France, ce n'était cependant qu'un jeune gentilhomme, du nom de Baradas, arrivé de Bourgogne avec la cape et l'épée, et parvenu rapidement, en montant de jour en jour, au dernier degré de faveur auprès de Louis XIII, au plus haut rang de fortune à la cour. Elevation merveilleuse dont les courtisans demeuraient étourdis. Cependant le comte de Baradas, au milieu de ces bruyantes acclamations, et dans tout l'éclat de sa beauté que la chaleur animait en ce moment de brillantes couleurs, conservait cet air d'insouciance et de fierté dédaigneuses, habituellement empreint sur ses traits, et cette expression de mélancolie sauvage et obstinée que n'avait pu vaincre le rare bonheur de sa destinée.

Il n'était donc pas étonnant que les jeunes gens, trompés par cette magnificence, et cette indifférence hautaine qui naît de l'habitude des grandeurs, saluassent du nom de roi le jeune favori. Et ce ne fut que lorsque ces joyeuses clameurs eurent cessé, que les vieillards de l'endroit, ceux qui avaient déjà vu souvent de semblables cortèges, dirent en montrant une voiture aux sombres couleurs, aux simples armoiries et aux stores baissés, qui avançait lentement :

— C'est là qu'est le roi!

Après le carrosse de Sa Majesté venait un groupe de jeunes femmes de la cour, montées sur de belles haquenées richement caparaçonnées. Ces nobles amazones étaient mesdames de Montbazon, de Rohan, de Bourbon, et autres également citées pour leurs charmes, leurs grâces et le goût admirable de leurs parures.

Suivaient des chaises à porteurs occupées par quelques douairières, telles que mesdames de Longueville et de la Rochefoucauld, qui venaient prêter leur patronage à cette brillante réunion de jeunes femmes.

Quelque remarquables que fussent les attraits de la plupart de ces dernières, les regards devaient être invinciblement attirés vers l'une d'elles, qui réunissait, aux charmes de la beauté et de la parure, une physionomie particulière et des manières marquées d'une gracieuse originalité.

C'était la comtesse Hélène de Guéménée.

Malgré la délicatesse de ses formes, la finesse de sa taille élancée, la blancheur éclatante de sa peau et la souplesse exquise de ses mouvements, tout en elle respirait la force, la fierté, l'indépendance; son maintien était décidé, ses grâces quelque peu cavalières.

Elle avait suspendu au pommeau de la selle son chapeau dont les longues plumes étaient destinées à ombrager son visage, ainsi que le masque dont les femmes se servaient alors pour garantir leur teint, et se plaisait à exposer au soleil sa tête nue, à sentir le vent passer dans ses cheveux. Elle regardait hardiment autour d'elle les figures grotesques qui se trouvaient sur son passage, et les montrait en riant à ses compagnes, sans s'inquiéter de la gravité de ce moment de représentation. Plus souvent fatiguée de la lenteur de la marche, elle faisait caracoler sa monture au bord de la route. Le léger cheval, fougueux et docile à la fois, volait, bondissait, arrondissait son galop, par instants recourbait la tête de côté, comme s'il eût voulu caresser le joli pied qui pressait ses flancs, puis relevait vivement son cou souple et nerveux. La belle cavalière, heureuse de voir autour d'elle le vaste horizon des champs; les yeux épanouis et les lèvres entr'ouvertes, aspirait avidement l'air et la lumière.

Le cortège était terminé par l'équipage de chasse de Louis XIII, qui devait, à ce voyage, aller courir le cerf chez le seigneur de Baradas, à qui appartenait le domaine de Liesse, près Saint-Denis.

Le grand veneur venait en tête, conduisant quatre cents gentilshommes vêtus de rouge, le fouet à la main et le couteau de chasse au côté; puis les officiers de chasse, la plume flottante sur le petit chapeau retroussé et boutonné d'or sous le menton, les piqueurs, les valets de chiens, les meutes choisies de Bretagne et de Barbarie,

Enfin les écuyers et les pages fermaient la marche.

En avant, on entendait les cloches de l'abbaye qui sonnaient à grande volée l'arrivée du roi; à la fin du cortège, la musique sonore de la chasse: ainsi des sons allègres et pompeux remplissaient tout l'espace où marchait la royauté.

Elle traversa sur la place de l'Église les décombres de l'échafaud, les tentures noires qui entravaient le chemin et que les hommes d'armes repoussaient à coups de hallebarde pour frayer le passage; puis arriva à la cour d'honneur du monastère, où dom Rubentel, grand prieur des bénédictins, suivi de deux cents moines portant des cierges à la main, vint recevoir le roi de France.

Quand le cortège eut défilé, la foule s'écoula à sa suite.

Cependant, dans la rue de la Cordonnerie, plusieurs personnes étaient retenues par un léger accident qui venait d'arriver. Au moment du passage du roi, la jeune Berthe, placée, comme nous l'avons dit, au premier rang de l'une des haies formées par la population de Saint-Denis, s'était trouvée mal. Elle était demeurée à demi étendue sur le pavé, entre deux femmes qui la soutenaient, mais qui ne pouvaient ni la faire revenir à elle ni l'emmener, à cause des masses compactes qui obstruaient toutes les issues. Maintenant elle commençait à sortir de son évanouissement, et quelques femmes charitables s'apprêtaient à la reconduire à sa demeure.

Pour le statuaire Karl-Jules, il ne s'était point aperçu de ce mouvement qui avait lieu en face de lui; il tenait ardemment fixés sur le cortège ses yeux, où l'on voyait éclater son âme tout entière; quand l'escorte royale avait défilé vers l'abbaye, il s'était attaché à ses pas, en prenant soin de se tenir caché dans la foule, et l'avait ainsi suivie jusqu'au péristyle du monastère.

IV

LE CLOÎTRE ET LA COUR.

Le roi et ses officiers sont reçus par le grand prieur et les pères bénédictins dans la salle du chapitre, et cet intérieur à la voûte élevée, aux grandes fresques bibliques, au silence religieux, présente en ce moment un aspect imposant.

Sur le siége abbatial, presque taillé en forme de trône, Louis XIII est assis devant une vaste table couverte des titres de l'abbaye; à droite du roi est le prieur, à gauche le comte de Baradas, premier écuyer; du côté de l'abbé se tiennent debout les pères supérieurs du couvent, et même quelques moines, qui portent le capuchon baissé; auprès du jeune favori sont les premiers officiers de la couronne: le duc de Ventadour, gentilhomme de la chambre; le marquis de Belleville, chambellan; le duc de Luynes, capitaine des gardes; le marquis d'Uzès, capitaine des archers; le baron de Charost, premier tranchant; au fond du cabinet, des gentilshommes et des pages.

Louis XIII est dans l'atmosphère qui convient à sa nature; aussi a-t-il dépouillé, dans ce moment, le nuage morose qui couvre habituellement son front, pour un visage serein, inconnu depuis longtemps à ses courtisans. Les images pieuses qui l'environnent plaisent à ses yeux; la tranquillité du cloître et sa lumière voilée soulagent ses organes affaiblis; il est soustrait pour quelques instants aux douloureuses dissensions de famille; il a déserté les affaires d'État; il se sent vivre au milieu des religieux; il pense à leur faire entendre les chants d'église qu'il a composés; il étudie la coupe élégante du froc des bénédictins pour s'en faire faire un semblable. Louis XIII est porté vers toutes les choses du cloître, car il y a entre eux une sorte d'analogie: le faible prince, comme le cloître de ce temps-là, a perdu le caractère de force et de génie de ses ancêtres, mais conserve encore au fond de l'âme la sainte poésie du passé.

Le comte de Baradas, le coude appuyé sur la table et la tête penchée dans sa main, dans une molle attitude où son brillant costume se drape harmonieusement, porte sur ses traits une altération qui tient de la fatigue, de l'ennui, et d'une autre cause plus profonde, et demeure absorbé en lui-même.

Pauvre gentilhomme de province, mais déjà connu à l'armée par de brillants faits d'armes, Baradas est venu à la cour occuper un modeste emploi dans la maison royale (1). Par un de ces caprices de cœur auquel il est sujet, Louis XIII s'est attaché spontanément à ce jeune homme; il l'a fait en six mois premier écuyer, gentilhomme de la chambre, capitaine de Saint-Germain, lieutenant du roi en Champagne, et le tient auprès de sa personne en si haute faveur que la cour n'en vit jamais de semblable.

Mais le favori a des ennemis nombreux et puissants. Car l'envie que doit soulever sa fortune bizarre, son caractère seul suffirait pour susciter l'inimitié autour de lui. Insouciant de plaire, il n'a point inféodé ses opinions et ses idées à celles de son maître, il n'a jamais que son humeur à lui, et en laisse voir les mouvements très-variables; s'il est triste et soucieux, il se montre ainsi, sans chercher à revêtir cette gaieté de convention que les gens de cour impriment sur leur visage, pour éclaircir et rasséréner l'atmosphère où vit le monarque.

Peu courtisan pour le prince, il ne peut se décider à l'être pour les grands, et son indépendance d'opinion montre hautement son mépris pour la politique étroite et basse des divers partis, son dégoût pour la vie molle et les amusements puérils de la cour. Appuyé sur sa fortune du jour et ne songeant point à celle du lendemain, il jette ses sarcasmes aussi mesurer la hauteur de ceux qu'il atteignent, et frappe d'estoc et de taille ces géants qui ont une massue cachée sous le manteau de cour.

Altier, absolu et froid dans toute relation, il reçoit les dons de la fortune avec une tranquillité si étrange qu'elle semblerait dire que toute faveur est trop peu pour lui. C'est qu'il y a au fond de sa pensée un secret qui pâlit et déflore tout l'éclat de sa destinée, et au fond de son cœur un sentiment dominant qui le rend insensible à tout bonheur qui ne vient pas de là.

(1) Page de la petite écurie.
« Il était peu souple, peu endurant, disent les historiens du temps en parlant de Baradas, et montrait ouvertement son dégoût pour les petitesses et ridicules de la cour. Il s'était fait ennemi de plusieurs gentilshommes, et surtout du baron de Charost et du marquis de Souvre. On ne sait comment avec ses défauts, il était parvenu à plaire à Louis XIII; mais le prince en était tellement épris, qu'il ne pouvait se passer de lui un seul instant; il était même jaloux des politesses qu'on faisait à son favori, et voulait qu'il n'acceptât rien d'autres personnes que de lui. »

Mémoires contemporains.

Cependant tout lui sourit jusqu'à cette heure. Le roi vient de le rappeler de son gouvernement de Champagne; et plus épris de sa personne que jamais, ne peut se passer de lui une minute et cherche tous les jours dans sa tendresse aveugle quelque grâce de plus à lui accorder.

On a étalé sur la vaste table de la salle du chapitre les chartres délivrées au monastère de Saint-Denis par les divers souverains de France; chartres dont quelques-unes sont si anciennes, qu'on les voit encore écrites sur ce papier d'Égypte, fait d'écorce d'arbre, dont on se servait aux premiers temps de la monarchie et dont le concours extraordinaire atteste la persévérante piété de tous ces rois, dont le premier acte, en arrivant au trône, est d'offrir la couronne de leur sacre au trésor de Saint-Denis, pour montrer que leur puissance même est tributaire de la souveraineté religieuse [1]. Le grand prieur a voulu disposer favorablement l'esprit de Louis XIII, en remettant sous ses yeux les témoignages authentiques de la foi de ses prédécesseurs. Il demande au roi de délivrer un édit d'après lequel le parlement et les chambres hautes seront tenus de prendre sous leur protection immédiate, et de garantir en toute circonstance le trésor de Saint-Denis, souvent en butte aux spoliations des archevêques de Paris et du souverain pontife lui-même [2], promettant de reconnaître cette faveur du monarque par le don de quelque précieuse relique, comme cela s'est déjà fait dans plusieurs occasions où une parcelle de l'os d'un saint est venue si largement payer les flots d'or et les larges domaines versés dans le giron de l'abbaye.

Louis XIII est trop porté de lui-même vers de semblables principes pour ne pas se rendre aux désirs des religieux. Il signe gracieusement les ordonnances qui lui sont présentées, et y ajoute de sa propre inspiration de nouvelles largesses.

À cet acte de piété et de munificence, les pères bénédictins viennent baiser la main du monarque, et un murmure d'admiration s'élève parmi les courtisans. Le baron de Charost, premier tranchant, qui pour toute langue ne connaît que la louange au roi, et pour toute louange ne sait qu'un mot, qu'il place régulièrement plusieurs fois par jour, comme l'horloge sonne les coups sans s'inquiéter où ils tombent, vient répéter sa phrase habituelle :

— Sire, vous êtes à tous si bon prince !

À peine les affaires religieuses sont-elles terminées, que les officiers de justice demandent à être introduits auprès de Sa Majesté.

À cette annonce, le comte de Baradas, qui était demeuré silencieux et indifférent à ce qui se passait autour de lui, sort subitement de sa rêverie.

On vient donner lecture à Sa Majesté du procès-verbal relatant l'arrestation et le supplice de Jean Fergus, seigneur de Plangi, dont ce jour, premier de mai, à midi sonnant, la tête est tombée au troisième coup de hache.

— C'est bien, dit Louis XIII, dont la satisfaction est complète au moment où il vient enfin de venger son favori par un acte de justice attendu depuis longtemps : j'ai puni cet abominable Fergus de tout le mal qu'il a fait, en même temps que pour celui qu'il a voulu faire.

— Oh! sire! vous lui êtes si bon prince! s'écrie le baron de Charost.

C'est en ce moment surtout que la fortune de Baradas triomphe de tous périls, réels ou imaginaires; autour de lui comme dans son âme l'atmosphère doit être sereine; tout ce qui aurait pu le menacer est désormais anéanti avec celui qui avait osé prendre le titre de son ennemi.

À deux heures, le dîner fut servi dans le réfectoire de la communauté. Le prieur, les pères du couvent et les premiers dignitaires de la couronne y prirent place auprès du roi; dans la salle voisine, une table fut dressée pour les officiers de l'escorte royale et les simples religieux. Il s'y trouvait aussi Karl-Jules Sarrazin, paré de son habit de cérémonie, sur lequel brillait l'ordre de Saint-Michel, et assis auprès des frères bénédictins, qui admiraient le jeune sculpteur pour son talent, et l'aimaient encore davantage pour son charmant caractère.

Les rafraîchissements du soir furent servis sous le cloître, dont les arcades s'ouvraient sur les magnifiques ombrages du jardin particulier des religieux.

[1] Après le sacre des rois à Reims comme après les couronnements de plusieurs reines qui eurent lieu à Saint-Denis, la couronne, le sceptre, la main de justice, le manteau royal, et enfin tous les attributs de la royauté tels qu'ils étaient couverts de diamants et de pierreries, appartenaient à l'abbaye de Saint-Denis. On y gardait même les chevaux qui avaient servi au cortège.
Dom Félibien, *Histoire de l'abbaye de Saint-Denis.*
[2] Édit rendu par Louis XIII.

Les femmes de la cour, qui avaient été reçues dans un bâtiment séparé de l'abbaye, purent être introduites alors dans l'intérieur. Ayant eu le temps de changer leurs habits de voyage, elles arrivèrent dans de riches toilettes, et suivies de pages qui portaient leurs pliants et leurs coussins de pieds.

On avait réservé pour cette collation les sorbets glacés et les sucreries qui se préparaient avec un art admirable dans la première abbaye de France. Le cintre du cloître, à la place qu'occupait la royale réunion, était tendu de draperies armoriées; des plantes précieuses couvraient les dalles; des arbustes s'élevaient au pied des piliers, et allaient jeter leurs tiges fleuries jusqu'à la sculpture élégante des chapiteaux.

Cet endroit était élevé de quelques degrés au-dessus du jardin, du fond duquel les principaux habitants de Saint-Denis, invités ce jour-là à l'abbaye, pouvaient jouir de la vue du roi. Le nombre de ceux-ci diminua peu à peu à la nuit tombante, de manière qu'il ne resta plus qu'un seul homme, parcourant les allées à pas lents, et à demi dérobé aux regards par l'épaisseur des arbres.

Sur un guéridon, placé devant le grand prieur, furent déposées les offrandes que lui faisaient mesdames de Montbazon, de Bourbon, de Longueville. C'étaient des ouvrages à l'aiguille, travaillés de leurs mains : des nappes d'autel, des aubes, des surplis ornés de délicates broderies et garnis de fines dentelles de Flandre.

Quand vint le tour de la comtesse de Guéménée, elle offrit à l'abbé Rubentel un beau faucon dressé par ses soins, et paré pour sa présentation de force clochettes d'argent et rosettes de rubans rouges et or, aux couleurs de l'abbaye.

— Ce présent m'est très-agréable, dit le prieur, étant invité à prendre part sous peu de jours à la grande chasse de Sa Majesté.

— Nous verrons alors votre savoir-faire, beau sire, ajouta-t-il en flattant le faucon qui se redressait sur son poing et le regardait fièrement.

— J'ai chargé ce bel oiseau d'avoir pour Votre Éminence la fidélité et l'empressement à la servir que je voudrais lui témoigner moi-même, dit la jeune comtesse.

— À propos, ma chère pupille, interrompit le prieur, votre année de deuil est finie, et voici le moment où je dois déposer entre vos mains les titres et actes testamentaires qui vont vous mettre à la tête d'une des plus belles fortunes du royaume.

— Vos soins paternels pour tout ce qui touche mes intérêts ont été si parfaits, répondit Hélène, qu'il me tarde peu de disposer de ces biens par moi-même.

— Cela serait possible, mon enfant, reprit le prieur, si, à ces biens que je dois vous remettre, il ne s'en joignait un plus précieux encore, la liberté; et celui-ci peut vraiment être apprécié par toute jeune fille sage, puisque le premier usage qu'elle doit en faire est de choisir un époux digne d'elle.

Soit pour réfléchir au grave sujet que ces mots venaient d'éveiller, soit pour ne pas occuper d'elle plus longtemps le noble maître du lieu, mademoiselle de Guéménée alla s'asseoir un peu à l'écart, sous l'arcade suivante, abritée par des touffes de citronniers et de lauriers-roses ; et le comte de Baradas s'y trouva bientôt placé près d'elle.

La comtesse Hélène, d'une famille illustre, mais peu fortunée, avait passé sa première jeunesse seule à la campagne, auprès de son vieux père, homme de haute vertu, mais d'une humeur rigide, à laquelle la retraite et les occupations agricoles coûtaient peu, et qui ne s'inquiétait point pour sa fille de l'ennui que pouvait amener cette étroite et monotone existence. La noble demoiselle avait cependant beaucoup souffert dans cette solitude pleine de privations et de tristesse.

Mais, depuis un an, son existence était bien changée. Une riche parente était morte en lui laissant ses titres et sa fortune, par des actes de donation déposés entre les mains de l'abbé de Saint-Denis. Peu de temps après, Hélène avait perdu son père ; la reine l'avait alors appelée auprès d'elle, et maintenant, attachée à la maison d'Anne d'Autriche, établie à la cour, elle s'y trouvait une des femmes les mieux favorisées de la naissance et de la fortune.

Elle avait pris tout d'abord l'aisance et la confiance en soi-même que font seuls largement donner ces avantages.

Hélène, d'une figure admirable, d'un port de reine, portant haut la tête et le regard, avait dans toutes ses manières l'assurance et le laisser-aller des femmes de haut lieu, qui, bien affermies dans leur rang par leur nom seul et leurs titres, n'ont pas besoin d'affecter l'aristocratie par la recherche et la pruderie de ton et de langage. Peu austère, peu dévote, Hélène était pleine de franchise, de loyauté et *raffinée d'honneur* comme le plus brave des braves. C'était plutôt vers les vertus de l'homme que vers celles de la femme que tendait sa nature;

on voyait que la liberté était son élément, et, à en juger par l'ardeur voilée qu'exhalaient ses grands yeux noirs, c'était surtout vers les penchants du cœur que devait porter son esprit d'indépendance ; mais si la hardiesse de son jugement lui faisait légitimer l'amour véritable, le sentiment de sa dignité personnelle devait le préserver toujours de faiblesses galantes.

En ce moment, laissant le roi parler théologie avec dom Rubentel, les dames et les seigneurs s'entretenir à leur manière de politique galante et musquée, elle se reposait dans la fraîcheur délicieuse qu'exhalait la douce soirée du cloître. Le comte de Baradas, debout près d'elle, un bras appuyé sur le dossier de son fauteuil, avait la tête assez près de la sienne pour que leurs paroles restassent entre eux deux.

L'homme qui était demeuré seul dans les allées ombreuses du jardin regardait souvent la comtesse Hélène à travers le feuillage, mais il ne pouvait apercevoir le grand-écuyer, dérobé à ses yeux par le pilier du cloître.

La première fois que mademoiselle de Guéménée aperçut ce promeneur solitaire, elle rougit vivement, et sembla le reconnaître, quoiqu'elle ne pût distinguer ses traits dans la pénombre du soir ; mais un léger sourire suivit bientôt ce premier trouble, et elle revint à l'entretien du comte de Baradas.

— Puis-je me flatter, madame, disait le jeune seigneur, de vous voir accompagner le roi dans son voyage au château de Liesse ?

— Je ne crois pas, répondit-elle ; Sa Majesté n'a pas encore nommé les personnes qui seront de cette chasse, et il se peut bien qu'elle nous laisse ici en dévotion, et n'emmène avec elle que ses gentilshommes de service et son premier tranchant.

— Il serait vraiment cruel d'être privé de la personne dont je désire le plus la présence, pour recevoir chez moi ce qui m'est le plus insupportable.

— Comment, le gros baron Charost !..... mais c'est un astre de la cour.

— C'est même le soleil, qui s'arrondit et s'empourpre à son couchant.

— Vous le détestez bien !

— Oh ! complètement.

— Il faut bien qu'il aille siffler dans les arbres de votre forêt que *Louis est un si bon prince !* pour l'apprendre aux hôtes de ces bois.

— Nul doute qu'il nous suive partout, car il est chargé de représenter la sottise et la nullité de toute la cour.

— Monseigneur, vous voyez tout sous le plus mauvais jour.

— Ou le plus vrai, c'est le même chose.

— Pour votre humeur misanthrope.

— Misanthrope, je l'avoue ; mais autrefois, cette humeur était pleine d'amertume, tandis qu'à présent j'y trouve souvent des charmes.

— D'où vient ce changement ?

— Depuis mon retour de Champagne, j'ai rencontré dans nos cercles une femme dont premièrement la présence suffirait pour embellir le séjour le plus repoussant...

— Ensuite ?

— Ensuite, dont l'esprit juste me semble partager ma répulsion pour les petites grandeurs et les grandes petitesses du monde où nous vivons.

— Et que vous en revient-il ?

— Oh ! tous les sentiments partagés ont de l'attrait : l'âme a besoin de s'appuyer dans ses impressions sur des impressions pareilles ; il n'est rien de si triste que de sentir seul ; mais quand on retrouve ses propres sentiments dans un être supérieur, on est fier, heureux, content de soi ; et cela vaut mieux encore que d'être content des autres.

— Et quel miroir magique vous a fait découvrir cet être supérieur ?

— Je n'avais besoin que de mon cœur pour vous voir.

— Moi ! mais vous vous trompez. Je danse le *quadrille* et la *pavane* comme toutes les autres femmes de la cour. Qui a pu vous faire croire que je ne leur ressemble pas ?

— Oui, en apparence, vous jouez, vous dansez comme tout le monde ; mais au fond on voit bien que vous n'êtes à rien de tout cela : vous vivez au milieu des habitudes, des passions à la mode, mais elles ne vous atteignent pas. Vous ne regardez pas la chance d'une carte comme le plus grand intérêt de la vie, vous n'avez pris aucun petit chien pour en faire votre idole, et je ne vous ai jamais vue en admiration devant un nain, comme tous ces gens qui, par sympathie, aiment ce qui est manqué et rapetissé dans la nature.

Le comte s'était assis sur un pliant à côté d'Hélène : ses paroles, quoiqu'elles s'appliquassent à un sujet plein d'amertume, étaient d'une douceur ineffable en s'adressant à la jeune femme. Le prestige de la grandeur et de la beauté entourait le chevalier célèbre par ses hauts faits, le favori du roi de France. En ce moment où sa figure était animée, et son costume reluisant de pierreries aux lueurs du crépuscule, il était vraiment éblouissant !... Hélène était sous la puissance d'un regard qui glissait de dessous des paupières à demi baissées ; elle sentait venir jusqu'à elle le souffle d'un sein agité... Elle regardait le beau seigneur avec une feinte indifférence, ses yeux levés sur lui voyaient l'émotion peinte sur ses traits, semblaient d'abord s'en étonner, puis la comprendre, et se baissaient alors troublés et humides à leur tour... Elle cassait une tige d'arbuste et en détachait les feuilles, qui tombaient sur sa robe et sur le manteau du comte.

— Quand il serait vrai, dit-elle, en répondant aux observations faites sur son caractère, les travers de ce monde qui vous entoure blesseraient-ils moins vos yeux et votre âme ?

— Je vous l'ai dit, une heureuse fraternité de sentiment, qu'on rencontre avec une seule personne, compense par sa douceur tout ce qu'il y a de répulsion et d'amertume ailleurs. Tenez, l'autre jour, vous étiez au cercle du roi lorsque le marquis de Souvré calomniait lâchement le prince Gaston, pour flatter la haine fraternelle de Louis XIII.

— C'était véritable flatterie de courtisan ; il mêlait des vipères aux fleurs qu'il donnait à respirer à son maître.

— Je n'ai pas été maître de mon indignation...

— Oui, vous vouliez tuer le calomniateur, et avec tant d'empressement à terminer cette affaire, que vous l'avez provoqué en présence du roi, chose inouïe dans l'étiquette de la cour.

— Il a refusé le duel, que défendaient de misérables convenances. Alors j'ai souffert de voir tant de bassesse et de la voir impunie, j'ai souffert d'être dans ce monde d'où la justice de Dieu semble s'être retirée ; un désespoir sourd s'est emparé de moi... Mais vous étiez là, silencieuse, appuyée sur la balustrade de la fenêtre, où votre figure enchanteresse se dessinait sur l'azur du ciel ; j'ai vu vos yeux si beaux et si expressifs, qu'on y lit comme dans un livre ouvert, s'abaisser avec un dédain profond sur l'homme de cour qui venait d'en montrer tout l'odieux caractère, et se relever sur moi avec une douceur fière, qui m'approuvait d'avoir montré un mouvement de cœur généreux, malgré la brusquerie et l'inconvenance qui l'avaient signalé. Soudain toute ma colère douloureuse s'est évanouie, je n'ai plus vu que vous ; je me suis réfugié heureux et consolé dans une âme semblable à la mienne.

— Il faut bien vous l'accorder, si vous y tenez tant.

— J'y tiens on ne peut plus.

— Pourquoi ?

— Parce que ce rapport d'esprit que je me trouve avec vous me sert à voiler un entraînement mille fois plus ardent et plus tendre.

— Alors, monseigneur, il vaut mieux le dénier.

— Sur mon âme, il n'est plus temps !

Pendant cet entretien, la comtesse jetait parfois ses regards au fond du jardin, et le frémissement des branches lui révélait la marche agitée de l'homme qui demeurait tard sous leur ombre.

— Vraiment, dit-elle au grand écuyer en le regardant, et en promenant ensuite ses grands yeux veloutés sous les arceaux du cloître, ce lieu est malséant pour de semblables discours.

— Au contraire, répliqua-t-il, c'est dans cette abbaye de Saint-Denis que nos preux venaient autrefois prendre l'oriflamme pour une entreprise chère et glorieuse ; laissez-moi y prendre l'espérance, véritable bannière d'or et de flamme qui brille devant nous pour assurer nos pas.

Tandis qu'un grave entretien se continuait dans le groupe du prieur et du roi, et que les propos d'amour suivaient leurs cours sous l'arcade de citronniers, le promeneur solitaire, parcourant les allées sombres, s'arrêtait aux points où une éclaircie de feuillage lui laissait apercevoir les personnes placées sous le cloître. La nuit venue, il regardait encore de ce côté, quoique en vain, et ne s'enfonçait brusquement dans les massifs que pour revenir brusquement sur ses pas.

C'était Karl-Jules, qui, depuis deux heures, restait invisiblement attaché à cette place. Le jeune sculpteur, tantôt livré à une profonde rêverie, tantôt à une agitation violente, demeurait quelques instants le front appuyé dans sa main, puis marchait à grands pas, gesticulait, frappait la terre de sa houssine, et, chemin faisant, se heurtait la tête aux troncs d'arbres, qui rectifiaient la direction de sa marche. Il se parlait surtout beaucoup à lui-même, et, dans la chaleur de l'entretien, quelques mots s'échappaient tout haut de ses lèvres :

— Elle ! disait-il, elle, si belle, si noble dame ; et moi, si loin d'elle, perdu comme un brin d'herbe sous ses pieds !... Et cependant, elle m'aimait autrefois... *Soyez noble*, disait-elle, *et je vous épouserai*. Oh ! j'ai bien gravé ces mots dans ma mémoire, pour ne pas les prendre plus tard pour un rêve trompeur.

Puis il allait et venait encore en tous sens et répétait :

— C'est bien facile à dire : *Soyez noble ;* mais que faut-il faire, mon Dieu ! faut-il épuiser tout le sang de mes veines pour y infiltrer un sang plus illustre ?... Je crois que je l'essayerai !... Voyons, la noblesse s'achète avec de l'argent, avec de longs travaux ; je n'ai qu'à amasser une grosse fortune et je l'achèterai ; je n'ai qu'à faire des chefs-d'œuvre, et le roi m'accordera des lettres de noblesse, comme il l'a déjà fait pour son peintre Simon Vouët, pour son sculpteur Thomas Bodin... Sans doute, mais ils avaient des cheveux blancs, et avant que j'en sois là, la résolution d'une femme a bien le temps de changer... Il vaudrait mieux renoncer tout de suite à cette chimère, et, par Satan, j'y tiens plus qu'à la vie !

Et il redisait encore ces mots qui lui étaient si chers, car, s'ils indiquaient un bonheur impossible, ils montraient du moins l'amour qui les avait inspirés :

Soyez noble, et je vous épouserai.

Il se sentit tiré par le pan de son manteau, et, à la faible lueur de la lune nouvelle qui perçait le feuillage, il aperçut, sans pouvoir distinguer ses traits, un moine bénédictin. Il le regarda d'un air de surprise ennuyée, qui signifiait :

— Que me voulez-vous ?

Le moine, pour toute réponse, lui tendit une main sèche et rude, et le conduisit dans l'épaisseur du massif. Arrivé là, il lui dit :

— Vous aimez la comtesse Hélène de Guéménée ?

Karl-Jules tressaillit en voyant qu'on n'avait entendu.

— Et elle vous aime, reprit le moine.

Le jeune homme se tut ; son interlocuteur continua :

— Si vous étiez noble, vous pourriez la posséder ; le voulez-vous ?

— Oui, sur Dieu ! s'écria naïvement le statuaire.

— Eh bien ! il en sera fait ainsi.

À ces paroles, le jeune homme sentit un léger frisson courir dans ses veines ; la singularité de cette apostrophe, la nuit noire, cette grande figure de moine qui se dressait devant lui, l'impossibilité de ce qu'on lui offrait, tout lui rappelait, en dépit de sa raison, les pactes contractés avec des esprits infernaux pour en obtenir des prodiges ; et il n'eût pas été très-surpris en ce moment de s'entendre demander son âme en retour du service qu'on voulait lui rendre.

Il n'en fut rien cependant ; le moine termina son apparition par ces mots d'une simplicité plus bizarre encore que le reste :

— Dans quinze jours, quand la lune sera à son dernier quartier, venez ici, à cette même heure, et vous serez noble et vous épouserez la comtesse Hélène.

— J'y viendrai, dit Karl-Jules.

Mais la forme sombre avait déjà disparu.

V

HÉLÈNE.

L'abbaye de Saint-Denis, sortant d'âge en âge de son bloc informe, est arrivée, au dix-septième siècle, au plus haut degré de splendeur. Sa façade, nouvellement restaurée, attire, par sa blancheur, les rayons du soleil sur ses belles sculptures ; sa flèche, si haute et si fine, semble vouloir percer l'atmosphère nuageuse de la terre pour arriver à l'azur éternel des cieux ; ses cloches, baptisées par le roi régnant, et portant le nom royal de *Louise*, font entendre, à une immense étendue, la voix de l'église chrétienne ; au-dessous du clocher, pour signaler son antiquité, on voit la statue du roi Dagobert, fondateur, qui, depuis dix siècles, se mire dans son ouvrage.

Le beau monument a eu bien des tribulations à soutenir avant d'arriver à cet état de prospérité. Deux fois pillé, ravagé par les barbares, ses abbés l'ont défendu le sabre au poing, le pied sur le rempart ; ils ont triomphé, et le farouche Rollon, le chef des Normands, est venu faire amende honorable à leur autel et leur demander le baptême. Dans le siècle qui vient de s'écouler, les huguenots lui ont fait souffrir des injures plus cruelles encore. L'église, à plusieurs reprises attaquée, envahie, dévastée, a été obligée de cacher les ornements, les reliques qui lui restaient encore, dans les profondeurs des bois et les cabanes des paysans. Enfin, la victoire lui est restée une seconde fois, et la générosité des fidèles est si grande, qu'en peu d'années elle a vu toutes ses pertes réparées.

Les bâtiments actuels joignent à la solidité la plus grande magnificence ; toute leur étendue est enfermée dans une en-

ceinte de murailles flanquées de tourelles. L'abbaye possède vingt-cinq villages, le cours de la Seine pendant neuf lieues, des fermes, des troupeaux en abondance, et une foule de monastères inférieurs relèvent de sa suzeraineté. Les bénédictins de ce temps ne sont plus de pauvres moines pâlis dans les austérités, jeûnant, priant, psalmodiant à la journée ; ils portent l'habit de chanoine ; leur front est fier, et leur mitre étincelante d'or et de pierreries ; ils abrègent les exercices de piété et prient à leur heure ; les veilles, les macérations, la retraite, le silence, sont autant de pratiques inconnues ; la chasse, le jeu, les assemblées mondaines leur font des passe-temps plus agréables (1).

Il y avait, sous le gouvernement du grand prieur, dom Rubentel, trente-trois prêtres, seize diacres, vingt-un sous-diacres, sept acolytes et un nombre infini d'autres moines.

Mais l'abbaye renfermait aussi un trésor inappréciable : c'était un simple diacre du nom de frère Arsène, qu'on appelait aussi l'*ange du monastère*, et qui était béni dans toute la contrée. Il vivait presque en ermite au milieu de ses frères ; il habitait seul une des tourelles attenantes à la muraille d'enceinte, et, excepté les jours de grandes solennités, il n'en sortait que pour porter des secours aux malheureux qu'on amenait au couvent. Nul ne savait son âge ; sa belle et touchante figure n'avait aucune altération, ses cheveux blonds, qui tombaient sur son froc, avaient la douceur et le brillant de la jeunesse ; cependant on citait de lui des traits de bienfaisance miraculeuse qui remontaient à une époque très-reculée. On disait qu'il conserverait toujours cette figure de beau jeune homme, parce que c'était celle que prenait autrefois saint Denis pour apparaître aux mortels, et que frère Arsène était chargé de continuer les œuvres de ce bienheureux sur la terre. Sa sagesse était si grande, que les pères du chapitre l'appelaient toujours au conseil ; on pensait même que sa sainteté lui donnait le don de lire dans l'avenir. Les pauvres, les infirmes, les insensés qu'on traitait au couvent étaient sous sa garde immédiate ; il souffrait avec eux et leur montrait le Christ. Sa figure, de la beauté la plus régulière, avait une indicible expression de sérénité et de mélancolie ; ses yeux bleus et limpides rayonnaient d'amour, car il y avait toute l'ardeur de la charité qui est l'amour en grand. On l'entendait souvent, la nuit, chanter dans sa tourelle en s'accompagnant du luth, et sa voix était aussi harmonieusement fraîche et pure que son visage.

Depuis près d'une semaine, le roi Louis XIII séjournait à l'abbaye, et on était arrivé au jour où devait avoir lieu la consécration du nouvel autel.

Il était encore de très-grand matin, et Sarrazin, déjà levé, s'occupait de sa toilette.

L'artiste habitait à l'abbaye le bâtiment appelé *Palais du roi*, parce que, de temps immémorial, il avait servi à loger les souverains qui visitaient le monastère. Ce n'était cependant, malgré ce nom pompeux, qu'un corps de logis formé d'un seul étage, surmonté de combles et flanqué de deux grosses tours liées ensemble par un balcon de fer qui traversait toute la façade. C'était dans l'une d'elles que Karl-Jules avait établi son domicile ; le rez-de-chaussée lui servait d'atelier, et la pièce supérieure de chambre à coucher.

Debout devant une petite glace de Venise, le jeune homme arrangeait ses cheveux avec le plus grand soin ; il songeait à la comtesse Hélène, au moine mystérieux, au pourpoint qu'il devait mettre ce jour-là... Sur les deux premiers points, il ne pouvait obtenir aucune solution ; sur le troisième, il se décida pour un habit noir simplement crevé de satin et garni de rubans cerise ; et y joignait tous les accessoires qui pouvaient faire ressortir son agréable figure.

Depuis que le roi était à Saint-Denis, il avait fait une retraite ; on ne l'avait point vu au dehors ; les dames de sa suite gardaient également leur appartement. Pendant tout ce temps, Karl-Jules avait été impatient et rêveur dans le cours de ses occupations, quittant plus tôt le travail, comme pour hâter la fin de la journée, et, dès la nuit venue, allait passer de longues heures à errer autour du bâtiment habité par les nobles voyageuses. Mais, ce jour-là, on devait consacrer l'autel des Martyrs, et, dans la solennité qui se préparait, l'artiste

(1) Voici comment dom Félibien, chanoine de Saint-Denis sous Louis XIV, parle de l'état de déchéance morale où était tombée l'abbaye avant la réforme du cardinal la Rochefoucauld.

« L'ordre de Saint-Benoît, autrefois si vénéré par toute la France, était arrivé peu à peu à un grand relâchement, sans qu'on pût marquer d'autre cause à cette décadence presque générale que la fragilité humaine et l'injure des temps. La cupidité des derniers abbés n'avait cessé qu'augmenter le mal ; les supérieurs avaient avili leur ministère par le mauvais exemple d'une vie toute mondaine ; leur autorité méprisée n'était plus capable de retenir les inférieurs dans le devoir ; ils vivaient les uns et les autres sans règle et avec beaucoup de scandale. »

Histoire de l'abbaye de Saint-Denis, liv. VII.

était bien assuré de revoir, au moins de loin, mademoiselle de Guéménée.

Il en était là de sa toilette et de ses espérances, lorsque le vieux sacristain entra dans sa chambre.

— Monsieur Karl, dit celui-ci, ne pourriez-vous venir achever ces deux grandes figures du tombeau de Louis XII, avant qu'on ôte les échafauds pour la cérémonie ?

— Impossible, mon cher sacristain : on n'anime pas le marbre aussi vite qu'on allume un cierge.

— Ne pourriez-vous, au moins, mettre un bras droit au baron saint Martin, qui en a grand besoin pour tenir son épée ? et achever le buste de l'archange, que vous avez laissé fort étourdiment le jour de l'arrivée du roi, et auquel vous n'avez pas travaillé depuis ?

— Je suis très-peu disposé à travailler en ce moment, dit l'artiste en arrangeant le lacet de ruban de son pourpoint, ouvert en éventail sur une chemisette finement plissée ; le baron saint Martin se passera encore de son bras pour aujourd'hui ; quant à saint Michel, la moitié de son buste est achevée, et cela suffit, de nos jours où les anges ne se battent plus guère que d'une aile.

— Il faudra bien s'en contenter, dit le père Boniface en soupirant ; l'essentiel est que l'église soit bien en ordre, et, depuis quatre heures du matin, ma fille et moi nous travaillons à la faire nette et luisante comme un miroir.

— A propos de votre fille, mon cher sacristain, je la trouve, contre son ordinaire, un peu pâle et changée : il me semble qu'elle n'est pas bien remise de son indisposition de l'autre jour.

Car le sculpteur, sans s'être aperçu, dans le moment, de l'évanouissement de Berthe, en avait entendu parler depuis dans le village.

— Ma fille, dit Boniface en se redressant et en secouant en arrière ses longs cheveux blancs, qui a dit que ma fille se fût évanouie ? qui a osé avancer cela ? quelques méchants comme il y en a tant dans le pays. Oh ! les mauvaises langues ! voyez-vous, je leur arracherais la langue !

Karl-Jules regarda le sacristain avec étonnement ; il vit que, comme il l'avait entendu dire aux femmes du pays, le père Boniface était toujours prêt à se livrer à des voies de fait contre quiconque parlait de sa fille, même de la manière la plus indifférente. Il rompit sur ce sujet pour ne pas attrister le vieillard, dont les rudes sourcils étaient toujours froncés.

— Il n'y a rien de nouveau dans l'église ? demanda-t-il au sacristain pour qui ce lieu était le centre du monde.

— Toujours la statue qui branle.

— Qu'est-ce que c'est que la statue qui branle ?

— Se passe-t-il un seul jour, monsieur Karl, sans que les esprits surnaturels manifestent leur présence dans ce temple, qui est le théâtre naturel de leurs luttes ! L'autre jour, c'étaient les anges qui avaient apporté pendant la nuit un bouquet de roses blanches à la Vierge ; maintenant, c'est le maudit qui s'agite de toutes ses forces.

— Que fait-il ?

— Il veut renverser la statue de saint Bonaventure... Ne riez pas : voi... deux fois qu'étant rentré par hasard dans l'église, après ma ronde du soir, j'ai vu, et mes yeux sont encore bons, je vous jure, j'ai vu cette grande statue trembler dans toute sa hauteur et vaciller comme une colonne dont un démolisseur frappe la base.

— Et qu'avez-vous fait ?

— Le signe de la croix, et je me suis retiré... Il n'eût pas fait bon rester là davantage... Mais, adieu, je vous quitte bien vite, car j'ai encore beaucoup à faire là-bas... Ne manquez pas de vous trouver à la cérémonie.

— Non.

— Ce sera magnifique ; le roi portera les reliques, et les dames feront la procession en manteau de cour.

— Oh ! j'y serai.

— Et puis, vous ne savez pas, le roi a parlé de vous ; il est enchanté de vos bas-reliefs ; il veut vous voir après la cérémonie, et vous commander un ouvrage important. Le père Colletet et le père Doublet, qui sont fort dans les bonnes grâces de Sa Majesté depuis le sacre où ils étaient députés, le disaient ce matin d'un air tout joyeux, car ils vous aiment comme leur enfant... Mais il faut vous laisser le plaisir de la surprise... Bonsoir, monsieur Karl.

A deux heures, les cloches annoncèrent la solennité de ce jour.

Karl-Jules fut un des premiers à se rendre à l'église. Il vit arriver en même temps le roi et sa suite par le grand portail, et les religieux par la porte du chœur. Ceux-ci se rangèrent dans le cintre du chevet. A la suite des robes brunes, le sculp-

teur vit apparaître, tendant sa jolie tête, Berthe, plus charmante que jamais dans ses habits de fête ; mais son père, l'apercevant en même temps, pressa le pas de ce côté d'un air d'inquiétude, et la fit promptement retirer.

De la manière dont Karl-Jules était placé, à droite du maître autel, ses regards pouvaient se porter également sous le dais où étaient placées les dames de la cour, et dans le sanctuaire des religieux.

Mademoiselle de Guéménée fut moins troublée que la veille, en voyant le jeune artiste ; elle le regarda même, plusieurs fois, avec calme et douceur ; et lui demeurait enivré par la douce contemplation qui lui était permise.

Cependant, quelle que fût l'attache qui le retenait de ce côté, il en portait parfois ses yeux et sa pensée pour les promener dans les rangs des moines, assis dans leurs stalles de chêne, et parmi lesquels il s'efforçait de reconnaître son singulier protecteur.

En même temps l'aspect de cette longue file de moines, aux capuchons baissés, attirait sa rêverie, et il se disait :

— On ne sait quel visage cache cette laine sombre, percée seulement de deux trous pour laisser passer le regard ; l'ampleur de la robe, d'une étoffe épaisse, dérobe même les formes de la taille. Là peuvent se trouver également la force, la jeunesse, brisées subitement par le malheur, ou la vieillesse conservée saine et verte par la paisible existence du cloître ; l'homme pour qui la claustration est un supplice ; et celui qui bénit chaque jour un abri hospitalier ; l'âme dégoûtée des grandeurs du monde, qui n'a trouve digne d'elle que la grandeur du sacrifice, et a quitté l'habit doré pour le froc de bure, ou bien la pauvreté paresseuse qui veut se repaître à l'aise de l'oisiveté. Il y a là, à côté l'un de l'autre, des êtres qui étaient trop purs pour vivre sur la terre, et d'autres qui étaient trop criminels pour s'y montrer... Que cache ce capuchon ? On n'en sait rien ; mais souvent le dernier degré de vertu ou de vice : toujours des extrêmes ! Ce voile sombre, uniant tant de diversités, ce linceul impénétrable jeté sur des êtres vivants, est le plus imposant mystère de la tombe.

Mais lors même que ces hommes eussent été à visage découvert, Karl-Jules n'aurait pu y distinguer son démon tentateur, dont il n'avait pas même aperçu les traits dans l'ombre : c'était donc en toute inutilité, et malgré lui-même, qu'il restait livré à cette observation.

Cependant la cérémonie suit son cours, et le service divin présente vraiment, à cette heure, un spectacle éblouissant.

Le maître autel est un immense bloc d'or et de pierreries (1). La devanture, de vermeil massif, représente l'enfant Jésus dans sa crèche ; le rétable est or ou couvert de diamants ; le saint sacrement repose dans une custode semblable, taillée à jour ; au milieu s'élève la grande croix, portant des épis de blé et des grappes de raisin en pierres précieuses, pour représenter les deux espèces sous lesquelles le prêtre communie ; à côté, un crucifix plus précieux encore renferme un fragment de la vraie croix, et a été travaillé par les mains du pape Clément III ; le calice est formé d'une seule agate ; les flambeaux et autres ornements ne sont qu'or, perles et pierreries. Les cierges, allumés à toute hauteur, enveloppent l'autel d'un réseau merveilleux de lumière.

Au-dessus, des rideaux de brocart se relèvent, laissant voir comme une digne couronne à tant de splendeur, la bannière de l'abbaye, à face d'argent, sur fond d'azur, avec six annelets d'or qui n'appartiennent qu'aux rois de l'Église.

Des chanoines, en habits resplendissants, célèbrent l'office. Le frère Arsène dessert l'autel, montrant, au milieu de ces richesses de la terre, l'ineffable beauté du ciel répandue sur son angélique figure. Autour de lui, de jeunes diacres versent des flots d'encens et de fleurs.

Le pavé, de marbre et de mosaïque, se déroule jusqu'à l'entrée du temple, où se trouve la magnifique cuve de porphyre qui sert de bénitier, et d'où s'élève, sur de majestueux pilastres, la tribune qui renferme le plus beau buffet d'orgues connu en France (2).

Et l'assemblée des fidèles qu'on voit dans cette cérémonie est formée du roi de France et de ses pairs, venant renouveler foi et hommage à la souveraine abbaye.

Vers le soir seulement, la foule s'écoula et les cierges s'éteignirent.

Louis XIII et quelques personnes de sa suite restèrent dans l'église pour juger des travaux nouvellement accomplis. Le roi adressa de nombreux éloges aux artistes qui les avaient exécutés, et Sarrazin eut une large part dans les témoignages de sa satisfaction.

(1) Voir le Trésor de l'abbaye de Saint-Denis.
(2) Construit par Jean Brocard, Flamand.

Avant de sortir, le prince se reposa un instant dans la chapelle de la Trinité, où se trouvent les ossements de saint Louis, derrière l'autel, l'effigie en pied d'Henri IV, et une colonne précieuse marquant la hauteur de la taille de Jésus-Christ.

Il y avait encore là des cartons de dessins appartenant à Sarrazin; cela rappela le projet dont il avait parlé aux pères bénédictins, et il fit appeler le célèbre statuaire.

Le roi était assis sur un antique siège de velours, devant les armoiries d'ébène dont les sculptures retracent des histoires bibliques; l'abbé était debout à côté de lui; le jeune artiste, à demi incliné, attendait ses ordres. De l'autre côté de la chapelle, le comte de Baradas et mademoiselle de Guéménée, montés sur un degré de l'autel, feuilletaient un ancien missel, dont les vignettes et arabesques offraient de beaux travaux de peintures, et se penchaient ensemble sur les pages coloriées. Il tombait d'une rosace élevée un jour voilé et recueilli, qui éclairait harmonieusement ces têtes parées des dignités du monde de la jeunesse et de la beauté.

— Monsieur, dit le prince à Sarrazin, nous vous avons déjà montré notre contentement des ouvrages que vous venez d'achever, et, pour mieux vous témoigner l'estime que nous faisons de votre talent, nous allons vous commander un travail auquel nous tenons infiniment, et qui demande toute l'habileté et la délicatesse de votre ciseau : c'est le buste de notre grand écuyer, le comte de Baradas, exécuté en marbre de Florence.

L'artiste, qui avait une jalousie universelle pour tous les grands de la cour, ses rivaux naturels auprès de la dame de ses pensées, en gratifiait plus particulièrement le comte de Baradas, coupable de plus de grandeur et de beauté que les autres; l'idée de reproduire ces traits qu'il détestait, de faire de son talent une flatterie de plus au favori, lui était insupportable; il maudit la fantaisie du roi et l'art qui allait le forcer de la mettre en œuvre.

— J'ai fait l'image d'Hélène, disait-il tout bas, il faut maintenant faire celle de cet homme pour pendant... Hélas! oui, il n'y a pas de bonheur ici-bas qui n'ait son triste *pendant*, quelque chose de douloureux qui le suive immanquablement pour être mis en regard.

Cependant il feuilletait ses cartons, montrait divers croquis à Louis XIII, afin qu'il choisît la pose, le mouvement, le style dans lequel il voulait que le buste fût exécuté; mais le roi demandait toujours de nouveaux modèles, ne trouvant rien d'assez beau pour cette tête de prédilection.

Le statuaire, pendant cette inspection, ne donnait au roi que l'apparence d'une attention respectueuse, ses regards dérobés se tournaient sans cesse vers l'autre face de la muraille.

Le premier écuyer et la jeune comtesse, groupés comme un peintre eût pu le désirer, avaient pris la même attitude dans une harmonie parfaite de mouvement : le pied posé sur le degré de marbre, le corps penché et le bras appuyé sur la table de l'autel, une main soutenant légèrement leur tête, l'autre placée sur le missel qu'ils regardaient ensemble. Ils avaient à peu près la même taille, élancée et majestueuse; leurs cheveux, également fins et luisants, prenaient les mêmes ondulations; leurs deux mains posées sur le feuillet antique auraient pu se confondre, tant elles étaient de la même blancheur, pure et transparente. Il y avait autour d'eux une émanation d'élégance, de mollesse et de grâce qui enveloppe les privilèges du monde d'une atmosphère indicible; le rayon le plus pur de ceux qui laissait tomber le vitrage colorié passait sur leurs fronts et semblait vouloir les réunir davantage, en les confondant dans sa lumière.

Leur conversation à voix basse et animée avait déjà parcouru mille sujets, car ils parlaient le même langage et s'entendaient sur toute chose. Grâce aux leçons de son père, Hélène connaissait très-bien les fastes de la noblesse française, l'histoire de ses preux et sa poésie; elle était forte et érudite aussi en matière de vénerie et de blason. Les termes consacrés de ces sciences se croisaient dans leurs phrases et en faisaient une langue à leur usage; leurs voix avaient les mêmes inflexions; les mots qui sortaient de leur bouche s'alliaient comme les anneaux d'une même chaîne; et souvent un discours interrompu n'avait besoin que d'un regard ou d'un signe pour s'achever.

A chacune de ces observations que faisait Karl-Jules, il sentait comme une lame froide dans son sein. Ces rapports naturels, cette entente parfaite entre deux êtres du même sang lui semblait devoir les lier invinciblement l'un à l'autre.

Le roi appela Baradas pour lui montrer le dessin qu'il avait enfin choisi, et Karl-Jules saisit ce moment pour se rapprocher d'Hélène; il alla prendre la place du comte.

Ils échangèrent d'abord à haute voix quelques paroles indifférentes.

Par suite des réflexions qu'il venait de faire, l'artiste se regardait lui-même auprès de mademoiselle de Guéménée, et sentait avec tristesse que tout ce qu'il avait remarqué en elle d'harmonie avec le comte était disparate avec lui. Lui, hélas! il parlait avec contrainte à la jeune comtesse; sa voix semblait rude, et il y avait des inflexions qui allaient, en quelque sorte, heurter celles d'un organe plus doux; il sentait que sa pose était vulgaire, et quand il essayait de la changer, elle devenait roide et gênée; sa main, qui reposait aussi sur la table de l'autel, était la main brune d'un travailleur, et elle eût rudement tranché de couleur en pressant celle d'Hélène.

Après quelques instants d'un silence plein de trouble, Karl-Jules murmura à demi-voix :

— Les pommiers sont bien beaux cette année.

A ces mots doués d'un pouvoir électrique, Hélène rougit vivement, et mit un doigt sur ses lèvres en regardant de côté les personnes qui étaient dans la chapelle.

— Ces paroles vous troublent, madame, dit l'artiste sans s'inquiéter de cette injonction au silence; elles vous sont pénibles peut-être... Mais quelque tristes que soient les impressions qu'elles vous causent, je dois m'en féliciter encore, puisque du moins vous ne les avez pas oubliées.

— Je ne pouvais jamais les oublier ni les regretter, dit-elle avec un accent de franchise et de sérénité.

— Ces mots rappellent le premier aveu d'un amour qui, depuis dix ans, remplissait mon âme, qui venait de naître dans la vôtre; et, plus tard, ces parcles consacraient les jours où il me serait permis de vous voir, où confiante et généreuse, vous ne craindriez pas de venir à moi pour être trop vivement attendue!... Maintenant, mon Dieu! quels mots magiques pourraient donc nous réunir!

— Je vous les dirai dès qu'il se présentera un moment de liberté, je n'en ai pas eu depuis mon arrivée.

— C'est vrai, les jours, les heures n'existent pas ici!... Il n'y a plus de matin, car le soleil ne vient plus vous éveiller pour que vous songiez à moi; il n'y a plus de midi où la chaleur vous amène reposer à l'ombre dans l'atelier du sculpteur; plus de soir, car l'obscurité ne descend plus pour vous conduire dans le chemin béni où j'attendais, à genoux, le bruit de vos pas, car, dans la même nuit, vous ne distinguez même plus un homme veillant sous vos fenêtres des troncs d'arbres du chemin... Dieu puissant! quelle heure est-il donc à votre cour ?

— Toujours minuit, l'heure du secret et du silence.

— Et de l'oubli.

— On ne dépouille pas une affection pour la cacher, on l'enfonce plus avant dans le cœur.

— Grâces soient rendues au ciel! dit Karl-Jules avec un soulagement délicieux, je puis donc encore espérer!

— N'espérez pas, c'est presque toujours se préparer de la douleur; ne craignez pas, ce serait me faire injure; attendez.

— Je vous reverrai ?

— Dans quinze jours.

Le roi sortait de la chapelle; la comtesse de Guéménée fut obligée de le suivre avant que le sculpteur eût le temps de lui demander quelques explications sur ces dernières paroles, qui le troublaient, parce que le terme qu'elles venaient de donner à ses espérances se rapportait, par une coïncidence bizarre, à celui fixé par le moine.

Karl-Jules, resté seul dans la chapelle, s'assit sur ce degré d'autel que venait de fouler Hélène, et pencha sa tête dans sa main.

Peu à peu revenait dans sa pensée tout le cours de sa vie : cette passion, née en même temps que son cœur, pour une femme qui ignorait même alors qu'il fût au monde, et qui pourtant avait tant influé sur sa destinée, avait tiré du bloc informe de l'ouvrier un artiste célèbre; puis ce temps plus heureux où il avait pu se présenter riche, honoré, tel que l'amour l'avait fait; où, toujours aimant lui-même, il avait pu être aimé à son tour; puis cette année d'absence, pendant laquelle la fortune d'Hélène avait grandi aussi, comme pour s'éloigner toujours de la sienne, et où il avait appris à ne plus compter sur un bonheur dont, en ce moment, il désespérait plus que jamais.

C'est qu'il venait de reconnaître qu'un obstacle plus insurmontable que celui du nom et de la fortune le séparait de mademoiselle de Guéménée. Un instant de cruelle comparaison l'avait éclairé. Il le voyait bien maintenant : la source originelle, les influences de la première éducation, mettent sur le front une empreinte indélébile qui dure autant que la vie. Si elle diffère entre deux êtres, il ne peut y avoir entre eux de lien parfait; l'amour peut vouloir l'oublier ou la nier, mais il en arrivera toujours malheur dans l'union éternelle, où les oppositions de nature deviennent si vite antipathie, brisement et mort.

Le jeune homme demeura assez longtemps dans ses méditations pour que la nuit vînt l'y surprendre.

Il ne restait plus qu'un petit nombre de fidèles agenouillés dans la nef. Le sacristain faisait sa ronde du soir, portant magistralement l'éteignoir placé au bout d'une perche, et procédant à l'extinction des feux, pour ne laisser allumée que la lampe du chœur, qui veillait toute la nuit.

En approchant de l'endroit où était la statue de saint Bonaventure, à gauche du chevet, près du tombeau des Valois, Boniface se baissait, et glissait à l'oreille des personnes en prière :

— Ne restez pas trop tard auprès de la statue qui branle, l'endroit n'est pas sûr... Je ne le dirais pas à d'autres, mais je connais votre foi et votre discrétion.

Il adressait à tout le monde la même recommandation. Les bonnes gens se signaient, et peu à peu chacun d'eux se retirait.

Le sacristain inspecta toute l'étendue de l'église ; n'y voyant plus personne, il en ferma les portes et s'éloigna, les clefs à la main.

Karl-Jules resta seul enfermé dans l'enceinte.

VI

BERTHE.

Lorsque le statuaire sortit de sa rêverie, l'église était entièrement obscure et déserte ; il se dirigea vers toutes les issues l'une après l'autre, et les trouva bien soigneusement closes par le père Boniface. Les fenêtres étaient inaccessibles ; il n'y avait aucun moyen de se faire entendre. La perspective de passer toute une nuit sur ce pavé nu se présenta à lui et fut fort mal accueillie : l'ennui, le froid, la fatigue qu'il allait avoir à subir lui pesaient et le glaçaient d'avance ; cette petite contrariété, qui venait pour ainsi dire le déranger de ses graves chagrins, lui était insupportable.

Il se mit à arpenter la nef en tous sens pour chercher une sortie, qu'il savait cependant bien ne pas trouver, et alla se heurter partout à des portes fermées.

Dans cette ronde inutile, il passa devant le marbre colossal qui représentait saint Bonaventure, debout, et tenant à la main les Mémoires qu'il écrivit après sa mort. Il avait vu cent fois cette statue, qui était d'un travail médiocre, sans y donner d'attention ; mais, en ce moment, il se rappela ce que le sacristain lui en avait dit, et elle lui inspira, en dépit de lui-même, une certaine curiosité. Il croisa les bras, et l'examina d'un air qui semblait lui demander raison des bruits répandus sur son compte.

Dans le clair-obscur où elle se trouvait, la figure de marbre jaunie par le temps semblait grandir et se montrer plus imposante. Le léger balancement de la lampe, suspendue par une longue chaîne à la voûte, donnait de la mobilité aux ombres et aux lumières répandues sur la surface ; et ce mouvement ondulatoire pouvait ressembler aux frémissements du marbre lui-même.

L'artiste sourit et pensa combien il fallait peu de chose pour accréditer une superstition, puisque cet effet de lumière qui avait trompé Boniface allait sans doute s'établir comme un prodige dans tout le village. Il s'éloignait déjà de cet endroit, lorsqu'à un dernier regard jeté sur la statue, il crut la voir trembler et se mouvoir. Un rapide frisson passa dans ses veines, car ce n'étaient plus les ombres mobiles, mais bien la figure elle-même qui, après un léger vacillement, s'était raffermie sur sa base.

Un bruit sourd et profond avait accompagné ce mouvement et cessé en même temps.

Cependant l'artiste, peu disposé à croire à un miracle, après le premier mouvement de surprise passé, fit bravement le tour de l'énorme piédestal pour découvrir une cause quelconque à cet effet bizarre ; mais il s'assura alors qu'il était parfaitement seul dans l'église, et que la statue, isolée de la muraille, ne pouvait recevoir d'impulsion d'aucun côté ; il se mit alternativement à tous les point de vue, et vint enfin reprendre sa première place.

Alors une oscillation plus forte que la première se fit voir, et le bruit semblable à un grincement de fer recommença. Karl-Jules jeta un cri d'invincible terreur ; la statue s'arrêta aussitôt, et tout rentra dans le silence.

Le jeune homme se rejeta en arrière, marcha à pas précipités dans l'église avec un effroi qu'il ne pouvait dompter, et aussi avec l'impatience d'un esprit fort qui se sent poussé à bout

par le témoignage de ses sens : Dieu ou Diable avait voulu le punir de son incrédulité.

L'emprisonnement passager auquel il se voyait condamné avait pris un aspect plus sinistre ; cette vaste solitude se remplissait pour lui d'impressions froides et pénibles. Tandis qu'il tournait toujours sur lui-même comme un loup pris dans un piége, son pied se heurta à un léger obstacle ; en portant la main à cet objet, il reconnut que c'était l'étui qui renfermait ses outils, et se souvint subitement que là dedans était aussi la clef d'une petite porte du chœur qu'on lui avait remise les premiers jours de son installation à Saint-Denis, afin qu'il pût entrer à l'église lorsqu'il le désirait, avant l'heure de l'ouverture. Il courut dans le chœur, s'approcha de la clarté de la lampe, trouva en effet la clef au milieu de ses outils, et sortit de ce lieu avec le plus vif contentement.

C'était l'heure de la retraite ; mais la soirée était magnifique au dehors ; et puis, agité, la tête brûlante, comme il l'avait en ce moment, le jeune homme pensa que ce n'était pas le cas d'aller s'enfermer dans son alcôve pour se retourner inutilement sur l'oreiller. Trop de choses l'occupaient : ne pouvant parler à personne de la plus importante de toutes, de l'incertitude poignante dans laquelle l'avait laissé son dernier entretien avec mademoiselle de Guéménée, il eut envie d'aller causer avec le sacristain, au sujet de la statue branlante, et de tirer de lui quelques indications qui pussent éclaircir ce fait merveilleux, d'autant plus qu'il se trouvait à la porte de la demeure de Boniface, située derrière le chevet de l'église, et que la lumière d'une fenêtre, transparaissant à travers l'épais feuillage d'un marronnier, annonçait que la maison n'était pas encore fermée.

Karl-Jules n'était jamais allé chez le sacristain ; il entra dans le jardin et prit au hasard un escalier extérieur au toit festonné de vigne vierge, et un étroit corridor qui lui offrit deux portes à son extrémité. Celle de droite était entr'ouverte, et, laissant passer de la lumière, semblait indiquer la chambre où veillait Boniface. Le jeune homme frappa du doigt contre le panneau. Cet avertissement ne reçut aucune réponse, mais produisit le même effet d'introduction, car la porte, à ce léger choc, s'ouvrit toute grande, et Karl-Jules se trouva bientôt au milieu de la pièce.

Ce ne pouvait être cependant que la chambre de Berthe, car elle portait la physionomie et presque le costume d'une jeune fille. C'était un petit carré long, tendu d'indienne bleue, avec une alcôve aux rideaux blancs.

En face de l'entrée était la cheminée, qui, transformée en autel, portait une vierge de cire, accompagnée de vases de fleurs, de châsses, de reliques, et de tous ces ornements religieux, chers aux pauvres d'autrefois, qui ne faisaient du luxe qu'avec la piété ; au-dessus, contre le mur, était un christ auprès d'un bénitier avec son rameau de buis, auquel pendait encore, comme une perle, une goutte de l'eau lustrale dont on s'était servi pour purifier la demeure ; à côté de la porte, un bahut de chêne sur lequel étaient posés un sablier et une lampe à main, de forme antique ; au milieu de la pièce, un rouet qui, bien que inactif, n'était pas inutile, car le bout de la quenouille soutenait une jolie coiffe, qui, dans cette position, ménageait ses rubans et ses dentelles, et la roue une gorgère posée avec la même précaution ; à gauche était la fenêtre ; à droite était l'alcôve avec ses rideaux pudiquement fermés.

Le sculpteur pensa que Berthe s'était couchée en oubliant d'éteindre sa lampe. De chaque côté de l'alcôve était suspendue, contre la chambranle, une cage dans laquelle deux chardonnerets dormaient la tête sous l'aile : c'était comme une garde d'honneur, formée de deux oiseaux, pour la jeune fille des champs. L'artiste voulait se retirer, mais il était retenu à sa place par ce battement de cœur invincible et doux qui se fait sentir à tout homme de vingt-cinq ans auprès d'un lit blanc et virginal.

Afin de demeurer encore, il se donna pour prétexte à lui-même d'écouter s'il n'entendrait pas, à travers les rideaux, le souffle du sommeil... Quelques légers bruits rompirent le silence... mais c'étaient les oiseaux qui, par instants, frôlaient de l'aile. Dans l'alcôve, rien ne se faisait entendre.

Karl-Jules souleva doucement le rideau ; la couche n'était point défaite, il n'y avait personne. En même temps, le jeune homme entendit la voix de Berthe, chantant doucement une ronde de village, son chant favori, qu'elle répétait souvent. Il regarda de ce côté, la chambre était vide ; on eût dit que l'âme seule de Berthe habitait cet endroit.

Enfin, dirigé par le son, il alla vers la fenêtre, ouvrit les courtines, monta sur la petite plate-forme qui était de plain-pied avec la croisée, et vit Berthe mollement couchée sur les grosses branches horizontales du marronnier qui rejoignait la plate-forme.

Elle n'avait plus qu'une jupe de laine, un corset collant sur son sein, des manches de chemise à ses bras; une de ses mains appuyait sa tête, l'autre retenait instinctivement les longs plis de son vêtement dont ses pieds étaient enveloppés. L'arbre, agité par le vent, la berçait doucement, en s'apercevant à peine de ce fardeau de plus à sa branche.

— Berthe, que faites-vous dans cet arbre? demanda Karl-Jules.

— Moi, je me chante une chanson pour m'endormir, répondit-elle tranquillement et sans témoigner la moindre surprise de la présence de l'artiste dans sa chambre.

— Pourquoi n'êtes-vous pas dans votre lit?

— Il fait trop chaud: c'est bien meilleur d'être couchée dans cette fraîche verdure et de respirer l'air du jardin qui sent le réséda et le chèvrefeuille.

— Mais vous vous exposez.

— Au contraire, dans ma chambre je me trouve seule, j'ai quelquefois peur sans savoir de quoi... Dans ce jardin, enveloppée de ces tiges fleuries, éclairée par les étoiles du ciel, je sens quelque chose qui me protège, qui veille sur moi... c'est comme une âme de mère répandue dans l'espace... Je sens cela sans pouvoir le dire.

Berthe était redevenue ce soir-là fraîche, souriante et d'une tranquillité que rien ne semblait avoir jamais troublée.

Karl-Jules, pour se trouver au niveau de la jeune fille, s'était assis sur la pierre de la plate-forme, les yeux fixés sur Berthe, le visage épanoui, les jambes croisées, dans tout le laisser-aller d'une attitude familière et commode.

Il avait déjà oublié la cérémonie, l'entretien du roi, la statue fantasque, il aurait peut-être laissé se voiler un moment d'autres pensées plus intéressantes encore, si le premier mot de Berthe n'était venu les rappeler.

— A propos, dit-elle en se retournant sur sa couche de feuillage et se mettant en face de son interlocuteur, je sais quelle est la belle dame que vous aimez : c'est la comtesse Hélène.

— Bah! répondit-il avec une naïve franchise, comment l'avez-vous deviné?

— Je me trouvais justement à la porte du chœur quand les dames de la cour se sont placées sous le dais, et je vous ai vu la regarder.

— Vous la connaissez donc?

— Non, mais j'ai demandé son nom à mon père, qui sait toujours quelles personnes accompagnent le roi... Vous devez être bien heureux d'aimer cette noble dame!... Et elle bien heureuse aussi; car vous l'admirez en l'aimant, ajouta Berthe avec un soupir.

— Vous oubliez ce que je vous ai dit l'autre jour, ma chère enfant, qu'il n'y a pas de bonheur en amour en aimant ailleurs que dans sa sphère, et en portant ses désirs sur un objet trop élevé. Votre condition, votre existence de chaque jour vous attachent à une place, votre cœur vous emporte vers l'autre; on est comme une feuille détachée de l'arbre, tantôt roulée dans les vallons, tantôt élevée aux sommets, mais partout triste et souffrante... car on éprouve alors pour le monde où l'on vit un injuste et coupable dégoût; celui où on aspire vainement ne vous fait sentir que le dépit et l'envie; chez soi on se trouve trop grand, chez les autres misérable; ici on est seul et triste, là humilié et jaloux.

— Humilié, vous, un si grand artiste!

— Artiste maintenant, mais né dans le peuple, et ayant conservé la nature rude et sauvage qui marque une classe primitive. Oh! je me suis bien aperçu, pendant les trois mois que j'ai passés dans la châtellenie du sire de Guéménée, du contraste de ma personne avec les gens qui m'entouraient; le poli de leurs manières aristocratiques était comme une glace qui me montrait ma figure rustique; et, dans mes meilleurs moments, dans ceux que je passais seul avec Hélène, mon bonheur en était troublé.

— Mais vous avez étudié, monsieur Karl; vous êtes instruit, savant, aussi bien qu'elle est comtesse.

— Oui, je sais beaucoup de choses utiles qu'Hélène ignore; mais elle en sait beaucoup d'inférieures que je ne connais pas; et le monde est ainsi fait, ma pauvre Berthe, que l'ignorance des choses élevées, sérieuses, est souvent une grâce, tandis que le manque de savoir dans les minuties de la société est une honte... Et puis, lorsque, dans mon langage un peu vulgaire, je disais seulement *morbleu* ou *diable* (car je jure quelquefois), je la voyais soudain éclater de rire, ou rougir, et devenir pensive. N'était-il pas étrange que lorsque je lui parlais de l'avenir et des plus grands intérêts de la vie, elle oubliât ce que je lui disais pour s'occuper d'un mot?... Oh! moi, quoi qu'elle eût pu dire, quelque défaut qu'elle eût montré, je ne l'aurais pas moins aimée!... Aussi, d'autres fois, quand mon cœur débor-

dait d'amour près d'elle, quand mille pensées brûlantes tourbillonnaient dans mon cerveau, je n'osais plus les exprimer; je demeurais muet comme ces statues qui semblent respirer la vie et la passion, et qui ne peuvent remuer leurs lèvres de marbre.

— Oh! dit Berthe à demi-voix et en passant la main sur son front, il me semble qu'autrefois j'ai éprouvé tout cela.

— Et puis, continua le sculpteur, il est une chose qui nous met toujours, nous autres artistes, à un rang inférieur, c'est le salaire... Aujourd'hui, par exemple, le roi m'a fait une commande devant la comtesse, et m'a parlé des cent écus d'or dont on payerait mon travail; j'ai senti mon front se couvrir de rougeur... Elle doit bien plaindre celui qui se courbe et travaille pour vivre, elle, à qui le ciel verse la fortune dans ses larges domaines!

— Oui, je le sens, cela doit être cruel.

— Et la jalousie, Berthe, oh! vous ne savez pas quels tourments cela fait souffrir!

— Vous êtes jaloux, et de qui donc?

— Parbleu! de tout le monde, puisque tous ceux qui l'approchent ont de droit que moi de lui plaire. Être jaloux d'un homme qu'on peut appeler en duel et tuer, c'est un plaisir; mais être jaloux de votre comte, duc ou baron dans le monde, c'est un désespoir à perpétuité. Et sans avoir même la consolation de penser que ces gens-là sont jaloux de moi, de moi, pauvre homme obscur qu'ils ne connaissent même pas! Les détester toujours sans qu'ils me le rendent! il y a de quoi briser le cœur, en attendant qu'on se brise la tête.

Berthe regarda le jeune homme avec douceur, et lui tendit les deux mains.

— Vous ne connaissez rien de tout cela, ma chère enfant, dit Karl en souriant, tandis qu'une larme humectait sa paupière; vous n'avez jamais songé à aimer un grand seigneur, vous!

A ces mots, il sentit les mains de la jeune fille se glacer dans les siennes; il pensa que la fraîcheur du soir l'avait saisie, et mit les mains qu'il tenait sur sa poitrine pour les réchauffer. Alors il effleura ces bras nus si frais et si suaves; la douceur de ce contact pénétra jusqu'à son cœur; il se sentit entraîné par un attrait puissant vers cette charmante créature qui était là, couchée sur les branches d'arbre, imprégnée comme elles de parfum et de rosée, reposant comme elles sous la voûte du ciel.

— Oh! Berthe, dit-il, si je vous aimais, vous, tout ce qui est souffrance à présent deviendrait bonheur; nous aurions les mêmes idées, les mêmes goûts, le même langage! Cet argent que je gagne me remplirait de joie, car il servirait à vous acheter des rubans, des dentelles, des reliques, tout ce que vous aimez, à vous rendre heureuse. Je ne serais plus jaloux alors, car les hommes de votre classe ne pourraient vous offrir que leur amour, et j'en aurais toujours plus qu'eux à vous donner. Je ne connaîtrais plus la timidité, l'embarras; tous les moments où je vous verrais seraient doux, et ces moments reviendraient chaque jour... Il serait si bon de trouver en sortant de l'atelier une simple jeune femme, qui vous aimerait en sarrau de toile, qui supporterait la fumée de votre pipe, qui ne verrait plus dans votre langage qu'un cœur qui parle et vous répondrait avec le sien; une femme votre égale pour vivre avec vous, votre dieu pour vous donner le bonheur.

La jeune fille demeurait immobile et silencieuse; il était impossible de savoir si ces paroles trouvaient de l'écho dans son cœur, si elle les repoussait ou ne les entendait même pas.

Karl-Jules continuait:

— Nous avons eu tous deux la même enfance, humble et pauvre, nos souvenirs nous réuniraient encore; une vie simple nous coûterait peu, puisque nous y sommes faits dès longtemps; nous n'en rougirions pas parce qu'elle nous serait commune à tous deux, et que nous serions l'un pour l'autre tout l'univers; nous, les vrais privilégiés du monde, de la fortune, en possédant l'amour, avec lequel on est si riche dans l'obscurité!... Dieu sait, Berthe, que je méritais un tel bonheur; il sait, lui, quelle source de tendresse et de reconnaissance était dans mon sein pour la payer à celle qui me l'aurait donné!

Berthe, qui n'avait pas dit un mot, pas fait un mouvement, et dont la pensée semblait s'être égarée ailleurs, murmura alors, de la voix dont nous répétons des paroles étrangères à notre bouche:

Aimer l'a perdue;
Être aimée la sauvera.

— D'où viennent ces mots? demanda le jeune homme.

— Je ne sais pas. Le frère Arsène possède un livre que ses mains bénies ont seules touché, que ses yeux seuls peuvent lire, et, quand il l'a ouvert aux pages des destinées, il y a lu ces deux lignes-là pour moi.

— Et que veulent-elles dire ?

— Je n'en sais rien, répondit-elle avec un accent de toute vérité, mais je ne les suis toujours rappelées.

Le jeune artiste en était là de ses confidences et interrogations, qui ne semblaient pas devoir finir de longtemps, lorsqu'un mouvement extraordinaire se fit remarquer du côté de l'abbaye. Un cor sonnait à la grille d'entrée, et des flambeaux traversaient rapidement la cour.

La curiosité s'empara des deux jeunes gens et coupa court à leur entretien. Berthe sauta légèrement sur la plate-forme, et ils se semble à l'autre bout de la maison, où, du haut du petit escalier suspendu, on distinguait mieux l'entrée du monastère.

De là, ils virent des officiers à cheval portant l'uniforme de la maison du roi, et paraissant des envoyés extraordinaires. Ils traversèrent la cour, éclairés par les torches des moines qui venaient de les introduire, et disparurent sous le vestibule occupé par les gardes suisses. L'arrivée de ces messagers à pareille heure, et leur admission immédiate auprès de Sa Majesté, annonçaient un événement important à la cour.

VII

GRANDEUR ET MISÈRE.

Karl-Jules quitta la maison du sacristain et se dirigea vers son domicile. En approchant du bâtiment royal, il vit la chambre principale très-éclairée ; plusieurs personnes passaient derrière les rideaux transparents avec des mouvements qui révélaient une vive agitation. Le sculpteur monta chez lui. Une fenêtre de la tour donnait sur le balcon qui, comme nous l'avons dit, longeait tout le premier étage. Le jeune homme, cédant au désir très-indiscret d'apprendre quelque chose de ce qui se passait, sauta par la croisée et se trouva sur la galerie. Là, il avança doucement ; là nuit le dérobait aux regards du dehors, et il pouvait voir et entendre dans l'intérieur de l'appartement royal, dont les fenêtres ouvertes dans cette belle soirée étaient seulement voilées par de longs rideaux de soie que le vent faisait mouvoir par instants.

Louis XIII venait de se rejeter dans son fauteuil et s'y tenait accoudé, en détournant son visage, sur lequel se peignaient surtout l'ennui et la mauvaise humeur. Autour de lui étaient encore les objets d'innocents amusements qui servaient à le distraire, en attendant l'arrivée des messagers ; on voyait sur un pupitre des cahiers de chants d'église notés par le roi, et que l'instant d'auparavant il chantait à ses gentilshommes, vifs appréciateurs de la musique royale ; sur le tapis était le luth que Louis avait jeté à terre dans l'impatience d'être interrompu. Au fond de la vaste pièce se tenaient le duc de Ventadour, le marquis de Belleville et les chambellans de service au coucher du roi, qui s'étaient retirés par discrétion au moment de la conférence. Debout devant le prince, le messager extraordinaire, la toque à la main gauche, le bras droit appuyé sur l'épaule d'un page, attendait la réponse de Sa Majesté aux missives qu'il venait de lui remettre.

C'était le vicomte de Combalet, allié et confident du cardinal-ministre.

Un silence pénible semblait régner depuis quelques instants.

— Veut-on donc m'ôter les derniers amis qui me restent ? dit Louis en se tournant brusquement vers l'envoyé du ministre ; ne puis-je avoir près de moi jamais, un servitour zélé, sans qu'on m'en fasse aussitôt des rebelles et des traîtres ? Prétend-on que tous les membres de ma noblesse passent tour à tour des prisons à l'échafaud ?... c'est bien assez... c'est déjà trop comme cela.

Il fut arrêté à ces mots par une de ces toux douloureuses qui déchiraient sa poitrine, et, voyant son mouchoir taché de sang, il revint à ce sentiment d'égoïsme qui dominait et se développait à l'aise dans sa vie isolée, sauvage et languissante.

— Dites à votre maître, reprit-il, que chaque tête qui tombe me fait passer une très-mauvaise nuit, et que cela devrait bien être pris en considération par lui.

— Sans doute, répondit le vicomte de Combalet, car mon maître n'a en vue que la paix et la prospérité du sien. C'est dans ce but qu'il s'expose au malheur de lui déplaire, pour éclairer sur les dangers qui l'entourent.

— Ma mère est à Bruxelles, répliqua le roi, dont la figure s'assombrissait davantage ; mon frère à Blois ; ma femme, quoiqu'elle habite les murs de mon palais, est séparée de moi

comme si les mers étaient entre nous ; j'ai bien acheté par ces exils, par ces ruptures, le droit de ne plus entendre parler d'eux : à force de solitude, je dois au moins obtenir la tranquillité.

— Tout ce qu'on demande à Votre Majesté, dit le messager, c'est de permettre que ses fidèles serviteurs veillent sur elle, c'est de donner à son ministre des pouvoirs qui secondent ses bonnes intentions.

— Il les a tous ; quels pouvoirs puis-je encore donner à celui qu'on appelle le cardinal-roi ?

— Il lui faut, reprit l'impassible messager, des lettres patentes de Votre Majesté qui l'autorisent à combattre par des mesures rigoureuses le complot toujours renaissant du comte de Soissons, les sourdes menées de la duchesse de Savoie, détestables factions, qui ayant ensemble des ramifications secrètes s'appuient sur le prince d'Orléans, ont obtenu l'alliance de l'Espagne et en obtiendront des forces à leur premier signe, qui enfin menacent le trône d'une ruine imminente. Ce sont ces lettres que demande votre ministre, sire, et qu'il a droit d'attendre de vous.

Louis, en ce moment, avait relevé son luth, dont une corde s'était brisée dans le mouvement violent avec lequel il l'avait jeté à terre, et, tenant l'instrument sur ses genoux, s'occupait à rajuster les bouts du fil argenté ; il ne répondit rien...

— Sire, reprit l'organe de Richelieu, un ministre digne de ce nom qui consume sa vie entière à sa noble tâche, qui use les forces de son corps et de son âme au salut de l'État, qui a à lutter sans cesse contre les événements et contre les hommes, contre les ennemis en armes et les haines intestines, surtout contre le propre découragement de son âme, qui se brise parfois à tant de chocs, ne devrait pas trouver encore pour obstacle l'opposition ou l'indifférence du prince qui recueille le fruit de ses travaux. Mais si l'autorité royale refuse de le soutenir, il ne peut pas se soustraire pour cette raison aux devoirs sacrés qui lui sont imposés ; c'est dans sa force et sa puissance personnelle seules qu'il doit marcher pour défendre et sauver le royaume, car, ce royaume, il en répond à Dieu.

— Ainsi donc, s'écria Louis surmontant un instant sa languissante faiblesse et regardant en face le messager, ainsi donc, on ose me menacer d'outre-passer mes ordres et de faire comme si je n'étais plus ! Savez-vous, monsieur, que ceci est un attentat contre notre personne royale, bien autrement audacieux que tous ceux dont a pu convaincre nos ennemis !

Le duc plia sous ce regard, qui ne se levait que dans les rares occasions, dans la colère ou l'épanchement affectueux, et en temps habituel n'accompagnait point la parole de Louis, mais restait constamment baissé.

— On ose seulement, reprit le confident du cardinal, déclarer à Votre Majesté que les circonstances présentes ne laissent d'autre choix que d'user de rigueur envers les factieux ou de tendre la tête à leurs coups, tous les moyens de répression sont légitimes.

— Et quels sont donc ces ennemis dont on me parle tant ? Il me semble vraiment que la terre où nous marchons soit couverte de serpents, les voûtes de notre palais toujours prêtes à s'écrouler sur nous, qu'il n'y ait plus de jour qui nous éclaire, mais une nuit éternelle et pleine de poignards... On a trop réussi par ces vaines terreurs à me séparer de toute ma famille... Prétend-on maintenant me faire peur de ce comte de Soissons, caché dans son manoir, et d'une femme errante sur la frontière ? Savez-vous, monsieur, que ces ennemis que vous montrez dans un si grand éloignement ressemblent fort à des fantômes !

— Malheureusement, sire, il en est de plus près et que vous pourriez toucher du doigt, car ils touchent eux-mêmes à votre personne sacrée.

Louis, roidissant ses deux bras contre son fauteuil, se leva tout d'une pièce.

— Quels sont-ils, ceux-là ? s'écria-t-il. J'exige qu'on me les nomme, ou je dis qu'on a menti.

Il jeta ce défi au messager, en l'accompagnant d'un regard de colère.

Mais comme l'accusateur tardait à répondre, Louis faiblit ; une pâleur profonde se répandit sur ses traits ; il regretta l'ordre qu'il venait de donner, tremblant de ce qu'il allait entendre, pressentant qu'un mot de la bouche de cet homme allait lui porter un coup mortel.

Le frisson qui partait d'un sein se répandit autour de lui ; tous les auditeurs sentaient venir une crise violente ; et Karl-Jules, aussi, derrière son rideau, attendait, l'haleine suspendue, les noms qui allaient être prononcés, quand enfin le messaire proféra d'une voix lente :

— Le duc de la Valette... le prince de Marillac...

A chacun de ces noms, le saisissement redoubla, ils semblaient enveloppés d'une condamnation à mort.

L'émissaire continua :

— Le comte de Baradas.

Louis bondit en arrière... On osait accuser son ami, son favori, son idole, son demi-dieu, Baradas enfin ! Il accueillit cette affreuse dénonciation avec un rire de joie, car il ne pouvait y croire.

Combalet ne s'inquiéta point de cette révolte du prince.

— Sire, reprit-il en répondant froidement à ce rire d'incrédulité, si Votre Majesté eût daigné parcourir jusqu'au bout les communications envoyées par Son Éminence le cardinal-ministre, elle y aurait vu que le comte de Baradas est accusé et convaincu d'entretenir des liaisons intimes avec le prince Gaston, et de négocier en sa faveur auprès du comité d'Espagne.

Louis jeta un cri sourd, renversa d'un coup de poing le guéridon sur lequel étaient posées les dépêches, qui allèrent s'éparpiller sur le tapis, et dit en montrant ces feuilles du doigt :

— Ces papiers, oh! n'est-ce pas, ils contiennent encore ce poison du doute, ces horribles soupçons qu'on veut toujours répandre dans mon sein pour me faire mourir lentement... Vrai Dieu ! j'ai des serviteurs bien affectionnés à ma personne ! pour la plus petite maladie que j'éprouve ils m'entourent de soins et prétendent me soulager ; et ce mal, cent fois pire que la peste, la méfiance de ses parents, de ses proches, de tout ce qu'on aime, ils s'obstinent, ils s'acharnent à l'infiltrer goutte à goutte dans mon sang !... ou plutôt ils sont tous d'accord, au dedans et au dehors, amis et ennemis, pour m'accabler de tous les maux.

Puis pâle, hagard, hérissant ses cheveux de ses doigts crispés, il ajouta dans une espèce de délire :

— Il est temps que tout cela finisse... Que veut-on, enfin ?... que je quitte le trône pour que mon frère règne à ma place, pour que lui et ma femme jouissent en paix de ma puissance et de leurs adultères amours... Eh bien, soit ! je fuirai ce monde odieux, je me retirerai dans un cloître, avec mes seuls et derniers amis, avec Baradas !...

— Mais, sire, dit l'implacable agent de Richelieu, c'est lui qui vous trahit.

— Vous mentez, monsieur ! dit le roi en paraissant revenir de son égarement, et en foudroyant de son regard le messager de malheur.

— Votre Majesté aura la preuve de ce que j'avance.

— Des preuves, encore !... Je ne veux pas qu'il y ait de preuves, entendez-vous !

— Dans trois jours, sire, on mettra sous vos yeux les lettres mêmes du comte de Baradas. Sa liaison établie avec le prince Gaston, la manière dont il parle de votre règne et de votre personne sacrée épargneront à d'autres le soin de l'accuser, et à vous, sire, celui de le juger.

Le faible prince était trop épuisé par cet élan de colère, si funeste à sa nature débile ; il s'affaissa dans son fauteuil et y demeura abattu et presque inanimé.

— Trois jours ! répéta-t-il en laissant tomber sa tête sur sa poitrine ; s'il me reste encore trois jours, qu'on me laisse donc vivre tranquille pendant ce temps... Il n'est pas trop long... Retirez-vous, monsieur, ajouta-t-il en congédiant le messager de la main, sans le regarder.

Les envoyés du ministre s'éloignèrent ; les gentilshommes de la chambre, respectant la sombre humeur de leur maître, demeurèrent encore quelque temps à l'écart ; Louis resta seul devant la fenêtre.

Karl-Jules, de son poste d'observation, voyait distinctement les traits du prince. Malgré la résistance apparente du roi, il était facile de juger que le coup avait porté. En quelques minutes, Louis semblait avoir vieilli de plusieurs années ; ses sourcils froncés, ses yeux troubles, ses joues caves, les muscles de sa face détendus, montraient trop que ce venin du soupçon qu'il redoutait tant avait profondément pénétré en lui. Il regardait d'un œil fixe les papiers épars sur le tapis, et on sentait qu'il allait les relever.

Le jeune artiste plaignit de toute son âme cette grande infortune, et, absorbé par ce sentiment, se mit à parcourir la longueur du balcon à pas lents et rêveurs. Il allait se retirer quand un autre tableau vint arrêter ses regards.

Sur la même galerie, à peu de distance de l'appartement occupé par le roi, donnait la chambre à coucher de Baradas. Le comte était au moment de se déshabiller, aidé dans sa toilette du soir par un seul de ses pages, avec lequel il conversait. Grâce à l'épaisseur des murailles, il n'avait pu entendre les mots les plus élevés qui partaient de la chambre du roi, et ne s'était même aperçu d'aucun mouvement de ce côté.

Karl-Jules ne put s'empêcher de le considérer quelques instants à travers les rideaux de soie bleue, frangés d'or, qui, par la chaleur du temps, se jouaient devant les vitraux ouverts comme ceux des autres pièces. Ce que le jeune homme connaissait de la situation périlleuse du favori le lui faisait regarder avec un nouvel intérêt et une espèce de curiosité ; il demeura donc malgré lui attaché à sa place.

— Allons donc, Rolland, disait le comte à son page, occupé à découvrir le lit, dépêche-toi à m'ôter ces croix, ces chaînes, ces cordons qui me chargent la poitrine.

— Bah ! monseigneur, il n'y a pas encore une année de cela, je vous ai vu si heureux de les recevoir l'un après l'autre !

— C'est possible !... maintenant je ne sens plus que leur poids... Tiens, prends mon escarcelle, serre-la dans le coffret.

Il détacha de sa ceinture un élégant filet, tissu de perles d'or, qu'il tendit à son page.

— Diable ! dit le jeune homme en élevant la bourse à la hauteur de son regard, elle est joliment garnie aujourd'hui !

— J'ai gagné ce soir cinquante pistoles au roi.

— Cinquante pistoles... ce qu'on donne de retraite à un soldat... Hélas ! ce n'est guère, dit le petit page.

— Pour nous qui devons déjà un million...

— C'est égal, c'est gentil, une bourse rondelette comme ça.

— Sur ma foi, j'aimerais mieux la besace d'un mendiant.

— Hein ? monseigneur.

— Oui, continua Baradas en se laissant aller à une de ses bourrasques d'humeur contre son métier de favori : quand un mendiant a dit : Dieu vous bénisse ! à l'homme qui lui a fait l'aumône, il est quitte envers lui et passe son chemin. Mais moi, il faut que je reste toujours prosterné devant celui dont la main me nourrit, que je lui répète éternellement mes actions de grâces, sans pouvoir une seule fois l'envoyer au diable pour changer... Et puis, quand un homme le repousse, le pauvre en trouve un plus charitable ailleurs ; mais si le prince me refusait tout à coup sa faveur, quel autre au monde pourrait le remplacer !... Il n'y aurait plus pour moi qu'abandon et misère.

Le jeune artiste fut saisi de compassion à voir la manière si triste et si vraie dont le grand seigneur envisageait sa position... Et dans un pareil moment !

— Par saint Jacques, dit le page, que Dieu prête vie aux bons sentiments du roi ! Il faut espérer que Sa Majesté très-gracieuse vous aimera encore assez longtemps pour qu'à la faveur de ce haut patronage vous ayez pu trouver une belle épouse qui vous donne la fortune et le bonheur assurés par contrats...

— Tais-toi ! si je pouvais souiller d'une pensée vénale le plus pur, le plus noble des sentiments, si une ambition cupide approchait de mon âme avec l'amour, je me défendrais à moi-même d'aimer, et je serais plus malheureux encore.

— Vrai Dieu ! monseigneur, ce que je disais là n'était que propos en l'air ; car, au fond, vous n'avez besoin que ni belle ni prince s'inquiète de votre fortune.

— Au fond, mon cher, je suis, quoi que tu en dises, le plus pauvre des hommes, et, sérieusement, je me prends souvent à envier le sort du premier venu qui passe. Aujourd'hui, par exemple, j'aurai voulu être à la place du sculpteur Sarrazin, que nous avons rencontré à la chapelle. Sa fortune est en lui, et bien à lui ! toute la puissance d'un roi ne pourrait lui ôter son talent et son nom... Mais moi, mon Dieu ! le pourpoint de buffle que j'ai apporté de Bourgogne s'est usé, mon épée de capitaine est usée dans un duel, et à l'époque de sa mort ! c'est tout au monde ! On a remplacé, il est vrai, mon pauvre équipage par des habits brodés, diamantés, mais qui ne m'appartiennent pas...

Rolland détachait en ce moment l'habit de son maître.

— Et on pourrait m'ôter pour toujours, poursuivit le comte, aussi facilement que tu me les ôtes pour cette nuit... Donne-moi ma robe de chambre... celle de velours nacarat.

Baradas, suivant le cours de ses pensées, disait en se regardant dans la glace :

— Oh ! si le roi Henri IV eût vécu une heure, une minute de plus, il n'en serait pas ainsi !

— Le roi Henri IV, répéta Rolland, que pouvait-il faire pour vous, qui étiez un bambin de dix ans à l'époque de sa mort ?

Il faisait pour moi, enfant de dix ans, ce qui eût excité la jalousie de bien des princes du sang ; il me donnait un titre, une franchise qui m'eussent mis au-dessus de la puissance du roi même.

Rolland ouvrait de grands yeux enchantés.

— Sa volonté souveraine, continuait le comte, était déjà consignée dans un acte, qu'un jour il donna à rédiger à un secrétaire, disant qu'il y apposerait le sceau royal à son retour de l'Arsenal... ce jour était le 14 mai 1610...

— Ah! mon Dieu!

— Il ne revint jamais; il avait rencontré le meurtre en chemin.

— Et ce titre?

— Est resté sans signature; mais je l'ai toujours conservé... Il est là, vois-tu, dans cette cassette d'ébène que je porte toujours avec moi... Trésor inutile! vision insaisissable, qui me montre une destinée éblouissante, au fond de laquelle il est écrit : *Jamais*!

— Il faut convenir que si le roi a joué de malheur ce jour du 14 mai, vous aussi, monseigneur.

— Ce que je t'ai dit là, Rolland, personne au monde ne le sait, et toi, je veux que tu l'oublies... C'est ce qui fait cependant qu'il n'y a pas un coin de la France où je puisse marcher sur une terre qui m'appartienne; que si j'étais disgracié, ni ville, ni village, ni château, ni chaumière, ne seraient obligés de m'ouvrir leurs portes; qu'il me faudrait chercher quelque lande inculte, sauvage, dont personne n'eût voulu, pour m'y coucher, en plantant mon épée à côté de moi pour me défendre.

— Et votre beau château de Liesse?

— Il est affecté à ma charge de favori comme tout le reste, et peut m'être retiré au premier caprice du roi... Cependant je l'aime, ce vieux manoir sombre. Avec son nom qui promet le rire et la joie, et puis, les murailles noires, les tours sourcilleuses qu'il vous montre, il semble représenter l'ironie des promesses, la vanité des espérances... comme je l'écrivais l'autre jour au prince Gaston, auquel il me faut vraiment, grâce à la jalousie du roi, envoyer mes lettres en secret, comme à une maîtresse.

Karles-Jules frémit en entendant ces paroles; il vit l'arme levée sur le malheureux comte; toute l'envie qu'le grand seigneur lui avait d'abord inspirée se fondit dans son âme en une tendre pitié.

— De tous les dons que m'a faits le roi, dit Baradas en continuant à parler de son château de Liesse, c'est le seul auquel je donnerais un regret en le quittant... A propos, il faut songer à la grande chasse que nous allons y faire jeudi prochain; tu transmettras les ordres que je t'ai donnés à mon majordome; tu prépareras mes équipages.

— C'est déjà fait, monseigneur.

— Je veux que tout y soit d'une magnificence éblouissante, dit le favori en se redressant sous le frein. Je veux que mes voitures, mes chevaux, mon train écrasent tous nos seigneurs, surtout le baron Charost qui est si pauvre dans ses idées de luxe. Je veux que le roi soit reçu dans ma demeure comme s'il était le gentilhomme et moi le roi... Je te charge de tout ordonner, mon petit Rolland, toi seul comprends comme moi le luxe en artiste, la vanité et le goût et l'élégance qui ennoblissent la richesse... Tu sais mieux me servir que personne au monde.

— C'est que je vous aime mieux que personne au monde, voilà tout le secret.

— Bon Rolland!... allume ma veilleuse, et va te reposer.

Le comte quitta ses derniers vêtements, et se mit au lit.

— C'est ça, dit le page en éteignant les flambeaux, vous allez passer une bonne nuit... Vous ne rêverez plus de ce vilain Fergus et de ses damnées prédictions.

— Paix! paix! ne parle pas de lui.

— Mais puisque, Dieu merci, il est mort, et enterré depuis quinze jours (il n'a pas perdu à changer son pourpoint contre un habit de planches, le pauvre homme!), vous voici débarrassé de ses menaces; à moins qu'il ne médise de vous auprès du Père éternel; je ne sais vraiment quel mal il peut vous faire.

— Les morts sont peut-être plus près de nous que les vivants, et qui sait si leur haine n'est pas plus terrible!

— Bah! je ne pense que les mauvais de tous ne pourrait vous faire descendre d'un cran.

— Quand on est aussi haut placé que moi, mon enfant, on ne descend pas, on tombe.

Ces paroles semblèrent tristement prophétiques à Karl-Jules, qui assistait, mystérieux et attentif, à ce confidentiel entretien. Il demeura encore quelques minutes sur le balcon.

Les fenêtres du roi, toujours éclairées, montraient que Louis XIII veillait dans l'agitation et les combats de la pensée; et on devait penser que plus il avait aimé son grand écuyer, plus le retour de sa tendresse serait terrible. La chambre du comte, dont la lampe de nuit faisait seulement voir les ombres, était pleine de tranquillité et de sommeil. Ce repos trompeur, séparé par un seul lambris du voisin qui s'allumait sourdement, était de la plus douloureuse impression.

L'artiste rentra enfin dans sa petite chambre, qui lui parut toute radieuse et souriante auprès des intérieurs qu'il venait de

voir. Il se rappela tout ce qu'il avait entendu et le grava dans sa mémoire. Il rêva toute la nuit que Baradas marchait au supplice, et que, par un pouvoir magique, il le rendait invisible et l'enlevait à ses bourreaux, ou bien que le comte était enfermé dans un cachot, et que lui, Karl, changeait sa prison en un séjour enchanté, dont il le rendait possesseur.

Le lendemain matin, Louis XIII ne témoigna rien en public ni devant son grand écuyer des troubles d'esprit qui l'agitaient; mais, sous un prétexte peu admissible, il différa de quelques jours la chasse qui devait avoir lieu au château de Liesse.

VIII

LE CABARET DU BON-TEMPS.

Dix heures du soir sonnaient à la cathédrale, la pluie tombait à torrents, les nuages sombres obstruaient l'espace, on n'entendait, dans les rues fermées de toute part, que le bouillonnement des larges ruisseaux, que le vent poussait plus rapidement sur la pente.

Deux hommes, venant du côté de l'abbaye, suivaient la rue de l'Alouette, fort mal nommée à cette heure, car rien n'y chantait assurément, et se dirigeaient vers le bord de la Seine, en face de l'île Saint-Denis.

Leurs vêtements rembrunis et leurs voix basses se perdaient dans les ténèbres et le bruit du vent, et l'ouragan avait l'air de fondre exprès pour dérober leur marche clandestine.

L'un grondait sourdement contre la pluie et les flaques d'eau chargée de débris qui lui montaient jusqu'à la cheville, l'autre riait tout bas de sa peine.

— Mon pauvre Missouri, dit ce dernier, tu n'es pas satisfait de la promenade que je te procure ce soir.

— Je suis toujours satisfait de servir Votre Honneur.

— Non, tu restes attaché à ma personne fort à contrecœur, parce que tu sais que les offices auxquels je t'emploie te feront pendre tôt ou tard; mais tu continues à m'obéir, parce que tu sais qu'à la moindre infidélité de ta part, je te tuerais encore plus vite que les exécuteurs du roi, en quelque lieu de la terre que tu cherchasses à te dérober à moi.

— C'est vrai; mais, ma foi, monseigneur, si j'avais un autre gagne-pain où l'on ne fût pas sans cesse exposé à recevoir, pour paye de sa journée, la corde ou deux pouces de lame dans la gorge, je n'en serais pas plus fâché.

— Et à cette crainte des archers et de mon poignard, qui te talonne sans cesse, tu joins en ce moment celle de l'enrhumer en marchant dans l'eau; je te connais, Missouri... Mais, rassure-toi, nous voici bientôt arrivés.

Ils étaient en effet sur le bord de la Seine qui, maintenant semé de gazon et planté d'arbres, forme la promenade de Saint-Denis, mais qui n'était alors qu'un terrain brut et rocailleux, et ils descendaient avec peine, dans l'ombre et la rafale, la berge rapide de la rivière.

Quelques maisons de lavandières et celle du passeur d'eau s'élevaient sur le bord; à cette dernière était amarrée une barque. Les deux personnages nocturnes, après avoir limé un anneau de la chaîne, mirent la nacelle à leur disposition et, prenant chacun une rame, voguèrent sur le courant.

De nos jours encore, la population des campagnes vient à peine de poser un pied dans l'île Saint-Denis.

Dans la partie du bord qui fait face à la ville, s'amassent quelques maisons nouvellement poussées de terre, avec une façade de deux fenêtres et un toit à hauteur d'appui. Le mari apporte dans ce logis le poisson qu'il vient de prendre à la rivière; la femme dresse dans l'âtre sa poêle à frire, suspend son tablier rouge à la croisée, en signe d'enseigne bachique, et attend les chalands en filant à sa quenouille la nappe rousse qui couvrira la table quand les temps seront venus. Ces établissements portent de jolis noms de baptême, tels que le *Soleil-Levant* et le *Doux-Bocage*. Chacun a en outre sur la berge de la rivière un *cabinet de société*, dont une charmille forme les lambris et un sable fin le parquet.

Au-dessous circulent sans cesse une foule de petits bateaux, guettant, sur l'une et l'autre rives, chaque personne dont la physionomie révèle l'intention de passer l'eau, et les conduisent, pour un sou, au but de leur désir. Mais, depuis quelques mois, un terrible pont de fils de fer, qui a déjà posé ses pieds de géant dans le lit des flots, menace de consommer la ruine du commerce nautique, en enlevant tous les passagers, et les pauvres petits bateaux regardent en tremblant ce colosse qui va les submerger.

Excepté cet endroit, toute l'étendue de l'île garde encore sa solitude sauvage. Dans la partie nommée le *Bois*, des arbres s'élèvent isolément sur la place des hautes futaies tombées de vieillesse et couchées sous la terre ; sur le sol abandonné, sans habitations, sans troupeaux, l'herbe a effacé même la place des ruines ; des saules épars, semés par le vent, nourris par l'eau, forment à l'île inculte un cadre de hasard.

Autrefois, sur ce long croissant de terrain qui suit dans sa courbe le détour de la Seine il y eut un camp barbare, de lourdes montagnes faites à main d'homme, derrière lesquelles les Normands se retranchaient dans leur invasion du neuvième siècle, et dont les massifs moellons, posés par les mêmes mains qui dressaient les pierres druidiques, demeurèrent longtemps debout. Parmi leurs informes débris, s'élevait, en 998, un château gothique dont le maître, fort en guerre avec les abbés de Saint-Denis, bataillait contre eux jusqu'à ce que le roi Robert vînt se mêler de ces différends et mettre le seigneur à la raison. Le manoir abattu fut remplacé par le château plus noble et plus fier des comtes de Hautemer, détruit à son tour du temps des guerres religieuses, si bien qu'au dix-septième siècle, à l'époque de notre récit, il n'y avait plus, dans l'île Saint-Denis, que des restes de bois antiques, des décombres de châteaux tombés de mort violente, et une taverne mal famée qui se cachait dans ces ruines.

C'était donc vers l'île que se dirigeaient rapidement les deux hommes que nous avons laissés dans la barque. Comme ils étaient sur le point d'aborder :

— Ça va bien ! dit celui qui parlait en maître, le ciel s'abaisse, l'ondée redouble, à nous la nuit noire !

Une voix répéta du rivage de l'île :

— A nous la nuit noire !

Le passager tressaillit.

— Qu'est-ce que cela ? dit-il d'un accent colère.

— Mais, dame ! c'est un écho, dit Missouri.

— Ah ! un écho... Voyons s'il entendra ceci.

Et il dit en élevant le ton :

— Arrière du chemin qui m'appartient !

— Quand l'air et l'eau le voudront bien, répondit le rivage.

— Hum ! il a bien de l'esprit pour un écho, reprit le passager ; mais, Dieu merci ! j'ai mon épée.

— Dieu merci ! j'ai mon épée, répéta la voix.

— Et je sais m'en servir, continua l'homme de la barque, en sautant sur le bord et en courant vers une forme noire qui se dessinait devant lui.

— Et je sais m'en servir, dit encore la voix. Puis elle ajouta, en riant : Pour le service de sa seigneurie.

— Ah ! c'est toi, Rigobert, s'écria celui à qui on parlait ainsi. Tu m'as fait une peur de tous les diables.

— Peste ! c'est à gagner ses éperons de chevalier que d'avoir fait peur au chevalier de...

— Chut ! ne dites pas mon nom, même à la nuit, elle le connaît trop bien... Mais par quel hasard es-tu là ?

— J'ai su par Missouri que vous veniez concerter une affaire avec lui au cabaret du Bon-Temps, et j'ai pensé que si vous aviez quelque entreprise à mettre à fin avec un poltron comme lui, un serviteur déterminé ne vous serait pas de trop.

— Je te reconnais bien là ; mais quoiqu'il n'y ait pas besoin de bravoure pour la besogne dont il s'agit, ta présence servira toujours, ne serait-ce qu'à assaisonner l'expédition d'un peu de danger par ton humeur brouillonne.

— Vous nous expliquerez cela à la taverne, monseigneur, répondit Rigobert.

— Conduis-nous, Missouri, toi qui es un habitué de la maison, dit le maître. Pour moi, je n'y suis jamais venu ; mais j'ai choisi cet endroit comme le seul ouvert la nuit à ceux qui ne veulent être ni vus ni entendus.

— Par ici, monseigneur, dit le guide en montant et en descendant à travers des éboulements couverts de mousse, que l'ombre un peu éclaircie laissait apercevoir.

— Est-ce que tu nous prends pour des huguenots, de nous mener dans ce repaire de loups ?

— C'est ici, à droite ; le cabaret du Bon-Temps a été établi dans les restes d'un château incendié il y a bien des siècles ou du moins bien des années, à ce que disent les habitants de l'endroit.

Les trois personnages continuèrent leur route parmi les ruines.

La taverne du Bon-Temps était un vaste rez-de-chaussée, bâti en pierre de taille ; les croisées en étaient toujours fermées, pour soustraire les habitués à l'investigation des passants. L'air n'y pénétrait jamais ; la fumée noire du foyer, celle des pipes, ainsi que l'odeur du vin et des haleines infectes, s'y condensaient et y demeuraient en stagnation. L'âtre, rempli de la poussière des tanneries, qui est le combustible à l'usage des pauvres, brûlait sans jeter de clarté ; les rayons

d'une lampe de fer, suspendue à la poutre, coupaient seuls cette atmosphère grasse, poudreuse, nauséabonde, et semblaient traverser des brouillards.

Des tables écloppées, des bancs jetés à terre, des cruches cassées, des flaques de vin encombraient si bien le sol et imprimaient un tel aspect de désordre, qu'on croyait entrer immédiatement après une orgie, au moment où les bandits habitués de ce repaire venaient d'en sortir. Mais la poussière, la teinte noire et graisseuse incrustée sur tous les objets, montraient qu'ils étaient là dans leur état habituel.

Derrière la huche, le saloir, derrière les rayons couverts d'assiettes de bois, de pots d'étain, de pipes, de pain noirs, les murailles offraient encore les lignes architecturales de hauts pilastres blasonnés. Ces restes de grandeur, dans une telle perspective, avaient une empreinte de désolation qui inspirait la tristesse, au milieu de ce qui n'eût été qu'objet de dégoût et de répulsion.

Au-dessus de cette pièce basse était un vaste taudis semé de grabats sur lesquels la tourbe débraillée des buveurs et des filles de joie allait dormir du sommeil de l'ivresse.

Au fond du rez-de-chaussée, devant une espèce de comptoir pourri et déboîté, était assise, sur une chaise de bois au dossier dressé en flèche, une femme arrivée au dernier degré de la caducité : ce n'était plus qu'une grande charpente osseuse à la tête branlante ; son visage, dégarni de cheveux et encadré d'un béguin noir, avait, à force de vieillir, perdu peu à peu les formes humaines ; le feu de la vie y était éteint. On ne savait si cette créature était squelette ou être vivant ; elle le savait à peine elle-même.

Cependant, au lieu de livre de compte, une bible était placée devant elle sur la table, et quoique le double voile d'obscurité répandu par l'âge devant ses yeux, par la fumée dans l'espace, dût l'empêcher d'en distinguer les caractères, son regard semblait suivre les lignes du livre sacré, et ses lèvres, constamment mouvantes, en murmurer les paroles.

Le mouvement continuel de son corps faisait faiblement bruire à son côté une longue chaîne, attachée à une ceinture de cuir, et soutenant le trousseau de clefs de l'établissement. A chaque pratique qui entrait dans la taverne, elle paraissait sortir de son engourdissement ; elle levait vivement ses yeux, dans lesquels se ranimait une étincelle de vie, fixait attentivement les arrivants, puis laissait retomber sa tête, et ne les regardait plus, quelque longue station qu'ils fissent dans le cabaret.

Les trois passagers que nous avons vus descendre dans l'île entrèrent à la taverne.

Celui qui marchait le premier portait une robe de moine de l'ordre des Bénédictins ; mais en ce moment, où il ne déguisait ni sa démarche ni sa tenue, il était facile de voir que ce n'était pour lui qu'un habit d'emprunt. Ses deux acolytes, à l'extérieur moitié soldatesque moitié manant, avaient l'air de spadassins de bas étage ; et quoique l'un montrât autant de prestesse et d'effronterie que l'autre annonçât de lenteur et de couardise, ils étaient tous deux porteurs de figures qu'on n'aime pas à rencontrer, même ailleurs qu'au coin d'un bois.

Missouri, qui était chargé de préparer la réception, s'approcha de la vieille hôtesse.

— Marion, dit-il en jetant une pièce devant elle, voici un écu d'à-compte pour te mettre de bonne humeur ; fais-nous donner trois brocs du meilleur, du fromage, du jambon et du pain blanc... s'il peut rester blanc dans cette horrible fumée.

L'hôtesse, beaucoup trop cassée pour servir elle-même, avait cependant conservé avec une étrange ténacité le gouvernement de la maison. Elle tourna seulement la tête vers un grand garçon de paysan qui s'approcha à cet appel ; de son doigt sec et crochu elle montra le bahut où était renfermé le pain blanc, celui où était le jambon ; et détacha en tremblotant la clef de la cave qui pendait à sa ceinture, avec des cisailles, un chapelet et un couteau-poignard attaché par un anneau. Ce dernier objet avait été un de temps immémorial au côté de Marion, mais sans inspirer d'inquiétude ; car la faiblesse extrême de la vieille l'empêchait, bien d'en faire un dangereux usage. Après avoir donné ses ordres muets, elle retomba dans sa torpeur habituelle.

— Tenez, dit Missouri à ses compagnons tandis qu'on préparait leur table, dame Marion a l'air de lire sa bible ; mais depuis que je viens ici, elle en est toujours au même chapitre : Dieu, pour punir le péché d'Adam, condamne à mort toute sa race ; et le tableau qu'elle garde comme une relique représente aussi le même sujet.

En effet, la muraille était décorée à la place qu'occupait l'hôtesse d'une toile noire comme celles du Poussin (mais n'ayant pas avec elle d'autre ressemblance), où l'on voyait le squelette de la Mort entrant dans le Paradis terrestre à la suite du serpent.

Malgré l'égalité momentanée qui semblait devoir régner entre ces trois hommes, celui qui portait l'habit monacal, et que les autres appelaient monseigneur, ne semblait pas renoncer à tenir les deux subalternes à une distance respectueuse; et ceux-ci n'osèrent non plus se mettre à table que lorsque le maître, ayant pris la place qui était près du foyer, leur permit, par un signe, de s'asseoir en face de lui.

— Voyons, dit-il en versant à boire aux bandits, êtes-vous toujours à moi?

— Nous vous appartenons, dit Rigobert, comme les moines appartiennent au diable!... Ah! pardon, j'oubliais que monseigneur porte en ce moment la robe du monastère.

— C'est drôle, réfléchit Missouri, je ne peux pas m'accoutumer à voir monseigneur dans cet accoutrement. Je l'ai quitté un jour dans une position... très-fâcheuse, et puis je l'ai retrouvé tout à coup vêtu d'un costume de... Comment appelle-t-on cela?

— De bénédictin; c'est à lui que tu dois l'honneur de me revoir. Vous savez tous deux où et comment je l'ai pris... Mais parlons du sujet qui nous amène.

Ils s'entretinrent longtemps des affaires politiques du moment, en y mêlant une foule de termes, de conventions en usage à cette époque où le roi, la reine et les personnages de la cour avaient reçu le nom de quelque dieu de la fable; ils se servaient aussi de mots de ralliement qu'inventent pour leur usage les bandits de tout temps; et ce mélange de plusieurs idiomes eût soustrait en partie le sens de leurs discours à la curiosité, quand même, au lieu de leur profonde solitude, il se fût trouvé là des oreilles pour les entendre. Tout ce qu'on pouvait juger, c'est qu'il s'agissait de voyages secrets, de lettres soustraites, d'entrevues mystérieuses avec de hautes puissances, et d'une vengeance à accomplir.

Le moine, nous lui donnerons ce nom, puisqu'il en porte l'habit et n'a pas encore d'autre désignation; le moine, quelque audacieux et cynique que fût son langage, semblait cependant mêler quelques superstitions religieuses à des pensées criminelles, et il attribuait les malheurs et la déchéance du roi régnant au nombre de treize qui marquait son nom; il montrait un amour passionné pour la lune et pour la vierge Marie, que dans ses interruptions pieuses il confondait ensemble, et enfin semblait toujours attacher la réussite de ses projets à certaines influences du ciel.

Comme les cruches de vin étaient près de finir, Rigobert dit, en manière de conclusion à l'entretien qui venait d'avoir lieu:

— Enfin, dans deux fois vingt-quatre heures, le désir qui tient tant au cœur de monseigneur sera satisfait. J'espère que si nous avons bien tenu nos promesses, il n'oubliera pas les siennes.

— Non, sans doute. Je vais d'abord vous payer à tous deux votre voyage à Paris, et le talent que vous y avez déployé à mon service. Nous parlerons ensuite de ce que j'ai encore à vous ordonner.

En disant cela, le moine fit sonner sur la table une bourse bien garnie et brodée d'armoiries.

— Corbleu! s'écria Rigobert, il y a bien longtemps, pour ne pas dire jamais, que je n'avais vu l'escarcelle de monseigneur si ronde! Les ducats pleuvent aujourd'hui.

— J'ai trouvé ceux-ci dans la poche de cette robe de moine, et depuis je n'ai pas eu occasion de les dépenser: c'est pourquoi je vous en gratifie aujourd'hui... gardant le reste pour vous le partager après la nouvelle expédition que j'attends de vous.

— Nous sommes là, monseigneur, dirent les bandits en frappant leurs verres sur la table.

Le moine se recueillit quelques instants, regarda l'horloge de bois du cabaret et prononça ces mots graves:

— Demain, vendredi 13 mai, à cette heure même, à onze heures précises, vous serez à la porte de l'abbaye de Saint-Denis qui donne sur le pré de l'Abreuvoir; vous apporterez avec vous une lanterne sourde, un marteau, un levier, une grande corde et des pioches.

— Diable! maître, dit Rigobert, voilà des armes d'une nouvelle espèce... Tu porteras tout cela, toi, Missouri.

— Je serai de l'autre côté de la porte, reprit le moine; vous me ferez connaître votre arrivée...

— En chantant un petit air grivois, interrompit Rigobert, qui entonna:

Vive la joie, heureux coquin,
Quand dans la maison du voisin
Sont femme jolie et bon vin.
Vive la...

— C'est cela, drôle! s'écria le maître, pour que toute l'abbaye t'entende... Non pas; tu glisseras bien doucement un

brin d'herbe par le trou de la serrure; je reconnaîtrai ce signal et je t'ouvrirai.

— Va pour le brin d'herbe, pour la violette... Des bêches! une fleur pour signal! Nous allons donc cultiver un jardin, mon doux seigneur?... Mais pourquoi la nuit et le mystère?

— Parce que la terre que nous allons bêcher est engraissée d'ossements humains... plus qu'humains! et pour celui qui la remue produit le sacrilége.

Missouri fit le signe de la croix; Rigobert vida son verre.

— A demain donc, à onze heures! répéta le maître.

— A demain, à onze heures! promirent ses agents.

— A l'abbaye des bénédictins!

— A l'abbaye des bénédictins! dit Rigobert. C'est là une singulière adresse pour le baron de...

— Tais-toi, misérable! s'écria le maître en frappant du poing. J'ai défendu de prononcer mon nom... Je ne veux plus même que personne le sache.

— Je le sais, moi, dit une voix creuse.

Il leva la tête et vit la vieille Marion devant lui.

Aux premiers mots qu'avait prononcés celui de ces trois buveurs qui semblait commander aux autres, l'hôtesse était sortie, par un tremblement nerveux, de sa profonde atonie; son œil cave s'était arrondi; elle avait cessé de tourner les feuillets de sa bible et écouté attentivement. A la vue de la bourse brodée d'armoiries que le seigneur avait posée sur la table, elle s'était dressée de son siége comme tendue par un ressort, et, après avoir fixé longtemps son regard ardent sur les signes de cet écusson, elle s'était avancée droite, roide, et pas à pas jusqu'à portée des trois convives, qui, tout occupés de leur entretien, et entourés d'une fumée qui cachait les objets à deux pas de distance, ne l'avaient pas aperçue.

Aux paroles qu'il entendit en ce moment, le moine, frémissant de la crainte d'être reconnu, bondit sur son siége; il se rassura d'abord, en voyant qu'elles avaient été prononcées par cette femme caduque et d'un esprit depuis longtemps éteint.

Mais l'hôtesse était alors dans le cercle lumineux de la lampe: sa stature élevée et musculeuse, sa face d'ossements jaunis, recevaient la lumière pour la première fois depuis longtemps, et semblaient l'absorber par un luisant rougeâtre; ses traits n'étaient pas dénués de cette sorte de grandeur qu'ont à nos yeux les objets antiques, qui ont vu les choses passées auxquelles nous ne pouvons atteindre que par la pensée. Le moine en demeura un moment frappé; pour ses deux acolytes, ils étaient d'esprit trop grossiers pour partager cette impression. Quoiqu'il y eût encore quelque chose de trouble et de vacillant dans l'œil de la vieille femme, elle versait sur le moine un regard pénétrant jusqu'au fond de l'âme, et lui pâlissait peu à peu sous ce regard.

Cependant il la repoussa d'un geste, en disant:

— Va, retourne à ta place; ce n'est pas toi qui peux rien comprendre à ce dont nous parlons.

— Il n'y a pas besoin d'entendre, dit-elle lentement; ces murs ont des yeux et ils t'ont reconnu.

— Quand tu dis ces murs, tu veux dire toi, la vieille, interrompit Missouri, charmé de trouver cette occasion peu dangereuse de montrer de l'impudence. Il est certain que cette masure et toi, vous ne faites qu'un pour l'âge et pour la ruine.

— Ni ces murailles, ni toi, vous ne pouvez savoir mon nom, dit le moine toujours troublé.

Elle porta son doigt à son front, parut réfléchir, et dit d'un accent plus profond:

— Il y a soixante ans que je le sais.

— Tu es bien habile, car je n'en ai que quarante.

— Je vais te le dire, ce nom, ajouta-t-elle.

Elle prit une longue barre de fer pointue qui servait à attiser le feu et s'approcha du foyer.

Le moine seul pouvait voir dans l'âtre de la cheminée, dont la largeur de la table séparait les deux autres convives.

Le foyer, ardent à l'intérieur, était couvert, à la surface, de cette couche de cendre blanche que produit la poussière de la tannerie. La vieille femme, posant le bout de son pieu dans le centre enflammé, commença à tracer un nom.

A chaque lettre qui se dessinait, le moine, stupéfait, frissonnait de surprise et de colère. Bientôt tout le nom parut à sa vue, brillant en lettres de feu dans la nuit profonde de l'âtre.

Il demeura frappé d'immobilité.

Ensuite l'hôtesse s'approcha de la table.

Elle versa du vin dans un gobelet d'étain, l'éleva à la hauteur de sa bouche, et un sourire tendit ses lèvres serrées; sa figure sombre s'était éclairée tout à coup d'une lumière intérieure effrayante à voir sur cette face morbide, car elle semblait venir d'un autre monde.

— Tu vois que je te connais, dit-elle au moine : donc je bois à ta santé !

Ces paroles toutes simples furent prononcées d'un accent d'ironie si farouche, qu'elles firent frémir instinctivement les deux bandits.

Dame Marion vida le verre, fit entendre un rire rauque et saccadé, et retourna à sa place du même pas machinal dont elle était venue.

— Quelle est cette maudite vieille ? dit le moine en frappant du pied, je voudrais la voir au fond de l'enfer.

— Voulez-vous que je l'y envoie, maître ? demanda Rigobert en tirant son poignard.

— C'est inutile, dit Missouri, jaloux de donner un avis. Elle ne parle que tous les dix ans, et nous avons le temps d'être en sûreté avant que sa langue se soit remise en branle une prochaine fois.

— Non, dit le maître, en retenant aussi l'humeur expéditive de Rigobert, un meurtre dans cette taverne, quelque peu important qu'il fût, mettrait les gens de la prévôté à la recherche des personnes qui sont venues ici aujourd'hui, et nous n'avons pas besoin qu'on s'occupe de nous... Il me faut deux jours à vivre encore pour accomplir ma vengeance... ensuite, advienne que pourra.

Celle qui occasionnait entre eux cette délibération ne les entendait plus ; elle était retombée dans sa léthargie habituelle : la tête branlante penchée sur la bible, le doigt appuyé sur un de ses versets.

Les trois associés sortirent du cabaret du *Bon-Temps*. Ils traversèrent une seconde fois, dans la nuit, les décombres de l'île, faisant un pas sur les débris barbares, l'autre sur les vestiges féodaux, marchant avec peine dans cet immense amas de pierres, dont quelques parties méritaient le nom de ruine, conservant encore quelque chose de leur ancienne construction, dont les autres n'étaient que blocs informes, n'appartenant plus qu'aux ronces et aux serpents.

Ils cherchaient encore dans l'obscurité les endroits les plus tapissés de mousse et les plus sombres pour dissimuler leur passage, et marchaient à pas de loup, dans l'acception positive du mot, car ils avaient, avec la férocité des bêtes fauves, leur instinct sauvage et ténébreux. D'épais nuages noirs, montant au-dessus de leurs têtes, envahissaient peu à peu l'azur foncé du ciel ; les oiseaux de nuit les accompagnaient de leurs cris rauques et de leurs battements d'ailes ; il y avait une triste harmonie entre ces lugubres chemins et ceux qui les traversaient ; on eût dit que cette sombre nature avait le sentiment de l'horrible projet qui couvait dans le sein du moine.

Les passagers retrouvèrent leur barque vers le rivage et repassèrent la rivière. Une fois sur le bord, ils firent couler à fond, en le chargeant de pierres, le bateau du passeur d'eau, qui seul alors avait des communications avec l'île, afin qu'il s'écoulât un peu de temps avant que la gent parleuse de Saint-Denis pût aller converser avec la vieille hôtesse, et recevoir peut-être d'elle des révélations dangereuses. Le premier de ces trois personnages avait conservé de la vue de cette femme et du peu de mots qu'elle lui avait dit, une terreur plus grande qu'il ne pouvait se l'expliquer à lui-même.

Ils se séparèrent sur le rivage, et celui qui portait l'habit de bénédictin fut rentré dans son gîte longtemps encore avant le jour.

IX

SCÈNE DANS L'ATELIER.

La plupart des hommes, à l'âge d'une riche et ardente expansion d'âme, aiment l'amour pour lui-même ; mais comme cet esprit vivifiant de l'univers est invisible, ils rendent dépositaire de leur adoration pour lui quelque objet de la terre, absolument comme les âmes pieuses, ne pouvant voir Dieu et lui parler, mettent leur dévotion dans l'un ou l'autre saint des chapelles, et, comme sans cesser d'être chrétien on peut changer d'autel, de même, dans le culte de l'amour, on change facilement cet être intermédiaire dans lequel on fait descendre la divinité.

C'est ainsi qu'un jour le jeune sculpteur, sans le savoir lui-même, se trouva avoir fait un pas pour passer de l'adoration de sainte Hélène à celle de sainte Berthe.

Depuis la soirée écoulée dans la maison du sacristain, Karl-Jules avait été vivement occupé de la jeune fille, malgré l'agitation qu'apporta passagèrement dans son esprit la scène de la chambre royale. Il voyait sans cesse Berthe étendue sur sa couche verdoyante de branches enlacées ; cette figure s'était

idéalisée dans son imagination d'artiste, et entourée d'un rayonnement ineffable ; il voyait dans ses rêves d'amour de belles jeunes filles de campagne passant à travers champs, et dorées par le soleil au milieu de la verdure. Il se rendait de meilleure heure aux travaux de l'église ; autrefois la conversation de Berthe ne faisait que le distraire agréablement de son ciseau, maintenant la sculpture n'était plus que le prétexte qui le rapprochait d'elle.

Un matin, comme Berthe était occupée dans la sacristie pour toute la journée, il y transporta ses ébauches et s'établit près d'elle. Il trouvait sans cesse de petits services à lui demander pour l'attirer à lui, ou, courant relever l'ouvrage qu'elle laissait tomber de ses doigts, le lui rendait en effleurant sa main et en pensant au bras frais et gracieux qu'il savait maintenant être caché sous cette longue manche. Quand il ne savait plus que faire, il fredonnait l'air de la ronde villageoise de Berthe, pour l'engager à chanter et unir au moins sa voix à la sienne.

La jeune fille aussi se troublait souvent sous le regard de l'artiste et rougissait à ses plus innocentes paroles. Elle sentait ces battements de cœur, précurseurs ordinaires des grands événements, et qui viennent aux premières atteintes de l'amour.

Les immenses armoires contenant les trésors de la sacristie étaient ouvertes. Karl-Jules apporta les médailles des rois de France sur les genoux de Berthe, et, assis à ses pieds sur un bloc de marbre, il fit, avec ces effigies, un cours d'histoire à l'usage de la fille du sacristain, émerveillée que tant de choses se fussent déjà passées sur la terre, comme tous les êtres simples qui, tout jeunes d'esprit, pensent que le monde est de leur âge... Mais bientôt les deux discoureurs, revenant à leur insouciante gaieté, se mirent à faire sauter les médailles sur le tablier de Berthe, jouant à pile ou face avec les têtes couronnées.

A ce jeu qui les rapprochait trop et mêlait ensemble leurs sourires, leurs haleines et leurs mains, les deux jeunes gens puisèrent peu à peu cette mélancolie du bonheur qui, dans le silence des lèvres et même de la pensée, fait vivre tout entier dans cette émotion tendre et triste qui remplit si bien le cœur. La rêverie s'empara d'eux ; ils demeurèrent longtemps oisifs, regardant attentivement les panneaux de la boiserie, sans se demander compte l'un à l'autre de cette méditation qu'ils partageaient si bien.

Et dans tout le cours de ces heures gaies ou sérieuses, actives ou nonchalantes, Karl-Jules était ravi de ce calme, de cette sérénité dans la joie du cœur, qu'il n'avait point connus jusqu'alors.

Tout à coup Sarrazin pensa qu'il avait un grand service à demander à la jeune fille. Il projetait depuis longtemps de faire une statue en pied de sainte Geneviève pour l'offrir à la reine, sa protectrice ; il se trouva décidé à entreprendre cet ouvrage dans ce moment où les inspirations revêtaient la beauté de grâces naïves, d'habits rustiques ; il jugea que Berthe était précisément le modèle qu'il lui fallait pour cette figure, et pria la fille du sacristain de venir poser le lendemain dans son atelier, avec le simple déshabillé qu'elle portait le soir où il l'avait vue dans sa chambre, et qui était tout à fait dans le style qui convenait à la bergère du mont Valérien.

Cette proposition ne pouvait rencontrer aucun obstacle. Le père Boniface était tranquille sur le compte de sa fille, et la laissait parfaitement libre, pourvu qu'elle ne sortît point de l'enceinte de l'abbaye, et quant à Berthe, la condition particulière dans laquelle elle se trouvait, lui laissait ignorer, plus qu'à toute autre créature, le danger auquel l'exposaient des relations intimes avec le jeune artiste aux sentiments spontanés.

Elle se rendit donc le lendemain, de bonne heure, aux désirs de Karl-Jules.

La pièce dans laquelle le statuaire travaillait, à Saint-Denis, n'avait rien du luxe artistique qui distinguait son atelier de Paris ; il avait seulement posé là sa tente d'artiste pour un jour.

Le rez-de-chaussée de la tour était garni de masse de terre glaise, de marbres sortant des carrières et attendant la forme que l'art voudrait leur donner ; des torses, des membres en plâtre étaient posés sur des tablettes ou épars sur les dalles ; des modèles antiques étaient suspendus de tous côtés aux murailles ; il y avait là des têtes au rayonnement d'ange, des masques à l'expression satanique, qui, au moment de l'inspiration du compositeur, venaient imprimer leur sceau sur sa pensée, attacher sa poésie errante à ce type vivant.

Des plantes parasites qui, dans leur croissance, se tressent en réseaux, montaient au dehors jusqu'à moitié de la fenêtre, et profitant même de quelques vitraux cassés pour entrer dans l'intérieur ; elles remplaçaient, par leur tenture verdoyante, le rideau qu'on met ordinairement au bas des croisées des ateliers, pour isoler l'artiste, et ne laisser pénétrer vers lui que le jour d'en haut.

Berthe, en posant, au lever du soleil, dans ce petit sanctuaire, était plus charmante que jamais. Elle portait le costume peu couvert, et cependant pudique, que le sculpteur lui avait demandé. Son front était couronné de ce léger chaperon de toile blanche qui, par la torsade qu'il forme au sommet et les barbes qui tombent sur les épaules, tient du diadème antique et du voile chrétien, comme, en effet, il appartient au moment de transition de ces deux âges ; elle avait un petit corsage lacé devant, une jupe aux plis épais, des manches de chemise bouffantes au haut du bras, une quenouille à sa ceinture, et, entre ses doigts, le fil de laine où pendait le fuseau. Sa figure était dans le jour où l'on place les objets d'art pour les admirer : cette pose modeste, recueillie, convenait au caractère de sa physionomie, à la pudeur de son regard, à la courbe gracieuse de ses épaules, à la rondeur délicate de sa taille. Nous avons dit que la fille du sacristain, belle enfant, élevée et grandie au milieu des autels, avait le type des saintes du premier âge ; en ce moment, avec son chaperon, sa quenouille, son jupon court, ses pieds chaussés de noir, elle ressemblait à la patronne de Paris, telle qu'on la voyait avec son troupeau au sommet de la montagne rocailleuse qui prit son nom, si bien que les anges eux-mêmes s'y seraient trompés.

Le jeune homme alla s'asseoir en face d'elle, au milieu de ses blocs, de ses ébauches, prit de la terre glaise entre ses doigts, et ne travailla pas du tout. Son regard, retenu par l'étude du modèle, ne pouvait redescendre sur son ouvrage.

Bien que Sarrazin ait été un grand statuaire du dix-septième siècle, l'imagination et le cœur étaient plus forts en lui que le sentiment artistique. Comme il l'avait dit, il était devenu sculpteur par amour, et était toujours prêt à être plus amoureux que sculpteur. Le besoin seul de reproduire les traits d'un être aimé, pour les conserver toujours près de lui, l'avait initié aux secrets de cet art, qu'il devait porter si loin ; et, avec sa nature contemplative et peu ambitieuse, l'amour seul pouvait lui donner cette patience persévérante qui triomphe des difficultés, ce ressort de l'âme qui l'élève à de hautes conceptions ; l'amour fécondait son talent, et c'était seulement lorsque son cœur avait répandu la beauté idéale sur le front d'une femme aimée, qu'il pouvait la reproduire dans le marbre... Heureuse manière d'être artiste !

Au bout de peu d'instants, les traits de Berthe s'animèrent d'une innocente joie, un franc rire d'enfant épanouit ses lèvres rouges sur ses dents brillantes ; elle s'était mise à filer réellement, et faisait aller le fuseau de toute la force de ses doigts, en disant :

— Voyez donc, comme c'est drôle, monsieur Karl, je sais encore filer, depuis si longtemps que cela ne m'était arrivé !

— Vous avez donc tenu la quenouille avant de travailler aux ornements d'église ?

— Quand j'étais trop petite pour servir l'église avec mon père, il me faisait asseoir sur le pas de la porte, et je filais tout le jour en l'attendant... Il me semble que j'y suis encore.

— Et cela vous réjouit ?

— C'est si bon d'être enfant !

— Vous êtes encore bien près de cet âge, ma bonne Berthe ; avec cet habillement de sainte et de bergère, on ne vous donnerait pas plus de quinze ans.

— Je n'ai jamais porté d'autres habits.

— Tant mieux ! chaque personne apporte en naissant le costume qu'elle doit revêtir ; si, par un changement de fortune ou la vaine idée de s'embellir, elle en prend un autre, il choque toujours le regard... Vous, ma belle enfant, la laine et la toile parent bien mieux votre figure simple et candide, que ne le feraient la soie et les dorures.

— C'est cependant pour plaire qu'on se fait belle.

— Mais vous n'avez pas d'ambition vaniteuse, vous, pas de folle coquetterie ; on voit cela sur votre visage.

— Et comment voit-on cela sur mon visage ?

— La nature, en vous donnant ces traits purs, harmonieux, qui reposent si bien le regard, a dû y joindre une de ces organisations privilégiées sur lesquelles les passions destructives n'ont pas de prise, et vous avait prédestinée à une existence heureusement passive dans le repos et la paix de l'âme.

— Il n'y a pas tant de mystère à cela, dit-elle, c'est seulement qu'étant pauvre fille, et devant demeurer toujours au village, je n'ai pas connu le monde où arrivent les malheurs dont vous parlez.

Cependant Berthe cessa de filer, devint pensive et reprit naturellement l'attitude que le statuaire lui avait d'abord donnée.

Celui-ci profita de ce moment où elle posait si bien, et, pen-

dant une heure, il travailla vaillamment : la terre malléable commençait même à prendre une forme habile entre ses mains. Malheureusement le bras de Berthe, qui tenait le fuseau, se dérangea de sa pose, l'artiste fut obligé de le replacer lui-même, et ce contact rendit sa main tremblante. Un moment après, les cheveux de la jeune fille étaient trop descendus sur son cou : il alla les relever, et le parfum naturel qui s'en exhalait fit couler un frisson délicieux dans ses veines. A chacun de ces soins, auxquels il donnait beaucoup plus de temps qu'il n'était nécessaire, Karl-Jules revenait à sa place plus ému, plus troublé ; il lui devenait plus difficile de se remettre la tête à l'ouvrage, il ne savait absolument plus ce qu'il faisait.

— Qu'avez-vous ? dit-elle, vous êtes pâle, vos yeux sont humides, tout votre corps tremble.

Mais au lieu d'écouter sa réponse, la jeune fille demeura plus absorbée et plus immobile. Karl lui dit plusieurs fois sans qu'elle l'entendît :

— Regardez-moi, Berthe.

Elle répondit enfin :

— Vous m'avez dit de tenir les yeux baissés vers la terre.

— Oui, dans l'attitude d'une sainte. Pour être vraiment sainte dans son cœur et dans ses œuvres, il faut songer au ciel et regarder la terre, pour chercher les bienfaits qu'on y peut répandre.

— Eh bien ?

— Eh bien ! alors, regardez-moi, car c'est sur moi qu'un mot, une pensée de vous peuvent faire descendre le bonheur.

A ces mots où se révélait la pensée secrète de l'artiste, Berthe leva sur lui ses grands yeux bien ouverts, mais froids, inertes, où l'innocence et la candeur étaient devenues insensibilité.

Par un effet étrange, la chaleur d'âme, la passion qu'exhalaient les regards ardents du jeune homme et ses lèvres entr'ouvertes, dans de brûlants soupirs, loin de se communiquer à elle, semblaient la glacer. Sans qu'elle perdît rien de sa beauté, de sa grâce, son teint se décolorait peu à peu, toutes les nuances de son visage passaient à une uniforme pâleur ; son attitude était d'une fixité étrange ; le souffle même semblait suspendu dans son sein.

Karl la regardait surpris et tremblant ; il lui passa dans l'esprit une chimère cruelle : il crut qu'en voulant soumettre cette créature à l'analyse, au calque de l'art, il l'avait changée elle-même en statue ; cette idée se présenta à lui tout éveillé comme elle eût fait dans un rêve, où les changements les plus bizarres s'opèrent sans inspirer d'étonnement.

Il alla se mettre à genoux devant Berthe.

Tout ce que le sculpteur antique sentit de bonheur en voyant, sous la chaleur de son amour vivifiant s'animer sa statue, était regret et désespoir pour Karl, lorsqu'il croyait voir, au contraire, la nature et la vie se réduire à l'état d'imitation morte, lorsqu'il regardait avec un étonnement fébrile ces yeux dont la prunelle semblait plus claire, ce front, ces joues, ces lèvres de la même blancheur de marbre, cette immobilité de la matière inerte, cette main sans mouvement dans la sienne, toute cette figure où rien ne semblait plus l'entendre et lui répondre. Il lui dit, à genoux :

— Qu'ai-je fait ? parlez-moi, Berthe ! Est-ce d'être entourée de ces froides pierres, qui vous rend froide ainsi ? Est-ce d'être regardée par l'artiste qui examine, quand il ne devrait y avoir devant vous que l'amant qui adore ? Vous, la plus belle œuvre de la nature, pourquoi ai-je voulu faire de vous une imparfaite image ! qu'importe cette ombre pâle qui se fût élevée à côté de vous pour rendre si mal vos traits !... C'est une profanation, n'est-ce pas, de faire servir votre beauté au travail de l'art ? C'est être insensé, quand on est près de vous, de songer à autre chose qu'à vous contempler et à vous aimer !

La jeune fille demeurait dans son impassible silence ; l'artiste retourna s'asseoir à sa place, et les bras croisés, frappé d'immobilité comme elle, la regardait avec angoisse.

Pour tout mouvement, Berthe promenait son regard perdu dans l'espace, comme lorsqu'on cherche à rassembler des souvenirs, et l'expression d'une vague terreur descendue en elle était le seul changement survenu sur ses traits.

Karl-Jules n'y tint plus ; l'étonnement, la pitié, l'impatience même, exaltant en lui la passion, le livrèrent à un élan impétueux. Eperdu, palpitant, sans que sa volonté fût pour rien dans ce mouvement, il s'élança vers elle, passa la main autour de sa tête, et déposa un baiser sur ses lèvres, en disant :

— Je t'aime, Berthe...

Puis dans une émotion étourdissante, pouvant à peine se soutenir, il s'appuya contre un bloc de marbre qui était près de lui.

Quand il releva les yeux, ce qu'il vit fut horrible, à ne jamais sortir de sa mémoire.

Berthe s'était reculée de lui de trois pas... ou plutôt Berthe n'était plus là; il y avait à sa place un fantôme livide, l'œil trouble et égaré, les cheveux et le front mouillés de sueur, le corps roide, frissonnant, et d'où s'exhalait un froid mortel qu'on sentait sans le toucher.

Elle tenait la main posée sur son front comme pour rappeler ses pensées, et répéta plusieurs fois d'une voix altérée:

— *Je t'aime! Berthe.*

Puis, avec une vivacité fébrile:

— Ah! vous m'aimez, monseigneur, vous me donnez un baiser... un baiser sur la bouche qui pénètre dans mes veines... me brûle, me dévore...

Karl la regardait en frémissant, aussi pâle, aussi agité qu'elle-même.

Elle reprit de sa voix sourde et gutturale:

— C'est cela! votre âme d'enfer vient de passer dans la mienne... Maintenant vous me possédez... je suis vouée à vous... Il faut vous obéir.

Et paraissant écouter et répondre:

— Que voulez-vous?... M'emmener d'ici... m'éloigner de mon père... de mon église bénie... Je ne veux pas... J'ai peur!... j'ai peur!...

En disant cela, elle se mit à parcourir l'atelier à grands pas, heurtant avec violence ce qui se trouvait sur son passage, jetant par terre et brisant les plâtres du sculpteur... Puis elle s'arrêta tout à coup, jeta des cris sourds et cacha son visage dans ses mains.

Karl-Jules croyait être la proie d'une vision affreuse; il se retirait pas à pas, se pressait derrière les blocs de pierre comme un enfant épouvanté; s'il n'eût pas fallu passer près d'elle pour sortir, il se serait enfui de l'atelier.

Quand Berthe détacha ses mains de sa figure bouleversée, elle avait une expression plus effrayante encore que la première: c'était un rayonnement de joie sur ses traits livides, un rire cruel au milieu de tressaillements convulsifs.

— Eh bien! dit-elle, vous l'avez voulu, me voici riche, brillante, parée... me voici vêtue comme une grande dame, opulente comme une grande dame!

Elle parut réfléchir un instant, et ajouta:

— Mais suis-je donc si joyeuse, en effet?... Je ne le sens pas... ma tête est lourde, brûlante... un cercle de fer me brise le cerveau... mon cœur se serre... ma poitrine s'oppresse, j'ai peine à respirer... je frissonne à toute minute... Et puis, il faut toujours entendre ces cloches funèbres, toujours marcher au milieu des tombes ouvertes...

Elle s'arrêta pour essuyer l'eau froide qui coulait de son visage, et reprit en regardant autour d'elle:

— Où sont donc mes toilettes... mes atours?... Ah! c'est cela... je les tiens.

Elle arracha une tige de clématite fleurie qui, par les brisures de la fenêtre, pénétrait dans l'intérieur de l'atelier, l'arrondit autour de ses cheveux, et l'y fixa en tordant les deux bouts de la branche flexible.

Puis, joignant les mains, levant la tête avec un regard enflammé, une expression suppliante qui semblait plus touchante encore au milieu de la décomposition de ses traits:

— On m'avait promis, dit-elle, que je serais *belle de bonheur*... Oh! je voudrais bien me voir aussi belle! belle de bonheur!

Elle tourna de tous côtés ses yeux maintenant humides de larmes, comme pour chercher un miroir; elle s'approcha tour à tour des diverses tablettes sur lesquelles reposaient les morceaux de sculpture, et par hasard s'arrêta devant une tête de mort.

Un cri affreux, déchirant, sortit de sa poitrine.

— Ah! ah!... me voilà... C'est moi, ça... Voilà comme ils m'ont faite!

Et la malheureuse enfant était si défigurée, son visage hâve se creusait d'une telle maigreur, que cette face de mort semblait réellement le reflet de sa figure.

Elle répéta encore plusieurs fois:

— Tuée!... morte!... morte!...

Et s'enfuit en courant de l'atelier.

Karl-Jules était tombé sur un siége dans une stupeur mortelle, ne comprenant rien à ce qu'il voyait, muet, atterré, les membres glacés, la tête en feu, bourdonnante, et se croyant devenu fou lui-même.

On ne sait ce que devint Berthe dans cette journée et dans celle du lendemain; elle ne parut ni à l'église, ni dans le jardin de son père.

X

LA NUIT DU VENDREDI.

Le lendemain de ce jour, le vendredi soir, Berthe était dans sa petite chambre rustique aux images pieuses; elle garnissait la cage de ses oiseaux de mouron frais; elle pliait, serrait son ouvrage et sortait du bahut ses vêtements du lendemain, afin d'être prête de bonne heure pour la première messe, à laquelle elle assistait toujours. Après ces soins d'intérieur, elle s'agenouilla devant le crucifix placé à la tête de son lit, ouvrit un livre d'heures et y lut la prière du soir, s'arrêtant parfois au milieu de sa lecture pour joindre à la lettre écrite de naïves réflexions sur la vérité des saintes maximes et la douceur des consolations qu'elles répandent. Tout en elle était sensé, paisible et recueilli. Et cependant, c'était dans cet instant que Berthe était folle; c'était dans le transport fébrile où Karl-Jules l'avait vue la veille qu'elle avait le plus de lucidité d'esprit.

Après une année d'absence, Berthe, un jour, était revenue dans la maison de son père; elle était revenue seule et mourante; ses pieds déchirés l'avaient conduite jusque sur le seuil où elle était tombée sans connaissance. Sa maladie avait été longue, douloureuse, agitée d'un continuel délire. Comme elle revenait à la vie après des malheurs dont le souvenir l'eût fait lentement mourir, la Providence eut pitié d'elle et lui envoya la plus douce des folies, l'oubli.

Elle avait senti pendant cette année de cruelles épreuves, des regrets si amers de la vie pure et paisible qu'elle avait quittée, elle s'était prise d'un tel amour pour cette retraite pieuse et tendre sous le toit paternel, que, dans sa démence, elle crut ne l'avoir jamais quittée; et elle s'était tellement identifiée avec son rêve, que, de l'oubli, son esprit avait été jusqu'à la négation formelle du passé. Dans cet état, elle avait repris sa fraîcheur, sa beauté, et, avec son existence habituelle, ses pensées étaient redevenues aussi ignorantes et candides que si elle ne fût jamais sortie du seuil de sa maison et de l'ombre de son église.

Ce qu'il y avait de plus étrange, c'est que le père Boniface partageait à peu près la folie de sa fille. Après avoir amèrement pleuré son absence, il l'avait vue revenir dans un état qui, en attestant ses souffrances, obtenait son pardon. Sans l'interroger, sans connaître le moins du monde ses fautes et ses malheurs, il avait tout éloigné de sa pensée pour jouir en paix du bonheur de la retrouver. Il soit par communication sympathique, soit pour l'affermir elle-même dans cette idée à laquelle elle devait la vie, il voulait aussi que ce qui avait été n'eût pas été; il entrait même dans une violente colère, comme nous l'avons vu, quand les gens du voisinage parlaient du départ de Berthe, de son retour ou de sa vie singulièrement retirée, et voulaient en tirer de vagues conjectures.

Cependant, l'état moral de la jeune fille n'était jamais dans une situation stable; les objets extérieurs et les moindres circonstances fortuites avaient une grande influence sur cette âme entourée de vapeurs toujours prêtes à se former en orage. Dans sa chambre de jeune fille, dans son jardin, sur les dalles du temple où elle avait fait ses premiers pas, autour des autels où ses mains d'enfant avaient commencé à s'élever pour y tendre des fleurs, elle était de la sérénité la plus parfaite, chantait et souriait de ses sourires de quinze ans, qui semblaient n'avoir jamais quitté son visage. Mais si un objet étranger venait l'étonner, s'il se présentait sur son chemin un habit de seigneur, un équipage de cour; si elle entendait au loin le clairon de la chasse ou de la musique militaire, l'éclair du souvenir, prompt comme celui de la foudre, la frappait aussi violemment; elle savait alors ce qui s'était passé, et le savoir, c'était tomber dans la folie du désespoir et du délire. Elle ne sortait de cet état que lorsqu'un long évanouissement lui avait rendu l'oubli, cette manne céleste dont elle vivait.

Aussi, son père veillait sans cesse sur elle de ce côté, et ne changeait pas sa douce miséricorde en sévérité que lorsqu'il s'agissait de la retenir dans l'enceinte de sa demeure.

Ce soir-là, souffrant encore un peu de la fièvre qui l'avait saisie dans l'atelier du statuaire, mais sans connaître la cause de son mal, il lui prit envie de descendre dans les caveaux funéraires de l'église.

Nous le dirons, pour expliquer cette fantaisie, ce lieu n'avait point pour Berthe la triste majesté dont nous le voyons revêtu. La fille du sacristain y était souvent descendue dans son enfance; les statues peintes (1), dont il était peuplé, l'amu-

(1) Les statues des premières races sont coloriées; elles portent encore les nuances consacrées dans les temples dédiés au soleil ou à la nature chez les

saient à regarder; elle n'avait jamais songé à l'amas de squelettes que couvraient ces dalles, et ce qu'il y avait d'imposant dans la royauté de ces cendres ne pouvait agir sur son imagination. Mais elle aimait ce silence, cette obscurité, cette fraîcheur humide : tout cela était favorable à l'état de son âme, comme un éloignement plus complet du monde.

Depuis quelque temps ces caveaux étaient fermés avec un soin respectueux : outre le cas particulier des funérailles, on n'y descendait qu'une fois l'an pour y célébrer une messe mortuaire. Mais Berthe savait où le sacristain en déposait les clefs, et pouvait se les procurer, en les remettant ensuite exactement à leur place.

Elle alla donc doucement détacher ces clefs, revint prendre sa lumière, et descendit l'escalier extérieur de la maison.

— Comme les esprits volent autour de ma lampe! dit-elle en voyant la flamme vaciller grandement; c'est un mauvais présage.

Car il était article de foi dans le pays que les méchants esprits éteignaient les lumières des jeunes filles, pour les livrer aux amoureux.

Elle arrondit son tablier noir autour de la flamme, et se rassura en la voyant redevenir tranquille. Ce qui empêchait en même temps la clarté de trahir la sortie nocturne de Berthe.

En entrant son l'église, par une porte latérale, elle passa d'abord devant la chapelle de la Sainte-Trinité, contre le pilier de laquelle était adossé, comme nous l'avons dit, le groupe de l'archange saint Michel et du démon, que Karl-Jules venait de restaurer par un long travail. Dans la chapelle étaient encore répandus les cartons de dessins, les outils du statuaire, et même depuis l'avant-veille son sarrau de travail qu'il y avait oublié. Berthe fût retenue par la vue de ces objets; car, dans son état de calme, elle était attirée vers le jeune artiste par un charme inexprimable dont elle ne se défiait pas, n'ayant jamais goûté une douceur semblable et n'en connaissant pas la cause.

Elle posa sa lampe sur l'autel; et quoique ni mauvais esprits ni souffle de l'air ne pénétrassent dans l'église, elle suspendit son tablier autour la lumière, ce qui la rendit invisible du reste de l'enceinte. Ensuite elle vint s'asseoir sur l'escabeau du sculpteur, non loin du groupe de saint Michel, la tête penchée, les mains jointes, dans une rêverie formée de méditation et de prière, où se mêlaient dans son cœur et sur ses lèvres le nom de l'artiste et celui de l'ange.

Laissant Berthe dans cette retraite consacrée, nous allons remonter l'église, en suivant la chaîne de chapelles qui s'étend, à gauche de la nef, jusqu'au tombeau des Valois.

Devant ce monument, entre le chœur et le chevet, était cette statue de saint Bonaventure, dont nous avons déjà parlé.

Dans ce moment où le temple tout entier devait reposer dans la solitude et le silence le plus complet, quiconque se fût trouvé par hasard dans le chœur eût été grandement étonné de ce qui se passa dans une partie de cette enceinte. Une lumière parut derrière la statue de saint Bonaventure, et, s'étendant peu à peu, produisit un fond de clarté blanche sur lequel la figure colossale se détachait en silhouette noire. Un instant s'écoula; puis la statue trembla de la tête aux pieds, et prit ce mouvement oscillatoire, accompagné d'un bruit sourd, qui avait à plusieurs reprises effrayé le sacristain, et c'était fait voir à Sarrazin peu de soirs auparavant.

En même temps, ce colloque avait lieu derrière le piédestal :

— Dans la cavité de ce socle de marbre est une trappe, qui ouvre un escalier par lequel on descend dans les caveaux mortuaires.

— Comment monseigneur a-t-il pu le découvrir?

— J'avais entendu parler de ce passage, qui conduisait autrefois dans les souterrains de l'église, et qu'on avait abandonné et muré depuis l'ouverture d'un escalier plus commode; ne pouvant me procurer les clefs de la nouvelle porte, j'ai cherché à m'ouvrir l'ancienne. Il m'était facile de pénétrer ici à toutes les heures de la nuit; j'ai bientôt découvert que ce piédestal, qui semble entièrement de marbre, n'est fermé du côté de la muraille que par un panneau de bois peint, qui imite la pierre : je l'ai enlevé, et le socle ouvert m'a laissé apercevoir la trappe que je cherchais. M'enfermant chaque soir, après la fermeture de l'église, dans ce large piédestal, j'ai travaillé à desceller l'ouverture secrète.

— Vous vous exposiez fort, monseigneur, à être découvert et reconnu.

— Je m'exposai davantage en allant une fois, à minuit, dans le jardin du couvent, prendre trois roses blanches, par

les rayons de la lune la plus claire, pour les apporter ici sur son autel.

— Sur l'autel de la lune?

— Sur celui de la Vierge. Je te l'ai dit souvent, c'est la même divinité, et je suis lié à son culte par des vœux éternels.

— Pour en obtenir protection en retour. Mais jusqu'à présent votre sainte patronne n'a pas grandement signalé à votre égard sa puissance secourable.

— S'il ne lui plaît pas de laisser tomber un regard sur moi, si elle m'a abandonné parfois dans les combats et dans les chances plus difficiles de la vie, elle est bien maîtresse de ses faveurs, et je ne suis pas délié pour cela de mes devoirs de chevalier envers elle.

C'était, on s'en souvient, cette nuit du vendredi 13 mai, que l'homme au froc de moine avait assigné à ses deux agents, pour une expédition secrète, dans le cabaret du Bon-Temps.

Après avoir échangé le signal convenu, ils venaient de pénétrer tous trois dans l'église et s'apprêtaient à descendre dans les souterrains. Le maître, tout en parlant ainsi à Rigobert, soulevait avec effort la planche ferrée dont il avait ôté le ciment, ce qui donnait à la statue ce faible balancement, après lequel elle reprenait son équilibre.

Les trois hommes nocturnes prirent le passage dérobé. Le moine marchait le premier; les deux bandits le suivaient, Rigobert portant la lanterne sourde, et Missouri le bagage de cordes et d'outils que le maître avait demandé.

Une fois arrivés au bas de la rampe, ils purent ouvrir leur lanterne pour se guider dans le sombre dédale.

Le moine n'était jamais venu sous ces voûtes, et fut un moment frappé de la pensée de se trouver dans cet ossuaire royal, au milieu de ces morts célèbres qu'on peut tous appeler par leur nom, et dont chacun porte un tourbillon d'événements autour de sa mémoire, au milieu de ces cendres si vénérées, qu'il leur faut une des plus belles basiliques du monde pour pierre sépulcrale. Il avait, malgré ses criminelles extravagances, un esprit assez philosophique et une âme assez accessible au sentiment religieux, pour sentir toute la solennité de ce sanctuaire, paraissaient toutes les siennes effroi.

Rigobert pensait qu'il s'agissait de découvrir quelque trésor enfoui dans ces sépultures, et se réjouissait dans son âme, dans son âme de bandit aguerri à toutes les œuvres maudites. Missouri ne savait guère ce dont il s'agissait, et s'offusquait seulement qu'on passât par le saint asile des morts pour aller dans ce jardin dont on lui avait parlé l'autre soir.

Le maître marchait au hasard, ne pouvant aboutir directement à l'endroit qu'il cherchait. Il allait dans ces ténèbres peuplées de tombeaux, sous ces arcades qui s'abaissent comme pour envelopper et garantir les trésors mortuaires. Les rayons de la lanterne, en glissant sur les parois, éclairaient tour à tour les morts couchés sur leurs cercueils, et les pieds appuyés, les uns sur des lions, les autres sur des lévriers, pour indiquer qu'ils étaient morts, les premiers dans les combats, les seconds dans leur palais. Quelques-unes de ces statues étaient frappées en plein de la lueur de la lampe, ces grandes figures blanches sortaient tout à coup de l'ombre et s'éveillaient de leur sommeil; d'autres, à demi cachées dans le clair-obscur, semblaient s'agrandir et se montrer plus menaçantes; d'autres, plus enfoncées dans l'obscurité, paraissaient comme voilées de deuil. La lumière errante éclairait à chaque pas des tombes, puis encore des tombes, et on savait que dans ces profondeurs sombres il y en avait un plus grand nombre encore.

— Maître, je voudrais bien sortir d'ici, dit Missouri en frissonnant.

— Comment peux-tu avoir peur, dit en riant Rigobert, dans un endroit où il n'y a que des morts, armés de rapières et de flamberges de marbre, fort émoussées par le temps?

— Et des spectres, dit le moine.

— Les spectres sont morts aussi de notre temps, monseigneur, répondit Rigobert, et moins à craindre que le dernier des ribauds portant un fusil sur l'épaule.

— C'est égal, reprit son lourd compagnon, vous avez choisi là un triste passage, et je voudrais bien en être dehors.

En même temps, le moine regardait attentivement toutes les pierres tumulaires; il cherchait à reconnaître les symboles qu'elles portaient et à déchiffrer les inscriptions. Rigobert dirigeait les rayons de la lanterne sur les objets de son attention; Missouri, par un mouvement d'épaules, raffermissait sur son dos les sacs, les cordes, les leviers et autres ustensiles sous lesquels il était enterré.

Ils avaient presque entièrement traversé l'espace souterrain qui règne sous le chevet de l'église, quand Missouri s'arrêta en pâlissant, et assura avoir entendu des pas au-dessus d'eux.

— Il faut appeler, dit Rigobert, cela fera descendre les inportuns dans les caveaux, et nous serons bientôt maîtres d'eux.

— Que prétends-tu faire?

— Les tuer. Ce sera, dans votre langage, monseigneur, un holocauste offert au succès de notre entreprise.

On n'entend plus rien, quoique le bruit de pas eût été bien réel; car après l'avertissement de Missouri, les deux autres personnes l'avaient également reconnu.

Cependant le pauvre peureux répétait encore :

— Je voudrais bien m'en aller!

A quelque distance de là, celui-ci interrompit de nouveau ses compagnons, ayant avisé un objet qui le flattait infiniment.

— Ah! ah! maître, dit-il, je la vois!

— Quoi donc?

— La grille par laquelle nous allons sortir.

Et il montrait la porte de bronze à claire-voie qui se trouve encore aujourd'hui près de l'extrémité sud de l'église souterraine.

— Butor! dit pour toute réponse son compagnon.

— Pas si butor, dit le moine, car il a dit vrai en ceci que nous voici arrivés au but de nos recherches.

Il venait de s'arrêter enfin devant un des mausolées et le montrait du doigt.

Le tombeau devant lequel les visiteurs nocturnes s'arrêtèrent était celui d'Henri IV, dernier roi descendu dans cette enceinte, il y avait alors seize ans; il était à deux pieds de la muraille, séparé par la même distance du tombeau de Marie de Médicis, sa femme. Ce sépulcre de marbre d'Italie ne portait sur la partie supérieure qu'une croix de toute la longueur de la pierre, au centre de laquelle étaient la couronne royale, et des deux côtés le sceptre et la main de justice.

— Je suis prêt, dit Rigobert, en posant sa lanterne. Que faut-il faire?

La parole s'arrêta étouffée sur les lèvres du moine, au moment de donner un ordre infâme; il faiblissait devant l'exécution de son infernale pensée; l'aspect de ce tombeau faisait apparaître devant lui la grandeur, la sainteté de ce qu'il avait résolu de braver, de la mort. Tantôt il comparait cet acte odieux au résultat qu'il en voulait tirer, et ce but lui semblait misérable; tantôt les passions humaines reprenaient leur violence, et il ne sentait plus que le besoin ardent de les satisfaire. Tout cela passait en lui comme des éclairs... Mais le bandit réitéra sa demande; on ne peut avoir l'air d'hésiter devant les hommes qui vous servent sans connaître vos desseins, ce serait avouer qu'ils ont peu de fond et se priver des secours qu'on attend.

Le maître dit donc d'une voix altérée en indiquant la table du sépulcre :

— Vous allez prendre des ciseaux et desceller cette pierre.

— Ah! c'est de cela qu'il s'agit! dit Missouri, en posant son bagage à terre et en se croisant les bras : pour Dieu, je jure bien que je n'y toucherai pas.

— Nous ferons l'ouvrage sans toi, imbécile, répliqua Rigobert en relevant ses manches ; tiens seulement ta lanterne.

— J'aimerais mieux être tué que placé que de vous aider en ceci, reprit l'autre.

Et il alla s'asseoir à quelques pas, sur les degrés d'une embrasure qui montait jusqu'à la voûte et se terminait par l'un des étroits soupiraux du souterrain.

Le moine vit bien qu'en laissant Rigobert s'acquitter seul de ses ordres la besogne serait trop longue; cependant une étrange vanité, qui dominait en lui jusque dans les circonstances extrêmes, l'empêchait de mettre la main à l'ouvrage. Mais le temps pressait, il y allait de la vie; il prit un marteau et frappa d'un côté, tandis que Rigobert travaillait de l'autre.

Au premier coup donné, le bruit retentit fortement et se répercuta sous les voûtes; il s'y mêlait les plaintifs murmures de Missouri, à demi caché dans l'obscurité ; si bien que le son, en roulant dans ces voûtes profondes semblait s'accentuer et dire :

— *Sacrilége !*

La pierre tumulaire détachée de sa base, les deux travailleurs purent y introduire des coins de fer, et quand elle fut assez exhaussée, la soulever pour réunissant leurs efforts et la poser sur champ contre la muraille.

On voyait alors le caveau de sept pieds de long sur cinq de large, au fond duquel était le cercueil d'Henri IV.

Au moment où la table sépulcrale fut ôtée, une nappe de poussière s'éleva de la fosse et voila la lumière, semblable à un linceul que le vent du dehors eût fait soulever de la tombe. Il se répandit en même temps dans l'étendue une odeur mortuaire.

Il fallait descendre dans le caveau et ouvrir la bière comme on avait fait du mausolée; le moine était de nouveau saisi d'un invincible frisson au moment de passer ce seuil terrible ; en même temps, Missouri, monté et accroupi sur le troisième degré de l'embrasure disait encore :

— Pour Dieu, maître, pensez-y : *la loi interdit l'air, le feu et l'eau à quiconque aura profané une sépulture!* [1]

Mais Rigobert, qui additionnait avec la récompense promise la riche capture qu'il espérait faire dans le tombeau royal, était très-ardent à l'ouvrage. Après avoir posé sa lumière sur le bord du caveau, il y était déjà descendu; son maître le suivit.

Il était nécessaire de scier une partie de la planche de chêne du cercueil, pour disjoindre le reste; l'instrument fit aussitôt entendre un grincement aigu, sous la main active de Rigobert.

— Miséricorde! s'écria Missouri plus effrayé, vous n'ouvrirez peut-être pas cette bière!

— Tais-toi, dit son compagnon; si tu n'es bon à rien, laisse-nous tranquilles.

— Jour de Dieu! songez que vous allez commettre la plus abominable action où l'enfer puisse pousser, et près de laquelle meurtre, pillage et incendie ne sont rien.

— Fais tenir tes scrupules tranquilles, au fond de ta conscience, dit l'autre brigand, ou bien par saint Nicolas, je t'enfonce ce coin de fer dans le gosier.

— Viens-y si tu veux, reprit Missouri; mais avant, toi et monseigneur vous entendrez ce qu'un saint homme d'ermite m'a dit un jour dans un cimetière : « Tous les hommes ont gagné un tombeau par la marche et la fatigue de cette vie, et ils ont droit à un repos éternel dans ce tombeau...

— Tais-toi.

« C'est pourquoi, ajouta Missouri en continuant sa citation, c'est pourquoi Dieu a mis dans le cœur de tous les humains un respect pour les sépultures qui les protège mieux que la loi et les archers. »

— Tiens, le voilà ton respect, dit Rigobert en introduisant ses ongles dans le joint du chêne et en faisant sauter le dessus de la bière.

— Oh! laisse-le dire, s'écria malgré lui le moine épouvanté de ce mouvement, car il a raison ; il me semble que Ravaillac en tuant le roi n'était pas si abominable que moi en venant ainsi le surprendre et le troubler dans le sommeil de la mort!

Le corps se montrait à découvert ; la lumière posée sur la pierre d'assise du sépulcre l'éclairait pleinement. Les deux profanateurs, à l'aspect inattendu qu'il leur offrit, se rejetèrent en arrière, pâles, frémissants, croyant à un miracle.

Le roi, mort depuis seize années, présentait un visage vivant; sa carnation, ses traits demeuraient les mêmes qu'autrefois; ses cheveux étaient soignés, sa barbe taillée et taillée; sous les vacillements de la lumière, ses yeux semblaient s'entr'ouvrir, ses lèvres se mouvoir... Les deux brigands pensèrent qu'il ressuscitait et allait se lever de son tombeau pour les maudire.

— Ne touchez pas à ce corps! sur le salut de votre âme, n'y touchez pas ! dit Missouri d'une voix sourde qui, venant de ces profondeurs sombres, semblait celle du Destin.

Cependant Rigobert avait osé regarder plus fixement le cadavre, et sa première terreur s'étant dissipée, il portait déjà une main avide sur les joyaux qui reposaient dans le sépulcre royal.

— Non pas toi, manant! s'écria son maître avec une bizarre fierté : tu ne peux pas toucher au roi.

Rigobert s'arrêta stupéfait et en faisant entendre un sourd grognement.

Le moine venait d'apercevoir l'objet qu'il convoitait...; mais pour s'en emparer, il fallait se pencher sur le sépulcre, prendre cette main glacée, collée au corps dans l'attitude du cercueil... Il s'arma d'un infernal courage, saisit la main du mort, et en arracha l'anneau qui portait le sceau royal... Mais, quand il laissa retomber la main du cadavre, il était aussi pâle et aussi froid que lui [2].

Cependant après avoir présenté l'anneau aux rayons de la lumière, et s'être assuré que c'était bien là le cachet qu'il lui fallait, il brandit le poing de joie, et laissa éclater un rire cruel et triomphant.

— Maintenant, dit-il, remettons tout en ordre et partons.

— Quoi! rien pour moi ! dit Rigobert, on ne peut plus mécontent de son partage.

— Dépêche-toi et finissons, ordonna vivement le moine.

Rigobert se mit à siffler en signe de mauvaise humeur, et

[1] Article xix des lois saliques.
[2] Lors de l'ouverture des tombeaux de Saint-Denis, à l'époque de la Révolution, on trouva le corps d'Henri IV dans un état de conservation extraordinaire.

raccommoda à la hâte le cercueil. L'essentiel était que rien ne parût au dehors de la violation du tombeau. Quand les deux travailleurs voulurent reposer sur son appui la pierre supérieure, chargée de sculptures, l'opération devenait plus difficile que lorsqu'ils la descendirent ; car alors son poids l'avait fait glisser d'elle-même, et maintenant ils étaient obligés de réunir toutes leurs forces pour la soulever ; leurs visages rouges et altérés ruisselaient de sueur. Le moine tenait vigoureusement la table d'un côté ; mais Rigobert, affaibli sans doute par l'excitant qui lui avait manqué, ne pouvait la soulever de l'autre.

— Viens donc m'aider, bête brute! dit-il à Missouri en frappant du pied.

— Que je meure à l'instant, si j'y touche.

— Tu n'es donc venu ici que pour nous prêcher et peut-être pour nous trahir, chien de poltron?

— Ce n'est pas être poltron que d'avoir plus peur de Dieu que des hommes.

— Je vais te passer mon couteau dans la gorge, dès que j'en aurai le temps, sois tranquille.

— C'est possible, tu es mieux armé que moi, et plus fort; mais j'aimerais mieux avoir ton couteau dans la gorge que ton sacrilège dans l'âme.

Cependant la pierre était replacée ; on se hâta d'y remettre un peu de mastic et d'effacer autant que possible les traces de cette ouverture, que, du reste, la poussière aurait le temps de dissimuler entièrement, puisqu'on ne devait pas descendre dans les caveaux mortuaires avant plusieurs mois.

Rigobert tourna le dos à la tombe avec dépit et s'éloigna en s'essuyant le front.

— Ouf! disait-il, être chez les rois, et n'avoir pas une bouteille de brandevin pour se rafraîchir le gosier!... Si jamais je reviens à la cour, ce ne sera pas à celle des morts.

On rechargea promptement les ustensiles de travail sur le dos du passif Missouri, et les trois hommes regagnèrent le passage secret ; leur tête pointa tour à tour à l'ouverture du piédestal; ayant une fois pris terre dans l'église, ils scellèrent facilement et avec soin la trappe que le moine avait laborieusement démurée.

Toutes ces choses, que nous avons mis longtemps à retracer, s'étaient passées en quelques instants.

— C'est égal, dit Missouri comme ils allaient sortir de l'église, votre crime sera puni en ce monde même avant de l'être dans l'autre, car en passant vers cet enfoncement gardé par des anges... comment appelez-vous cet endroit ?

— Le caveau de Saint-Louis.

— En passant vers le caveau de Saint-Louis, j'ai certainement vu, derrière ce grand tombeau où se tient debout un roi qui porte une couronne d'or et un manteau bleu semé d'étoiles...

— Après, qu'as-tu vu?

— Un homme qui se cachait et nous regardait passer.

— Misérable! que n'as-tu parlé plus tôt, s'écria Rigobert; sa mort nous eût assurés de son silence.

— Maintenant, il est trop tard, ajouta le moine. Et s'il y avait en effet un homme caché dans l'église souterraine, il peut nous trahir et nous perdre... Eh bien! n'importe, ajouta-t-il avec une exaltation passionnée, que la foudre m'écrase, s'il le faut, mais que Baradas succombe!

Ils sortirent ensuite ; les bandits regagnèrent la campagne ; le moine, la cloître et sa cellule.

Missouri ne s'était pas trompé : un homme était en effet caché dans les tombeaux, et celui-ci n'était autre que le seigneur de Baradas lui-même. Nous allons expliquer comment il y était descendu.

XI

ENTRE LA MORT ET LA FOLIE.

Malgré les efforts que Louis XIII avait faits pour cacher l'agitation de son esprit, après les cruels soupçons que le message du premier ministre était venu jeter en lui, le comte de Baradas, intimement uni au prince de qui sa destinée dépendait, et ayant pour ainsi dire avec lui des communications sympathiques, avait ressenti vaguement cet orage intérieur. Le roi, sous un faible prétexte, avait remis la partie de chasse qui devait avoir lieu au château de Liesse, le 14 mai, à la semaine suivante. Cette circonstance, quelque légère qu'elle fût, avait péniblement affecté le favori, déjà troublé depuis plus d'une année de funestes pressentiments. Pour la première fois, il était craintif en présence du prince et occupé de lui en son absence. Son âme reflétait la tristesse soucieuse de Louis, sans

en connaître la cause, comme l'eau du bassin répète les nuances et les contours de l'objet qui se présente, sans pouvoir saisir les lignes du dessin.

Le vendredi soir, l'anxiété du comte était plus vive. On savait que des émissaires du cardinal-duc s'étaient présentés chez le roi et l'avaient entretenu seul; on savait aussi à la cour qu'un message du ministre était presque toujours une dénonciation; et la réserve du prince à son égard, le retard qu'il apportait à se rendre dans une terre à lui appartenant, enfin ses prévisions instinctives, tout se réunissait pour faire croire augrand écuyer qu'il l'objet, cette fois, des attaques fallacieuses du terrible ennemi de la noblesse.

Livré à ces tristes préoccupations, il veillait seul et pensif à sa fenêtre, lorsqu'il vit au milieu de la nuit (car onze heures à l'abbaye était une heure très-avancée) une lumière briller dans le pré de l'abreuvoir, passer dans le cloître, puis disparaître à l'entrée de l'église.

Il pensa que des malfaiteurs s'introduisaient dans le temple, où tant de richesses devaient exciter leur convoitise ; ensuite il réfléchit que les moines du monastère pouvaient bien aussi choisir ce moment pour quelque cérémonie mystérieuse particulière à leur ordre. A la première pensée, il prit son épée et s'élança vers la porte de son appartement; à la seconde, la curiosité le poussa également au dehors, et il se trouva bientôt vers la muraille de l'église où il avait vu disparaître la lumière.

C'était une cour habituellement déserte qui régnait derrière le chœur.

Là, ni bruit ni lumière ne révélèrent à Baradas la présence d'aucun étranger. En parcourant cet espace de terrain garni de hangars, qui servait de desserte à l'abbaye, il passa devant la petite maison du sacristain, dont la porte était ouverte, et ses pas s'arrêtèrent malgré lui dans cet endroit.

Le comte n'était venu qu'une fois à Saint-Denis, deux années auparavant, il y avait passé peu de temps; cependant, depuis son arrivée dans ce village, de tristes ressouvenirs le poursuivaient quelquefois. Il en était habituellement distrait par les exigences de sa position, par la présence de la comtesse Hélène, qui dominait tout le reste; mais parfois aussi la vue de cette flèche d'église, qui s'élevait toujours devant lui assombrissait son front, et, dans ses heures de liberté, il s'éloignait autant que possible de l'enceinte de l'abbaye.

En ce moment, le jardin rustique du père Boniface, faiblement éclairé par la lueur des étoiles, se montrait à lui; un banc de bois, sous un berceau à demi rompu de vigne et de chèvrefeuille, attira son regard et le retint fixé comme un objet connu, qui réveille par son aspect une foule de douces et pénibles pensées. Il demeura longtemps plongé dans sa rêverie.

Entièrement détourné en cet instant du sujet qui l'avait fait descendre de chez lui, il allait peut-être renoncer à l'éclaircir avant de rentrer dans son appartement, quand une lueur rougeâtre, semblable à celle qu'il avait aperçue de sa fenêtre, vint jeter des jets inégaux sur le pavé de la cour.

Elle devait du soupirail des caveaux funéraires, qui, beaucoup plus enfoncés qu'à présent par la hauteur des terrains environnants, n'avaient, au-dessous de la voûte, qu'un demi-pied d'ouverture, garni de vitraux de plomb et de barreaux de fer.

Baradas, subitement rappelé à l'objet de ses recherches, se persuada davantage que des visiteurs nocturnes s'étaient frayé passage jusqu'au monument dans de criminels projets; il en douta encore moins lorsque après avoir tourné rapidement la muraille du chevet, il vit une porte latérale entr'ouverte; il entra lui-même dans l'église, bien décidé à éclaircir ce qui pouvait s'y passer à pareille heure.

La nuit remplissait l'enceinte; mais la lampe toujours allumée dans le chœur, quelque faible que fût sa clarté dans une telle étendue, suffisait pour qu'on pût s'y conduire. Baradas se trouvait derrière la statue de saint Bonaventure, et lorsque ses yeux se furent accoutumés à cette demi-obscurité, il aperçut l'ouverture que le piédestal offrait de ce côté; il y pénétra et se trouva sur le premier degré de l'escalier souterrain.

De là, un faible murmure de voix et un grincement de fer continu parvint à son oreille. Poussé par l'impatience du courage, il tira son épée du fourreau et descendit rapidement, quoique dans la nuit, les marches de l'escalier.

Il entrait dans les caveaux au moment où les profanateurs, ayant accompli leur œuvre impie, arrivaient au fond du souterrain. La lanterne à demi ouverte ne répandant qu'un faible jet souvent interrompu, Baradas ne distingua rien, dans le groupe d'hommes qui se rapprochait, qu'une robe de bénédictin, parce que celui qui la portait marchait le premier; mais cette vue éloigna de lui toute idée de vol nocturne et le fixa à la seconde supposition qu'il avait faite : il demeura persuadé qu'un petit nombre de religieux étaient venus en cet endroit pour accomplir quelque cérémonie occulte ; et comme, en ce cas, il ne lui restait rien à faire qu'à dérober aux moines l'indiscrétion dont il s'était rendu coupable, il se jeta derrière le vaste monument de saint Louis, tandis qu'ils passaient à côté de lui.

Le moine et Rigobert ne s'aperçurent point, et, comme on l'a vu, ne furent avertis de la présence d'un homme dans les caveaux mortuaires que lorsqu'il était trop tard pour retourner sur leurs pas et s'assurer du fait.

Seul dans cette enceinte ténébreuse, Baradas fut un moment occupé de la pensée de se trouver ainsi amené par hasard dans ce cimetière souterrain, où nul étranger ne descendait alors, et au milieu de toutes ces cendres royales, pensée qui, réveillant au fond de son âme un mystère connu de lui seul, était d'une puissante impression.

Il marcha donc à pas lents, suivant cette chaîne de sépultures consacrées, qui commence à un enfant royal de la première race (1) et finit au roi régnant, dont la fosse est toujours ouverte d'avance, et toute prête. Il se plaisait à rester quelques instants dans cette situation étrange, bien sûr de retrouver, en revenant sur ses pas, l'escalier par lequel il était descendu.

Il était arrivé aux trois quarts du sanctuaire, vers le sud, lorsqu'une lumière parut à ses yeux dans le lointain.

Arrêté par la surprise, il fixa ses regards de ce côté, et l'apparition la plus étrange s'offrit à lui.

Derrière une grille, dont les barreaux, descendant jusqu'en bas, laissaient parfaitement distinguer les objets, au fond d'une voûte qui succédait à cette porte, une femme, vêtue de blanc, les cheveux à demi dénoués, une lampe à la main, descendait lentement les degrés d'un escalier.

Elle était jeune, belle, avait l'air paisible et serein, et tenant les yeux baissés, semblait tout occupée de ses pensées que de ce qui l'entourait.

Baradas considérait avec une surprise mêlée de quelque attrait, cette légère et gracieuse figure.

Elle avança jusqu'à la grille, et introduisit une clef dans la serrure.

Mais à mesure qu'elle s'était approchée, et que le jeune seigneur avait mieux distingué ses traits, un saisissement inexprimable s'était emparé de lui.

Elle, au moment d'ouvrir la porte, aperçut une figure derrière les barreaux, dirigea les rayons de sa lampe de ce côté, et alors son visage se bouleversa, un cri sourd sortit de son sein.

L'un et l'autre demeurèrent immobiles et frappés d'effroi.

Cette femme était Berthe, que nous avons laissée recueillie dans la chapelle de la Trinité, et qui avait pris, pour descendre dans les caveaux, l'escalier ordinaire aboutissant à la grille du sud.

Elle venait distraite de sa marche par les sentiments pieux et tendres qui l'avaient occupée, et le sourire était encore sur ses lèvres. Mais, à la vue de Baradas, une révolution violente s'opéra en elle ; elle tressaillit de tout son corps, ses yeux s'agrandirent et semblèrent s'égarer.

Elle continua à le regarder fixement pour le mieux reconnaître ; son doigt levé paraissait suivre de loin les lignes du visage qu'elle observait, comme pour mieux aider sa mémoire ; la lampe, qui tremblait dans sa main, faisait étinceler les dorures de l'habit du jeune seigneur, et achevait de le faire apparaître à ses yeux ; à chaque minute de cet examen muet, ses traits s'altéraient davantage.

Ce n'était point l'étonnement ni la terreur de trouver un homme dans ces tombeaux, au milieu de la nuit, qui agissait sur elle ; il venait de passer dans sa tête un de ces éclairs de souvenirs terribles, foudroyants, qui lui rendaient la connaissance lucide du passé ; connaissance mêlée de désespoir, de troubles affreux d'esprit, lueur de raison mille fois plus que sa douce folie. En une minute sa figure s'était décomposée ; une lumière blanche errait sur sa prunelle noire, qui paraissait tout entière ; ses lèvres étaient livides ; le frémissement de ses nerfs était le seul signe de vie, au milieu d'une pâleur et d'une teinte morbide.

Le comte, épouvanté de cette vision, murmura en tremblant :

— Berthe, est-ce vous ?

Sans faire un mouvement, elle continua à regarder fixement celui qui était debout devant elle, parut réfléchir quelques instants, et dit à demi-voix :

(1) Un enfant, fils de Chilpéric, fut enterré à l'église Saint-Denis, en 579, et là commencèrent les sépultures royales.

— Il m'appelle par mon nom, c'est bien lui... Mais, pourquoi est-il ici ?... On ne vient dans ces caveaux qu'après la mort... Il est donc mort ?... Oui, c'est cela ; il était de grande maison, on l'a mis dans le tombeau des rois...

Baradas, en retrouvant ainsi subitement, au milieu de ces caveaux funèbres, cette jeune fille dont, depuis une année, il avait ignoré le sort, en la retrouvant ainsi si cruellement changée, s'était demandé si elle était morte ou vivante. Il connut alors qu'elle était en même temps l'une et l'autre, qu'elle était folle.

Cependant ce qu'il y avait eu d'abord d'effaré et de hagard dans les traits de Berthe, au premier moment où elle avait reconnu le comte, semblait se calmer maintenant qu'elle croyait ne revoir que son ombre, et faire place à une tristesse résignée et paisible.

Elle leva la main, et du ton solennel dont on prononce un serment, elle dit :

— Je t'aimerai jusqu'à la mort! Puis elle ajouta d'une voix pleine de larmes : Il ne m'aimait plus... je devais bien penser qu'il était mort.

Ce serment, le comte le reconnaissait, c'était celui qui avait égaré, perdu Berthe ; c'était aussi l'oubli de ces paroles jurées qui avait effacé sa raison, éteint en elle la lumière éternelle ; et lui, il l'apprenait ainsi fatalement, dans la solitude, dans la nuit, dans une enceinte mortuaire ! Ces pensées poignantes étaient mêlées de remords et d'effroi. Au milieu de sa pitié pour la jeune fille, il éprouvait cependant ce sentiment égoïste qui porte à fuir la douleur ; il brûla de s'arracher de cet endroit et s'éloigna rapidement dans les ombres.

Le désir de s'enfuir guida sa marche dans le labyrinthe ténébreux, et bientôt il se retrouva avec un plaisir extrême sur la première marche de l'escalier dérobé.

Mais, arrivé au haut des degrés, son front se heurta contre la trappe baissée ; il tâcha, à plusieurs reprises, de la soulever, sans pouvoir y parvenir. Trouvant la même résistance sur tous les points, il connut qu'elle était murée, et que toutes ses forces réunies ne pourraient lui imprimer le moindre mouvement.

Il n'y avait encore rien de bien effrayant dans sa situation, et pourtant un serrement de cœur indicible lui annonçait quelque affreux événement... Le jeune et superbe seigneur était tout à coup jeté sous terre, enfermé, enterré sous des voûtes funèbres !... Pour sortir maintenant, il fallait passer par la porte près de laquelle était Berthe, et il redoutait cruellement de se retrouver en présence de cette malheureuse enfant.

Il n'y avait pas d'autre parti à prendre, cependant ; il retourna vers cet endroit, guidé cette fois dans sa marche par les lueurs que la lampe jetait de loin en loin aux angles des tombeaux.

Berthe était restée de l'autre côté de la grille, assise par terre, les mains passées autour de ses genoux, la tête penchée et languissante ; elle murmurait toujours les mêmes mots qu'elle avait dits en apercevant le comte :

— Il ne m'aimait plus... c'est parce qu'il était mort !...

— Berthe, ouvrez-moi, dit-il doucement en posant la main sur la serrure.

Elle secoua la tête :

— Les morts ne sortent pas, dit-elle sans lever les yeux.

Le comte joignit les mains, en répétant de sa voix la plus tendre :

— Berthe, je t'en supplie !

La jeune fille leva la tête, mais son regard était froid, inerte, comme s'il se portait seulement sur des souvenirs. Elle laissa aussi retomber son front.

— Voilà comme il me priait autrefois, dit-elle, là-bas, sous le berceau de chèvrefeuille : Berthe, je t'en supplie!... la voiture nous attend... partons ensemble... Et, quelques instants après, je ne voyais plus la maison de mon père à côté de moi, plus la flèche de mon église dans le ciel...

Une larme coula lentement sur les joues froides de Berthe ; le comte la regarda, l'écoutait dans un douloureux silence.

Berthe continuait :

— Mais nous parcourions de belles plaines... celles de la Champagne, je crois. Puis nous arrivâmes dans un grand hôtel de tuiles rouges, la résidence du gouverneur... Là j'avais un doux retrait pour moi seule... des femmes pour me servir... Je lavais mes mains dans de l'eau de rose, et je m'asseyais sur des coussins de velours... Quand je me levais, je voyais dans de grandes glaces mon image toute parée de soie blanche et bleue, avec des cordons de perles et d'argent... et je sentais comme le parfum de mille fleurs autour de moi !... Mais cela n'était rien! ce qu'il y avait de bonheur, c'est que je le voyais, lui! lui, presque toute la journée auprès de moi!

Ces souvenirs pleins de douceur étaient favorables à la raison de Berthe; elle parlait en ce moment avec plus de lucidité d'esprit qu'elle ne l'avait fait depuis ses malheurs. Baradas n'avait pas le courage de l'interrompre.

— Je l'aimais tant, reprit-elle, que je m'oubliais tout à fait moi-même. Je ne sais vraiment pas si pendant ces quelques mois j'ai été heureuse ou à plaindre, je crois même que je n'y ai jamais pensé; mais je me souviens de tout ce qui se rapporte à lui. Je sais que lorsqu'il était soucieux après lu des lettres de Paris, je vins une fois à bout de le distraire en lui chantant une ronde que j'avais apprise des pastours du village, une autre fois en lui contant des légendes que j'avais entendu dire aux vieux moines du couvent... Je me souviens que lorsqu'il revenait fatigué de la chasse, je lui donnais du vin parfumé de lavande et de romarin, ou du jus de fruit fondu dans la glace; je roulais la chaise longue dans le coin le plus ombragé de la chambre, et il s'endormait sous mon regard... Je me souviens qu'un de ces soirs-là il a été bien heureux : j'ai passé à son cou, tandis qu'il dormait, un cordon bleu et une croix que le roi avait envoyée de Paris dans une boîte, si bien qu'il s'est éveillé *chevalier de l'ordre du Saint-Esprit*... Oh! je n'ai pas oublié un seul de ses souvenirs!...

Le comte avait le cœur déchiré de pitié, de regrets, mais il laissait la pauvre rêveuse s'étendre sur ses souvenirs de bonheur; il craignait trop qu'elle ne vînt à en éveiller d'autres!

En effet, Berthe avait avancé d'un pas dans cette marche incertaine au milieu de ses jours passées. Elle se leva tout à coup, regarda dans la profondeur des tombeaux, comme si c'était là maintenant qu'elle cherchât ses souvenirs.

— Tout était changé, dit-elle; nous étions arrivés dans un magnifique château... mais derrière, à cent pas, il y avait une montagne de rochers noirs, jetés les uns sur les autres, avec un torrent qui s'élançait d'en haut et roulait dans l'abîme...

Berthe était agitée d'un tremblement nerveux, et ses traits se décomposaient davantage à mesure qu'elle parlait.

— Une grande dame commandait dans le château... Dès que je la vis, j'en eus peur... Elle était bien belle cependant! mais derrière elle marchait, comme son ombre, le squelette de la mort. Elle me donna des habits de drap à la place des miens, disant que c'était outrager la noblesse que de me faire porter, à moi, l'hermine et le velours... Je devins seule, délaissée; j'eus pour chambre une tour abandonnée où il n'y avait que moi et les orfraies... Et lui! lui, mon Dieu! je le vis plus rarement... puis plus du tout!... Et je pleurai le jour, je pleurai pendant le sommeil... Parfois, à travers la meurtrière de ma tour, je l'apercevais encore dans la châtellenie, mais toujours à côté de cette noble dame, ma haine et mon effroi... c'était plus affreux encore que de ne pas le voir!... Enfin, une nuit...

— Eh bien! une nuit? demanda avec inquiétude le comte qui, depuis ce moment, avait ignoré le sort de Berthe.

— Oh! non, c'est trop horrible, dit-elle en pressant son front mouillé de sueur froide, l'oubli! mon Dieu! l'oubli!...

La pauvre enfant voulait se réfugier dans le sein de cet oubli, son sauveur; mais la lumière de l'esprit la brûlait, la dévorait en ce moment.

— Parlez, oh! parlez, répéta le comte avec angoisse.

Elle ne l'entendait pas, mais seulement, emportée par la violence de ses souvenirs, elle continua :

— Cette nuit-là était bien sombre; j'avais éteint ma lampe, et pourtant je vis tout à coup une lumière dans ma chambre. Je m'enveloppai d'une mante et me jetai à la ruelle de mon lit. Deux hommes ouvrirent les rideaux, se penchèrent sur ma couche et me tirèrent par les bras pour m'arracher de mon refuge; je me heurtai le front contre le mur de la tour!... Mur impitoyable! il ne voulut ni s'ouvrir ni me tuer!... Je me sentis emportée par l'un de ces êtres hideux... pressée sur sa poitrine! Son compagnon le suivait et me prit dans ses bras à son tour... Ils me portèrent ainsi vers le torrent... Tout était noir comme un drap de mort, la nuit, les rochers, les sapins; au milieu on voyait blanchir cette eau du torrent, cette eau livide, qui coulait avec un bruit affreux... Le cri d'effroi... Tout tourna autour de moi... Je sentis un grand coup dans la poitrine, une glace dans tout le corps... puis plus rien!

— Oh! la mort! l'enfer, pour cette femme odieuse, s'écria Baradas. Elle tuait une rivale qu'elle redoutait encore, et au matin elle me disait en souriant que la vie villageoise, oublieuse de son seigneur, était sans doute allée chercher l'amour dans la chaumière.

— La chaumière, répéta Berthe, qui entendit ce mot. Oui, je m'éveillai dans une chaumière; il y avait là une vieille mère, un pâtre aux vêtements tout mouillés, un prêtre qui tenait l'huile sainte. On disait autour de moi : « Elle est sauvée! — Encore bien faible et meurtrie; —c'est le choc de la roche où son corps s'est arrêté; la 'dernière avant l'abîme... » Il se passa encore quelque temps dont je ne me souviens plus. Mais un jour que

le soleil était radieux, je vis ce soleil et je voulus le suivre pour retourner chez mon père. La vieille femme me tendit un petit paquet d'étoffes; c'étaient des vêtements pour moi; je m'habillai, je partis, je marchai toujours, toujours devant moi...

— Pauvre enfant, où trouviez-vous de quoi vivre?

— Je demandai l'aumône.

— Qui vous apprenait le chemin?

— Qui apprend le chemin au pigeon égaré, quand il revole à son colombier?

Berthe répondait à ces questions sans lever les yeux, comme si un être invisible l'eût interrogée. Elle était retombée assise sur la dalle, dans cette attitude de souffrance où Baradas l'avait trouvée en revenant vers la grille.

— Et vous n'avez pas maudit celui qui était, pour vous, la cause de tant de maux? demanda-t-il encore.

— Non, je lui ai pardonné.

— Pardonné!

— Je ne pouvais plus l'aimer; il fallait que cet amour qui était dans mon cœur s'en allât en pardon.

Baradas s'appuya sur l'angle d'une tombe, et pencha son front dans sa main; une larme humecta un instant sa paupière. Atterré par les révélations que Berthe venait de faire dans sa démence, de rapides réflexions passaient dans son esprit où flottaient en même temps le remords, l'indignation contre un forfait odieux, la haine de celle qui l'avait enfanté dans son infernale jalousie, la pitié pour la pauvre victime qui était là, sous ses yeux, encore frappée d'une blessure mortelle, d'où s'était écoulée la raison si ce n'était la vie.

Il se promit de l'entourer de soins, de faire tout au monde pour la consoler et la guérir.

Mais si l'intérêt du terrible mystère qui venait de se dévoiler à lui l'avait distrait quelque temps du danger de sa propre situation, il y revint cependant, et vit avec terreur l'espèce d'emprisonnement où il se trouvait réduit.

Il dit alors à la jeune fille :

—Berthe, il faut que nous sortions d'ici tous deux. Ouvre-moi, et je te soutiendrai dans mes bras pour regagner la maison de ton père.

Elle se leva alors, posa la main sur la clef, entrée dans la serrure, et regarda fixement le jeune seigneur.

La lampe commençait à baisser, et ne jetait plus qu'une faible lueur sur la figure du comte. Pâle, brisé par tant d'émotions, penché sur une tombe, et maintenant à demi voilé par l'ombre, sa vue pouvait en effet confirmer en ce moment la folle idée de Berthe.

— Il est donc mort! dit-elle. Oh! c'est vrai, depuis longtemps je ne sentais plus son souffle brûlant sur mon front, sa main appuyée sur mon cœur, ses cheveux parfumés flotter sur mon épaule... C'est qu'il n'était plus! c'est qu'il reposait froid, inanimé dans son tombeau, où je vois se lever son sombre.

— Au nom du ciel, Berthe, ouvre-moi! dit-il d'une voix frémissante.

— Il se plaint, il gémit, dit-elle; oh! Dieu l'a condamné!

Le comte regarda autour de lui et frissonna. Dans tout l'étendue, des tombeaux; devant lui, un être en démence!... ... était seul dans cette enceinte funèbre, seul entre la mort et la folie!

Un cri étouffé vint sur ses lèvres.

— Tu souffres, pauvre âme en peine! reprit Berthe; que faut-il faire pour te soulager? Si le feu éternel te brûle, te dévore, il y a ici près, sur ce banc où tu m'as parlé d'amour, autour de ces arbres sur lesquels tu t'es appuyé, des chèvrefeuilles, des lilas, mouillés de l'eau du ciel et de mes larmes : ils rafraîchissaient autrefois nos fronts embrasés; je vais les effeuiller sur ton tombeau pour qu'ils versent leur rosée.

— Eh bien! oui, dit-il, ouvre cette grille; nous irons les chercher ensemble.

— Sortir d'ici! répondit-elle; oh! non, les morts ne sortent pas.

L'œil de Berthe devint plus égaré, ses traits pâles prirent un aspect plus sévère. Elle arracha la clef et la jeta au loin sur les dalles.

A ce mouvement, le comte tressaillit, son sang se glaçait; le désespoir entrait dans son âme.

Berthe, ayant l'air de réfléchir, continuait :

— Les ombres ne doivent pas retourner sur la terre; la garde de ces caveaux est confiée à mon père, et s'il laissait les morts quitter leur cercueil, il serait cruellement puni. Tiens, ajouta-t-elle en montrant la ligne lugubre de tombes qui s'étendait dans les ténèbres, demande à tous ces morts si depuis les temps des temps il leur fut jamais permis de lever la pierre de leur sépulcre.

A ces paroles incohérentes, Baradas frappa son front d'impatience et de terreur; il marcha à pas précipités dans les souterrains... Mais partout il se heurta à des marbres glacés, à des murailles sans ouverture, sans issue. La clef de cette grille était là, devant lui, il la voyait, mais derrière les barreaux, et hors de la portée de sa main. La pensée de demeurer enfermé dans ces caveaux où on ne descendait jamais, d'y être enterré vivant, le faisait frémir d'horreur.

Il pensa tout à coup que son sort était maintenant entre les mains de celle qu'il avait perdue, qu'il serait peut-être condamné au supplice le plus affreux par cette démence qu'il avait causée lui-même.

Ainsi, la douce et innocente créature pouvait être chargée elle-même de sa vengeance; ainsi la victime, sans rien perdre de son ineffable miséricorde, pouvait accomplir elle-même la justice céleste.

Il trembla devant cette fatalité terrible.

Éperdu, il retourna vers la grille, et levant ses mains suppliantes:

— Sauve-moi, Berthe, sauve-moi! s'écria-t-il, ton esprit te trompe, je ne suis pas mort... mais je souffre... j'étouffe ici... prends la clef... ouvre-moi!

Elle secoua doucement la tête, en voulant dire : *Non*. Faible enfant, languissante, abattue, mais forte de ces barreaux de fer qui soutenaient sa fantaisie insensée.

O malheur! elle n'avait pourtant qu'à faire un seul mouvement, qu'à relever cette clef pour le sauver d'une mort affreuse; et elle ne le voulait pas, elle qui l'avait tant aimé, elle qui eût souffert le martyre pour lui épargner une peine.

Baradas s'approcha davantage de la grille; il eût voulu, par la puissance de son regard, rallumer cette lumière de l'âme qui était éteinte... mais il ne trouvait rien que les yeux de la démence, dont les regards ne peuvent se fondre dans d'autres regards, rien que ces traits immobiles où nulle parole ne peut faire naître l'impression voulue, rien que cet esprit sourd où toute communication humaine est perdue.

Il retomba appuyé sur la pierre du sépulcre. L'étonnement de son étrange situation, l'impétuosité de son caractère qui se révoltait contre tout obstacle, l'épouvante du sort qui se préparait pour lui le jetaient dans un vertige inexprimable.

Plus le visage du comte était agité de cruelles angoisses, plus les traits de la jeune fille prenaient de gravité religieuse.

Elle crut calmer cette ombre errante autour de son tombeau, et se mit à entonner, d'une voix mélancolique et profonde, les versets du *De profundis*.

Ce chant de mort, effrayant présage, cette harmonie funèbre qui ne plane que sur les trépassés et qu'il entendait vibrer autour de lui, répandit un froid subit dans le sein du malheureux. Il y répondit par un sourd gémissement.

— L'ombre se plaint, dit Berthe, elle ne veut pas qu'on la trouble dans le séjour des morts... Repose en paix, âme plaintive !... Adieu!

Après ces mots, elle prit sa lampe, se disposant à sortir des caveaux.

L'effroi de Baradas redoubla; il ne pouvait supporter la pensée de rester seul dans ces souterrains. Berthe était folle, mais c'était encore un être vivant près de lui... seul il était perdu!...

Épouvanté, il se jeta à genoux devant la grille.

La jeune fille s'était déjà éloignée de quelques pas sous la voûte; le comte éperdu, haletant d'effroi, lui criait :

— Oh! reste, Berthe, je t'en supplie, reste là !

Mais elle monta les premières marches de l'escalier. Là, elle se retourna encore une fois. Elevée au-dessus du sol, sa figure blanche, imposante, mystérieuse, ressortait dans les rayons de la lampe au milieu d'un cercle infini de ténèbres. Elle reprit d'une voix plus basse les versets de l'hymne funèbre, en étendant une main vers le comte.

Puis elle monta les derniers degrés de la rampe; la lumière qu'elle tenait s'effaça peu à peu; le bruit de ses pas diminua; le mot *De profundis* frappa plus faiblement l'oreille du malheureux prisonnier; puis il ne vit, il n'entendit plus rien.

Cependant un bruit plus prononcé rompit encore une fois ce silence de mort; c'était la porte d'entrée de l'escalier que Berthe refermait sur elle.

Les mains du comte, qui se tenaient crispées aux barreaux de la grille, se détachèrent; il s'affaissa sur lui-même, et laissa tomber sur la pierre son front mouillé de sueur froide.

Il était sans doute enfermé là pour toujours.

XII

LE RÉVEIL DE L'ABBAYE.

Le lendemain l'abbaye s'éveillait avec le soleil; les vitraux des ogives étincelaient d'une lumière dorée; le son des cloches animait l'air; les chants des matines y répondaient; tout reprenait la parole et le mouvement. Des moines sortaient par bandes des portes cintrées, se répandaient au dehors sur les sentiers d'herbes fleuries, et s'en allaient, dans les parfums des aromates et la fraîcheur de la rosée, vaquer à leurs mois et complaisants travaux: les uns montés sur les chevaux du monastère, les plus beaux et les plus vigoureux de France, qu'ils menaient à l'abreuvoir; les autres portant sur leurs têtes les amphores aux larges flancs, dans lesquelles ils allaient puiser le vin des celliers; ceux-ci comptant les gras troupeaux qui partaient pour le pâturage; ceux-là parcourant les vergers pour reconnaître à leur point de maturité les fruits que le ciel donnait aux bons pères pour cette journée.

Excepté les religieux, peu de personnes étaient encore éveillées à l'abbaye; seulement le vieux sacristain arrosait déjà son unique rosier, cette heureuse plante du pauvre, toujours aimée et admirée comme une maîtresse, comme une reine; et des lumières qui paraissaient dans la chambre royale, dont les contrevents étaient entr'ouverts, montraient que Louis XIII s'était levé avant le jour, ou peut-être avait prolongé jusque-là sa pénible veillée.

Un autre habitant de l'abbaye se trouvait aussi d'humeur matinale. C'était Karl-Jules, qui avait passé la soirée de la veille à parcourir la campagne, dans le trouble extrême où l'avait jeté la découverte subite de la folie de Berthe, et en même temps de l'intérêt passionné qu'il prenait à la pauvre insensée. Une nuit fiévreuse avait encore augmenté la tourmente de ses idées; si bien que, au lever du jour, il se demandait si cet amour dont il craignait d'être possédé n'était point simplement la contagion du mal qui l'avait frappé. Même il croyait déjà sentir à son front ce cercle aigu et brûlant, couronne d'épines de la folie.

Il descendit dans son atelier; et là, en retrouvant les marbres, les bustes, les statues renversées, en revoyant les massacres causés par un délire furieux, il se crut encore présent à la scène effrayante de la veille; chaque cicatrice restée sur le marbre lui retraçait le coup frénétique qui l'avait creusée. Il se maudissait du sentiment insensé qui avait pénétré en son cœur... S'il y avait eu là une statue de l'amour, il l'aurait brisée.

Il sortit de son atelier comme il l'avait fait de sa chambre, pour échapper à ses obsédantes pensées, et se dirigea dans les dépendances du monastère. Les parages qu'il traversait, véritable terre promise, enfermaient des serres chaudes, des potagers, des basses-cours, des volières, des bassins poissonneux, de magnifiques vergers, le tout dévolu au bien-être et à la table des moines. La nature semait en abondance, dans cet enclos, des fleurs, des fruits, de douces et excellentes moissons pour faire pousser des moines... Mais ces objets n'attiraient pas les regards de Karl-Jules; comme il arrive toujours, ses soucis s'avaient suivi hors du logis, et l'accompagnaient pas à pas. Il allait lentement par une longue allée d'aunes tracée au milieu d'une prairie.

Maintenant que la douceur de l'air se répandait sur ses idées, il retrouvait la jolie sainte aussi charmante qu'elle lui avait d'abord parue, et, s'il pensait à son mal affreux, c'était avec un soupir de pitié... Combien n'avait-elle pas dû souffrir pour en venir là! Les paroles incohérentes de la pauvre insensée lui montraient qu'elle avait été aimée et abandonnée par un seigneur; il jurait de la venger. Il se rappelait tout ce qu'il avait souffert lui-même de ces amours disproportionnées; il se trouvait avec Berthe dans une tendre fraternité de malheur; il se voyait près d'elle, tous deux déchirés des mêmes blessures, les guerissant dans le sein l'un de l'autre.

Puis, au milieu de ces douces images, quand il sentait Berthe appuyée sur son épaule, comme si elle y eût été en effet, il la voyait tout à coup relever la tête, qui était sur lui ses yeux hagards, lui jeter ces regards qui vous transpercent de leurs éclairs maudits; elle lui tenait ces propos sans suite, mais effrayants dans leur obscurité, qui semblent la langue étrangère d'un monde de malheur!... C'était bien horrible à imaginer, et cependant il fallait craindre plus encore: qui sait ce que la démence peut inventer d'épouvantable! Aimer une folle, c'est laisser la porte de son bonheur ouverte à des milliers de démons... Et cependant il sentait qu'il l'aimait, cette folle!...

A cette effrayante conviction, il pressa son front de sa main, et ferma les yeux... Il vit passer dans l'ombre des fantômes affreux; en même temps il s'entendit appeler par son nom; il crut que les esprits infernaux voulaient l'attirer dans les ténèbres éternelles de l'âme...

Jamais illusion ne fut plus mensongère: c'étaient les bons pères du couvent, ses amis, qui l'appelaient gaiement à eux.

Karl-Jules, au bout de l'allée d'aunes, venait d'arriver au grand vivier de l'abbaye.

Ce bassin limpide et argenté était, au milieu de la prairie, comme un magnifique miroir encadré de verdure; il coulait entre des rives de marbre blanc, sur un fond de sable brillant; à la marge croissaient les herbes aromatiques salutaires au poisson, et formant une bordure d'un vert foncé, qu'émaillaient l'iris bleu, la giroflée et le grand roseau, dont la tête dorée se recourbe pour caresser l'eau qui le fait naître.

Des bouquets de saules et de bouleaux était jetés de distance en distance sur le bord, pour que les habitants du bassin pussent choisir, selon la température, la fraîcheur ou le soleil; et l'eau était nuancée de leur ombre verte et légère, et de l'opale rosée du ciel.

Un certain nombre de religieux étaient en cet endroit réunis en grave conseil, que présidait le père cellerier; car on allait, ce jour-là, fermer les écluses pour la pêche générale du vivier. Ils tendirent tous ensemble la main à Karl-Jules.

— Vous voilà, démon tentateur! dit l'un.

— Bonjour, ennemi des bons chrétiens! dit l'autre.

Car les bons pères étaient dans l'habitude de dire que leur jeune sculpteur, qui parait la matière et la faisait adorer, nuisait au salut des fidèles; que, devant ses belles statues, on oubliait parfois le saint pour contempler l'image, et que nul n'était plus que lui le fauteur de Satan.

— Eh bien, jeune homme, dit le sous-prieur, vous venez donc aussi prendre part au grand événement de ce jour?

— Quel événement?

— Mais la pêche générale du vivier: elle est annoncée, depuis longtemps, pour le quinzième jour de ce mois... Mais, à votre âge, on se laisse vivre, on ne compte pas les jours.

— Monsieur Karl-Sarrazin n'a certainement pas oublié que c'est aujourd'hui *le quinze mai*, dit une voix derrière la statuaire.

Le jeune homme tressaillit et tourna vivement la tête; il venait de reconnaître la voix du moine qui l'avait assigné à quinze jours pour lui tenir compte de son étrange promesse. Il interrogea d'un regard avide toutes ces têtes de bénédictins, le visage découvert; mais il ne put distinguer celui qui venait de parler.

En même temps, le sous-prieur tira Karl-Jules par le bras, pour lui montrer les magnifiques poissons dont les cuirasses mordorées paraissaient entre deux eaux.

— Nous espérons, dit-il, que le roi viendra voir lever nos filets, et que cela lui sera un passe-temps agréable... Dieu veuille qu'il y trouve un peu de distraction! car notre cher prince est depuis quelques jours d'une tristesse extraordinaire.

— D'une tristesse de roi, mon père.

— Il ne chante plus avec nous aux offices, il apporte tant d'insouciance à sa partie du soir et à ses discussions théologiques, que notre grand-prieur est obligé de jouer et de discuter tout seul... Mais voyez donc ce magnifique barbeau qui vient prendre le vent... Deux pieds au moins entre tête et queue!... C'est vraiment un morceau royal... J'espère qu'il y a de quoi faire sourire le prince, quand il le verra sur sa table.

— Certainement, mon père, il sera aussi satisfait que le barbeau lui-même.

— Allons, allons, dit le père cellerier en se frottant les mains, je vois que le moment est bon pour la pêche.

— Oui, *c'est le dernier quartier de la lune*, reprit, en accentuant ces mots, la même voix qui avait frappé Karl-Jules. Comme le sculpteur n'avait pas cessé de jeter un regard oblique sur le groupe des religieux, il reconnut cette fois celui qui venait de prononcer ces paroles.

C'était un homme qui paraissait âgé d'une cinquantaine d'années, quoiqu'il eût peut-être moins. Sa tête brune, dépouillée de cheveux et de carnation, était hérissée de sourcils et de barbe noire; le front haut, la taille cambrée, le poing sur la hanche; il avait, sous le froc, une encolure soldatesque. Parmi tous ses frères au visage vermeil, épanoui, ce grand homme sombre ressemblait à un arbre de la forêt, ravagé, noirci par la foudre, mais encore droit et fier au milieu des autres plus heureux.

Il regarda fixement le statuaire, comme pour appuyer de ce coup d'œil l'observation qu'il lui faisait, et s'éloigna.

Karl-Jules montra au sous-prieur ce moine qui disparaissait sous les aunes, et demanda son nom.

— Frère Saint-François, répondit le père bénédictin. C'est un religieux de notre ordre envoyé par sa communauté dans le nord de la France, d'après les papiers qu'il nous a montrés, et qui, arrivant dernièrement à Saint-Denis, a demandé la permission de séjourner dans le couvent... Il n'y a que des éloges à donner à son zèle pieux, et il paraît surtout apporter une ferveur toute particulière au culte de la vierge Marie.

Cet incident venait d'éveiller plus fortement la surprise et l'émotion que Karl-Jules avait d'abord éprouvées en entendant le moine mystérieux lui promettre la noblesse, à lui pauvre ouvrier, lui promettre la main de la comtesse de Guémenée, à lui pauvre amoureux sans espérance depuis dix ans, le tout comme un miracle des plus faciles à sa sainteté!... Mais pourquoi ce protecteur inconnu voulait-il favoriser l'artiste dans ses amours audacieuses? Par quel sentiment et dans quel but? Karl-Jules se perdait dans des conjectures si dénuées de fondement, qu'elles s'évanouissaient d'elles-mêmes et bourrelaient en vain son imagination.

Il avait quitté les pères bénédictins et retournait à pas rêveurs à l'abbaye; l'office du matin sonnait, et il comptait avec une impatience fiévreuse les heures qui le séparaient encore de la nuit. En passant dans le jardin, il aperçut la comtesse de Guémenée qui parcourait lentement une allée voisine en causant avec le vieux duc de Ventadour. A la vue d'Hélène, une sensation puissante de joie, une ivresse causée par des espérances qu'il ne s'avouait pas à lui-même, bouleversa son âme et fit courir son sang en laves brûlantes.

Le tendre penchant qu'il éprouvait pour Berthe ne pouvait en ce moment triompher d'une passion de dix années. Cet amour naissant pour la pauvre insensée était plutôt, à ses yeux, un accès de délire, un attrait bizarre et effrayant, qu'un sentiment véritable; et, quand même Karl-Jules eût réellement aimé l'humble fille du village, son cœur jeune, richement doué et insatiable de tendresse, eût enveloppé ces deux amours, comme le philosophe, qui possède la science des mondes célestes, embrasse avec ardeur la connaissance intime de la moindre fleurette des bois... Mais, à cette heure, où sa première passion était si vivement ranimée par un hasard merveilleux, l'artiste devait revenir tout entier aux rêves de sa vie, aux élans incessants de son âme vers un bien inespéré.

Tandis que Karl-Jules va s'enfermer chez lui jusqu'au soir, pour se livrer en liberté à ses pensées, nous rendrons compte de l'entretien qui occupait mademoiselle de Guémenée, et dont il était le principal objet.

— Oui, disait Hélène au duc de Ventadour avec un sourire caressant, j'ai besoin, en ce moment, d'un directeur de conscience, et, dans ce séjour qui abonde en confesseurs, c'est vous, mon cher maréchal, que j'ai choisi.

— Cela est aussi étrange que flatteur pour moi.

— Ni l'un ni l'autre. Vous savez qu'en fait de vertu, je crois plus à l'instinct de la conscience qu'à la lettre apprise, et que l'honneur, naturel à toutes les âmes bien nées, est surtout ma religion; or, comme c'est d'une question d'honneur qu'il s'agit aujourd'hui, je m'adresse à celui qui porte le mieux la sacerdoce de la bravoure et de la loyauté.

— Vous avez raison, du moins en ce moment, madame; car si je me sentis jamais un vrai chevalier, c'est surtout auprès de vous.

Hélène rêva quelques instants et dit, en passant son bras autour de celui du vieillard:

— Ne trouvez-vous pas, maréchal, que les choses de l'amour devraient être traitées avec la susceptibilité qu'on apporte à celles des armes; que nos sentiments, qui sont la meilleure partie de nous-même, devraient être respectés comme notre existence, et qu'il ne faudrait pas faire plus légèrement la blessure d'où s'écoule le bonheur que celle d'où s'écoule la vie?

— Certes, si les hommes avaient une idée de justice, ce devrait être celle-là.

— Écoutez-moi donc, car c'est dans une semblable lice que vous allez être juge... et votre jugement décidera de mon sort. Vous savez que j'ai passé ma première jeunesse dans la vie la plus humble et la plus laborieuse. Mon père, chevalier-agriculteur, me montrait souvent de sa fenêtre les débris de notre ancien manoir, et, au-dessous, dans la vallée, les champs de notre dernier domaine. Il me disait, prenant ces ruines et cette terre féconde pour symbole, qu'il ne fallait plus compter sur un nom illustre pour nous servir de soutien, comme au temps où les grands priviléges de notre caste faisaient dire que le sang noble se nourrit de lui-même, mais demander notre subsistance au travail et à la terre, qui ne trompent jamais.

— Oui, il était aussi sage que brave, mon vieux frère d'armes.

— Je le secondais dans la surveillance du domaine, dont les meilleurs produits venaient de ces belles plantations de pommiers; ou bien je montais à cheval; et, à une grande distance de la maison, je laissais paître ma monture dans quelque prairie, en faisant de longues lectures à l'ombre des saules. C'étaient là toutes mes distractions, et, sauf ces heures de solitude et quelques rares voyages qu'on m'avait permis de faire à la cour, je n'étais guère moins villageoise que les autres jeunes filles du pays: la couronne comtale n'existait pour moi que dans nos portraits de famille, et je ne connaissais vraiment nos grandeurs qu'en peinture. J'étais arrivée à l'âge de vingt-deux ans sans avoir vécu ; un sceau d'uniformité mortelle était empreint sur toute mon existence, comme la croix qui marque chaque mur de ce monastère. J'étais triste, souffrante sans cause, accablée de cette langueur de l'âme qui s'éteint faute d'aliment.

Ce fut en ce moment que la reine envoya dans notre retraite un sculpteur déjà célèbre, Karl-Jules Sarrazin, pour qu'il fît, à ma ressemblance, une des quatre statues dont Sa Majesté voulait décorer son salon d'Apollon, à Saint-Germain. Bientôt je pus deviner que le jeune artiste, de qui j'étais déjà connue, avait fait naître cette occasion de me revoir ; qu'il était allé en Italie, à travers la guerre et l'épidémie, traversant les champs de bataille et les cordons sanitaires, chercher un marbre plus beau pour modeler mon image. Je connus que, dans cette œuvre qu'il enveloppait de tant de soins, il voyait son modèle avec les yeux de l'âme, et qu'une inspiratisn supérieure à celle de l'art lui révélait des beautés idéales.

— Que son génie enfin était de l'amour ; et cette découverte ne vous déplut pas.

— Vous concevez, mon ami, quel événement ce fut dans la vie de la pauvre solitaire, quelle foule d'idées et d'émotions nouvelles vinrent tout à coup voltiger dans une existence si froide et si vide, quel luxe jeté sur le lambris de la chaumière ! Un soir, que nous rentrions avec mon père par l'avenue de la maison, Karl-Jules me fit l'aveu de son amour. Je ne sais comment, je ne sais par quelle parole ou quel regard, mais je l'appris enfin ; et un bonheur indicible s'empara de nous deux. Nous nous écriâmes en même temps, en levant un regard d'extase : *Que les pommiers sont beaux cette année!* Mon père nous répondit rudement que nous ne savions ce que nous disions, que la gelée en avait pris la moitié. Il les voyait à travers son regard jaloux de propriétaire, nous à travers nos ineffables délices, et, quelle que soit la véracité que je tiens à mettre dans cette histoire, je ne peux vous dire en conscience dans quel état étaient les pommiers. Je vous fais grâce du développement de nos amours.

— C'est-à-dire que vous faites grâce d'un sujet d'envie et de regret à mes cheveux blancs.

— Mais cette passion en vint au point, qu'un soir, à travers le feuillage de cette avenue, voyant Karl-Jules agenouillé à la place où il m'avait parlé pour la première fois de son amour, et baisant cette terre bénie, je lui jurai que s'il devenait noble je l'épouserais.

— Quoi ! un tel serment ?

— Je vous ai dit, mon ami, quelle était alors la tristesse de ma situation, le poids de mon ennui, pour vous faire comprendre comment la noble demoiselle aima le simple artiste, fils du peuple, dans la solitude où les rangs s'oublient, dans la monotonie insupportable qui fait une joie de tout changement. Il me sera plus facile de vous montrer comment, depuis la révolution opérée dans ma destinée, j'ai vu, sous un jour plus vrai, la distance qui me sépare du jeune sculpteur. Je n'ai besoin de me défendre près de vous de ces misérables calculs de convenances qui supputent le nombre des pièces d'or et opposent l'une à l'autre la soie et la laine des vêtements ; mais je vous parlerai du prestige nécessaire à l'amour, et qui seul nous permet de déifier l'objet aimé, surtout de cette parfaite entente des âmes, pour laquelle il faut une nature, une éducation, une racine semblable ; vous verrez alors combien ce premier amour, ou plutôt cette chimère de ma jeunesse a dû pâlir dans la sphère où je suis maintenant placée et sous l'influence d'idées nouvelles et d'ambitions de cœur plus étendues.

— Surtout sous celle d'un nouvel amour... Ne vous troublez pas, madame ; celui qui l'inspire...

— Vous savez...

— Je sais que le comte de Baradas vous aime, et que, malgré les accusations envieuses de ses ennemis, son caractère noble et généreux le rend digne d'être aimé de vous.

— Cependant le serment que j'ai fait à Sarrazin m'enchaîne à lui, puisqu'il repose sur la circonstance d'une élévation difficile, mais non pas impossible à l'artiste. Je fausserai ma foi, si je me donne à un autre ; mais n'est-ce pas trahir aussi que de se donner sans aimer ? Voilà sur quel point d'honneur je voulais vous consulter, mon cher maréchal, mon confesseur aujourd'hui ; lequel est le plus coupable de briser la croyance ou le cœur ? de parjurer le serment fait ou d'en faire un autre parjure ?

Le duc releva sa tête blanchie dans l'exercice des chevaleresques vertus, puis il dit avec la gravité qu'il eût eue sur un champ d'honneur :

— Si les deux partis étaient dans d'égales conditions, je n'hésiterais pas à vous dire qu'il vaut mieux la loyauté dans une faute indépendante de vous, que l'apparence de la fidélité jetée

sur le changement du cœur, et mieux causer la douleur d'un moment que d'exposer à celle qui doit durer toute la vie. Mais l'un de ces hommes est pauvre et roturier, l'autre est riche et puissant : et quelle que soit la pureté de votre préférence, il est trop facile de la mal interpréter. Si on vous donnait à choisir entre deux arbustes de ce parterre, et qu'au lieu de l'humble lierre, vous prissiez ce bel oranger, vous auriez beau n'être attirée que par le charme irrésistible de son parfum, on croirait que vous avez songé à ses fruits d'or.

— Je vous remercie, mon ami, dit avec courage la noble fille. Dans le conseil que vous me donnez, vous n'avez pas songé à mon bonheur, vous n'avez vu que mon devoir, et c'était ce que j'attendais de vous ; maintenant mon sort est fixé.

L'entretien de la comtesse Hélène et de son confident fut subitement interrompu par l'arivée d'un page venant en toute hâte dire au duc de Ventadour que l'alarme était répandue par une indisposition subite du roi, et qu'on cherchait partout les officiers de la couronne pour qu'ils se rendissent auprès de Sa Majesté.

XIII

LA CELLULE.

La nuit vint enfin.

Dix heures sonnèrent, et Karl-Jules se rendit au rendez-vous mystérieux.

La lune, apparue et dérobée dans le ciel, avait parcouru toutes ses phases depuis que l'artiste avait rencontré le moine inconnu dans les bosquets du préau. Ce soir-là l'obscurité était complète ; l'ombre des murs du cloître et des arbres épais redoublait celle de la nuit. Karl-Jules marchait en tendant la main devant lui, lorsqu'il la sentit saisir par une main roide et brûlante.

— C'est moi, dit la voix du moine.

— Vous ? répondit le brave artiste ; c'est m'en dire très-peu, car vous êtes entouré, pour le moment, du double voile de la nuit et du mystère.

— Tu me connaîtras comme ton bienfaiteur, jeune homme, dit le religieux, tandis que le contact de la main qu'il tenait semblait faire légèrement trembler la sienne. Il suffit que tu me voies sous cet aspect ; peu importe les autres.

Alors, celui qui était le sous-prieur de l'abbaye avait appelé frère Saint-François conduisit l'étranger, que, malgré la règle, il faisait entrer dans l'intérieur de la communauté, par l'escalier et les corridors des dortoirs, et l'introduisit dans une cellule dont il referma la porte sur lui.

Tout deux s'assirent sur une petite table sur laquelle reposait une lampe.

Karl-Jules se trouvait pour la première fois dans un de ces étroits réduits, où, devant des murs blanchis à la chaux, les meubles d'usage journalier disparaissent pour faire place au prie-Dieu, au christ, au bénitier, à la tête de mort, comme si dans cette retraite les besoins du corps s'effaçaient devant ceux de l'âme, à laquelle il fallait montrer ses objets de méditation, de tristesse et de prière. Le premier mouvement de l'artiste fut d'examiner l'intérieur d'une cellule.

Dans celle-ci, le nom d'Abeilard était plusieurs fois gravé sur la muraille. C'était là où avait habité, pendant son séjour à Saint-Denis, ce noble vagabond des cloîtres, qui se faisait exiler de tous avec sa science, dont la hauteur hardie appelait sans cesse les orages. Il y avait aussi une figure de Vierge de petite dimension, dont la tête était bizarrement entourée de constellations et de signes stellaires ; c'était une belle peinture, mais dont les couleurs et la toile usées annonçaient l'ancienneté et des fréquents transports d'un lieu à l'autre. Les regards de Karl-Jules demeurèrent attachés sur cette figure avec une secrète émotion ; car, par hasard, elle lui rappelait les traits de sa mère, qui étaient restés bien gravés dans sa mémoire.

Le moine ne remarqua pas cette attention ; il était occupé à relire un papier posé sur la table.

Son crâne non reluisait sous la clarté rapprochée de la lampe, la crudité du rayon qui tombait sur son visage, opposée à la dureté des ombres, accentuait davantage les lignes anguleuses de ses traits, et augmentait leur expression rude et farouche. Karl-Jules éprouva un certain frémissement en reportant les yeux sur le moine : il attendait les paroles qui allaient sortir de cette bouche, avec ce mélange de curiosité et de terreur qui préside au moment où la magie va lever le voile de l'avenir.

— Jeune homme, dit le religieux, vous êtes demeuré orphelin à cinq ans, et n'avez pas connu vos parents ?

— Guère plus que la plante ne connaît le vent qui l'a semée.

— Vous avez dû bien souffrir de votre isolement ?

— Non, la charité d'abord et l'art ensuite m'ont recueilli.

— Ce n'était pas la famille.

— La famille, mon cœur savait la créer autour de moi. Dans mes longues journées de travail, par une faculté d'illusion que Dieu donnait sans doute à l'enfant isolé, je voyais mon père, ma mère auprès de moi ; je m'entretenais avec eux. Cette conversation intérieure apportait dans mon esprit de sages conseils et en éloignait les funestes pensées, et chaque soir, avant d'aller me reposer, j'embrassais ma mère.

— Vous n'avez jamais pensé qu'il y eût de la faute de vos parents de vous avoir laissé ainsi sans fortune ?

— Je les supposais pauvres et je ne les en aimais que mieux.

— Cependant, il doit vous souvenir que votre premier âge fut entouré d'aisance, puisque vous habitiez un riche domaine aux portes de Plangi... Vous rappelez-vous un antique château situé à une lieue de cette ville et où votre mère vous amenait quelquefois ?

— Oui, j'y allais tout enfant, et j'avais jugé que ses tours devaient toucher le ciel.

— Et les seigneurs de ces lieux, vous en souvenez-vous ?

— Les seigneurs du lieu étaient pour moi de beaux cygnes, qui venaient me recevoir à l'entrée du pont-levis, et avec lesquels j'étais fort ami, à ce que je me rappelle.

— Bien, dit le moine ; maintenant Karl-Jules, écoutez-moi. Votre père, Jacques Sarrazin, était un des cultivateurs les plus riches et les plus honorés de la contrée de Plangi ; il possédait là un vaste domaine dans lequel il apportait aux travaux de l'agriculture des améliorations qui se répandirent bientôt dans toute la province. Mais la guerre approchait ; les Espagnols, chassés de la ville d'Amiens par Henri IV, pénétrèrent de la Picardie dans la Champagne et vinrent mettre le siège devant Plangi ; cette petite ville escarpée et bien fortifiée leur opposa une vigoureuse résistance. Après un long siège cependant, les habitants étaient près de mourir de faim, votre père les nourrit de grains amassés dans ses granges ; les plus braves combattants étaient faits prisonniers, votre père employa sa fortune à payer leur rançon ; et lui qui n'avait tenu que la charrue, initié tout à coup par son courage au métier des armes, combattit sur la brèche jusqu'au dernier jour du blocus. Les Espagnols se retirèrent. Votre père était blessé, son domaine ravagé, incendié ; mais il avait nourri, défendu, sauvé son pays.

— Et c'est à un si noble citoyen que je dois la vie ! s'écria Karl-Jules dans l'élan de son âme : ô Dieu tout-puissant, je te remercie !

— Vous ignoriez donc entièrement ces faits ? demanda le frère Saint-François.

— Le maître menuisier qui m'avait emmené loin de ma province ne pouvait m'en parler avant que j'eusse atteint l'âge de raison ; à cette époque, il était mort, et j'avais passé en des mains étrangères.

Le moine semblait avoir besoin de faire un effort sur lui-même pour achever ce qu'il lui restait à dire ; il garda quelques instants de silence, et reprit d'une voix brève :

— J'étais alors à la cour d'Henri IV.

Karl-Jules fit un mouvement de surprise.

— Oui, reprit le religieux, avant d'entrer dans le cloître, mon rang m'appelait quelquefois auprès du trône. Ayant eu connaissance de la conduite de votre père, je mis sous les yeux du souverain, de manière à en faire ressortir le sublime dévouement. Le roi fit délivrer alors des lettres de noblesse à Jacques Sarrazin, et me chargea de les lui remettre à mon arrivée en Champagne, où j'étais sur le point de me rendre.

— Des lettres de noblesse à mon père ! s'écria Karl-Jules en rougissant et pâlissant tour à tour.

— Mais hélas ! continua le moine, j'arrivai trop tard... Quand je demandai à la ville de Plangi son héros, son libérateur, il venait de mourir de ses blessures.

— O ma pauvre mère !

— Votre mère, reprit le frère Saint-François, dont les traits changèrent et dont la voix avait eu frémissement que donnent de violents battements de cœur, votre mère n'avait pas tardé à le suivre.

En même temps, il leva un regard ardent et sombre sur l'image de la Vierge qui était devant lui. Karl-Jules, à son tour, ne remarqua pas ce mouvement ; il était absorbé par les révélations que ce moment lui apportait.

— Vous, continua le moine, vous, pauvre enfant de cinq ans, vous aviez été remis entre les mains de l'artisan qui devait vous donner son métier et sa modeste existence, et vous avait déjà emmené de la province. Je ne pus découvrir vos traces, mais je conservais toujours ces titres si précieux pour vous, ajouta-t-il, plus altérée ; et comme j'arrivai il y

a quelques semaines dans ce monastère, la Providence m'y fit retrouver dans le célèbre statuaire qui le décorait de ses travaux le fils du digne citoyen auquel je devais rendre l'héritage sacré de son père.

Le jeune homme avait pris ce papier entre ses mains frémissantes ; il lisait sur cet acte le nom de son père, et il voyait en deux endroits le sceau royal d'Henri le Grand.

— Cependant, reprit le moine, c'était ce soir, ce soir seulement, qu'en vous amenant ici je pouvais vous dire : Karl-Jules Sarrazin, vous êtes noble.

Le jeune homme avait eu le temps de revenir de sa première émotion, et d'envisager, avec la rapidité d'examen d'un esprit naturellement juste, ce changement survenu dans son sort.

Il répondit par un signe de tête négatif aux belles illusions que voulaient faire naître en lui les paroles de son protecteur. Dans les circonstances où il avait vécu, la douleur avait marqué pour lui chaque observation faite sur la différence des conditions en ce monde, et elles s'étaient gravées plus profondément dans son esprit.

— Noble ! dit-il, la volonté d'un roi peut-elle changer le sang qui coule dans mes veines ? peut-elle faire que j'aie des aïeux dans l'histoire ? qu'en parcourant la France, je trouve leur souvenir gravé sur des champs de bataille ? que mon nom, jeté dans le monde, y éveille un retentissement universel ? le roi peut-il faire enfin que je sois un autre que moi-même ?

— Est-ce ainsi, dit le moine étonné, que vous recevez une telle faveur ?

— Je sens tout le prix de cette bienfaisance royale, mais j'y répondrai : —, Non, la noblesse ne se donne pas. La noblesse de caractère est dans notre nature, le plus obscur des hommes peut la posséder sans protection royale, et mon père l'a bien prouvé. La noblesse de caste ne peut naître subitement en une génération ; un chêne ne produit pas un rosier ; un milan ne fait pas éclore un faucon ; mon père, grand cœur, mais simple nature, n'a pu faire en moi qu'un homme de bonne volonté, mais de rude enveloppe ; et, quel que soit le favorable consentement d'un prince, je n'aurai jamais la superbe prestance des hommes faits exclusivement pour ceindre l'épée, ni les exquises délicatesses de ceux qui ont les cheveux parfumés et les mains blanches, de père en fils. Vous, mon frère, retiré loin du monde, vous ne pouvez peut-être plus en comprendre les vanités ?

Un étrange sourire passa sur les lèvres du moine.

— Mais, voyez-vous, les vrais nobles sont comme les grands arbres, nulle puissance humaine ne peut les obtenir d'un jour à l'autre.

— La comtesse Hélène, dit le frère Saint-François, observant la révolution que ce nom opérait sur les traits du jeune homme, la comtesse Hélène n'a songé à rien de tout cela. Elle a dit seulement : Soyez noble, et je vous épouserai.

Ces paroles firent sur Karl-Jules l'effet d'un chant de la patrie entendu en pays étranger ; elles le ramenèrent subitement au sein de sa jeunesse, de ses premiers désirs, de ses aspirations passionnées, l'amour s'éveilla impétueux, ardent ; l'amour seul se fit sentir dans sa tête qui brûlait, dans sa poitrine haletante. Il se leva soudant, pressa son front de ses mains, et des larmes vinrent à sa paupière.

— O mon Dieu ! s'écria-t-il, il est bien vrai : qu'importe tout le reste, si un bonheur si grand m'est réservé !... J'étais bien insensé, bien ingrat envers le ciel, de penser à ce vain éclat du monde quand la lumière divine brille pour moi, quand l'amour peut m'inonder de ses délices !... S'il s'éteint trop vite, si la distance qui me sépare d'Hélène vient encore se faire cruellement sentir entre nous, j'aurai au moins connu avant de mourir ce bien suprême que j'ai tant désiré.

Alors, prit ces lettres magiques qui le créaient chevalier, les pressa sur son cœur, sur ses lèvres, en signe d'ardente action de grâces.

Le moine l'avertit que cet acte n'avait point été reporté aux archives royales, et qu'il devait le conserver comme le seul titre qui existât pour lui.

Karl-Jules voulut remercier le protecteur qui le lui avait conservé ; il se prosterna devant le moine, et celui-ci lui tendit la main. Mais, au moment où le jeune homme allait y porter ses lèvres, il sentit un froid de glace courir dans ses veines, et malgré lui il se rejeta en arrière.

Le frère Saint-François vit cette répulsion, son regard perçant sembla l'examiner au fond de cette âme. Il retira sa main, se croisa les bras, et sa tête penchée sur sa poitrine peignit une sombre résignation.

Karl-Jules, après lui avoir toutefois témoigné avec chaleur sa reconnaissance du bienfait qu'il recevait de lui, s'éloigna de la cellule.

Ainsi tout semblait lui assurer maintenant la possession de la femme qu'il aimait : mais il y a loin entre la coupe et les lèvres.

Avant de clore cette journée, nous avons à rapporter la scène qui se passa au matin dans la chambre de Louis XIII, lorsque ce mal subit dont ce prince se trouvait atteint faisait appeler près de lui ses premiers gentilshommes.

Mademoiselle de Guéménée, qui était en ce moment auprès du duc de Ventadour, l'avait suivi jusqu'à la résidence royale ; et, agitée de tristes pressentiments, était demeurée dans une galerie voisine de l'appartement du roi, d'où elle recueillait avec anxiété les paroles qui arrivaient jusqu'à elle.

Louis XIII était étendu sur son lit, à demi vêtu, la tête renversée sans force sur les coussins. Ce jeune prince, qui avait à peine la force de vivre quand les orages de la royauté s'apaisaient un moment autour de lui, semblait près du tombeau, au premier choc qui venait l'atteindre ; les cheveux en désordre, le teint hâve, les lèvres contractées, les yeux éteints dans les larmes, il faisait peine à voir ; chaque souffrance de la nuit avait laissé sa trace sur ce visage triste jusqu'à la mort ; son linge entr'ouvert laissait apercevoir les mouvements pénibles de sa poitrine ; sa main crispée tenait encore un papier humide de sueur et broyé dans des mouvements convulsifs.

Les dignitaires de la cour et de l'abbaye, debout et immobiles de stupeur autour du prince, n'osaient lui adresser une parole, et lui les regardait d'un œil hagard qui semblait ne point s'arrêter sur eux, mais chercher avec anxiété dans leurs rangs un homme qu'il n'y trouvait pas.

Ce pénible silence dura quelques instants.

Nous avons dit que la veille au soir, peu d'heures avant celle où le comte de Baradas était descendu de son appartement, des envoyés du cardinal-ministre s'étaient présentés à Louis XIII ; ils venaient, selon la promesse qui en avait été faite par l'agent de Richelieu, livrer au prince les lettres du grand écuyer au prince Gaston, qui avaient été interceptées sur la route de Blois.

Louis, possesseur, malgré lui, de ces preuves de trahison, avait voulu demeurer seul pour en prendre connaissance, et avait passé la nuit à ce rude martyre.

Ces lettres étaient empreintes de la misanthropie naturelle au jeune seigneur, dont l'âme élevée était gardée au milieu d'une cour stupidement frivole sa supériorité dédaigneuse et cette humeur acerbe qui, ne sachant point s'arrêter au mépris, allait sans cesse à l'indignation ; elles refermaient des traits envenimés qui portaient même parfois jusqu'au sein d'un maître généreux, mais défendu dans le cœur d'un favori par une trop faible reconnaissance.

A la première page que le roi avait déployée, il s'était trouvé désigné ainsi :

« Loys de Bourbon, deux fois marqué du nombre *treize* (1), prince inhabile à régner comme inhabile à vivre. »

C'était cette lettre qui était demeurée dans la main de Louis ; les autres contenaient aussi contre lui des critiques amères, à cause de leur justesse et des témoignages d'un jugement implacable que les mouvements du cœur n'avaient pu faire dévier de sa route.

C'était donc là l'amitié que les deux jeunes gens, Louis et Baradas, isolés par leur tendresse au milieu des grandeurs, s'étaient jurée sur les saints Evangiles ! Louis avait bien tenu son serment, lui ; il avait nourri cette affection de préférences exclusives, courageuses ! Il avait donné avec joie toutes les richesses de sa couronne après les richesses de son cœur ! Il voyait maintenant comment Baradas y avait répondu ! A ce coup, trop violent pour ses forces, il était demeuré sans connaissance dans ce fauteuil où s'était passée cette terrible veillée.

Ses chambellans, entrant chez lui à l'heure du lever, l'avaient transporté sur son lit dans un profond évanouissement d'où il venait seulement de sortir.

Louis ne voyant point parmi les seigneurs celui qu'il avait espéré foudroyer de sa colère, demanda impétueusement le comte de Baradas ; ce fut alors seulement que l'état de désespoir où était plongé le prince, joint à l'absence du premier écuyer, fit pressentir aux assistants l'orage qui allait éclater.

Les officiers, envoyés de tous côtés, cherchèrent le comte dans toute l'abbaye et ses alentours. Louis, pendant ce temps, demeura dans un sombre silence. Mais quand on vint lui dire que Sa Seigneurie n'avait point couché dans son appartement et faisait disparue sans que personne pût indiquer sa trace, il pensa que le coupable, averti des accusations portées contre lui, faisait par cette fuite l'aveu tacite de son crime.

(1) *Loys de Bourbon* contient treize lettres. Voir les lettres de Baradas, aux Mémoires du temps.

Alors il accusa hautement, devant les grands du royaume, le comte de Baradas de haute trahison et de lèse-majesté.

Ce fut une joie vive au cœur de tous les courtisans, ce fut une tristesse profonde subitement revêtue sur leurs traits ; puis, paraissant passer de l'étonnement à l'indignation que devait soulever l'ingratitude du favori, ils trouvèrent des reproches sanglants pour les adresser à celui qui était sur le bord de la disgrâce.

— La hauteur du comte était devenue insupportable. — Il ne respectait pas même son maître ; sa familiarité avec le roi était impérieuse, exigeante et mutine. — Il prétendait dicter des ordres au prince, disant que, si on l'aimait mieux que tout autre, on devait l'écouter...

Louis savait tout cela ; mais il avait pardonné.

— Le luxe effréné du favori était une autre preuve de son orgueil, il prétendait écraser tous les membres de la noblesse.

— Et pour cela, il ne lui coûtait rien de dissiper follement le trésor de la couronne. — Outre les sommes immenses qu'il recevait de ses pensions et bénéfices, il était encore endetté de cinq millions.

Louis savait cela encore ; mais il avait pardonné, cent fois pardonné.

Mais quand on parla de la froideur, de l'ingratitude du comte envers son maître, du dédain qu'en ce moment même il semblait faire de la majesté royale, en refusant de venir entendre son jugement ou recevoir sa grâce, le cœur du malheureux prince saigna cruellement, la tempête de la colère gronda de nouveau dans son sein. Il dit aux officiers de la couronne, assemblés autour de lui, qu'il les constituait en conseil souverain, leur ordonnait de prendre lecture des papiers qui constataient la défection du comte de Baradas et ses adhérences avec le parti ennemi, et ensuite les appelait à donner leur avis sur ces chefs d'accusation et sur la peine qu'ils devaient encourir.

Quoique le comte de Baradas n'eût fait aucune alliance positive avec les ennemis du trône, n'eût pris aucune part, ni de fait, ni de volonté, aux intrigues clandestines d'où une révolution devait surgir, cependant chaque ligne de ses lettres, montrant une opposition ardente aux actes du gouvernement, une hostilité impétueuse envers la politique et le caractère du prince et de ses conseillers, le rangeaient d'une manière irrécusable dans ce qu'on appelait le *parti de l'aversion*, et formaient des pièces suffisantes pour lui intenter un procès, que les chambres poursuivraient sans doute avec la dernière rigueur.

Les plus habiles des courtisans commentaient longuement ces phrases pour les torturer, les empoisonner, en faire ressortir les mots d'amitié, de dévouement au frère du roi : sentiments funestes, imputés à crime, et qui allaient toujours s'éteindre dans le sang, s'expier sur l'échafaud. Ces hommes, qui dévoraient déjà en espérance les dépouilles du favori, étaient flamboyants d'indignation, sublimes de colère contre l'ingrat qui voulait renverser un trône d'où l'abri duquel il avait grandi, frapper un maître généreux qui, armé de la puissance souveraine, ne prenait que celle d'un Dieu de bonté. Toute la haine de cour qui bouillonnait autour du roi l'enveloppait dans ses tourbillons électriques ; tous ces serpents qui l'environnaient lui jetaient leur venin au cœur, l'enlaçaient de leurs nœuds.

Et quand il fut décidé que le comte de Baradas serait arrêté et traduit devant le parlement, Louis signa l'acte d'arrestation, consentit à ce que le procès fût porté devant les chambres.

Les assistants jurèrent dans leur âme que l'accusé n'en sortirait pas vivant.

Mais non loin, il y avait une femme dont le cœur contenait autant de pitié et d'énergique courage pour défendre le malheureux, qu'il y avait dans ce conseil royal de funestes desseins contre lui. Hélène, demeurée dans la galerie, où les débats de cette assemblée arrivaient jusqu'à elle, recueillait toutes ses forces pour ce moment terrible ; la main sur son cœur, les yeux levés au ciel, elle sentait qu'il était en elle une puissance secourable capable de surmonter les efforts ennemis ; et l'inspiration mystérieuse de cette jeune femme était comme un serment de sauver le comte de Baradas, qui allait se croiser devant le destin avec celui qui jurait sa perte.

Cependant le roi avait pâli sous le coup de l'arrêt de mort qu'il venait de porter comme s'il en eût été frappé lui-même ; sa tête défaillante retomba sur l'oreiller, et son regard sombre se retira du jour qui l'accablait. Il se fit un morne silence autour du prince ; ses serviteurs inclinés osaient à peine lui prodiguer leurs soins, et eussent tremblé de lui offrir des consolations, sentant bien que tout signe d'amour de leur part, qui viendrait éveiller le souvenir encore si cher du bel écuyer, serait amèrement repoussé.

Le baron de Charost, placé au pied du lit, s'évertua cependant à murmurer sa phrase habituelle :

— Ah! sire, vous lui étiez si bon prince!

Et il eut le bonheur d'accompagner cette plainte touchante d'une larme.

Louis en ressentit une vive reconnaissance ; ce grand roi fut transporté de l'inespérable bienfait d'une larme versée pour lui. Il tendit la main au baron de Charost, et dès cet instant on put pressentir que le grand tranchant remplacerait le favori disgracié du prince.

Au moment où l'assistance allait se retirer, Louis tressaillit et trembla devant une exécution trop rapide de ses ordres. Ce qui blessait le plus cruellement le prince était l'absence du coupable, qui montrait ainsi dédaigner sa clémence ; et, malgré lui, il l'attendait encore. Dans cette vague espérance, il déclara qu'il accordait vingt-quatre heures à l'accusé pour se présenter devant lui ; mais si le lendemain, à la même heure, le comte de Baradas n'avait point paru, le mandat d'arrestation serait publié et remis aux mains de la justice.

La journée se passa dans une agitation sourde au palais du roi et dans le monastère, où pénétrait en ce moment le retentissement étranger des bruits du monde. Des groupes formés sur tous les points du cloître et des jardins s'entretenaient à voix basse et aussi animée que si le destin de l'univers eût dépendu d'un homme de plus ou de moins à la cour. La chute du favori faisait monter au cerveau des courtisans une ivresse délicieuse... L'intérêt personnel s'anime d'une vive joie dans une comparaison favorable : on se prend à aimer son bonheur en face du malheur des autres!

De toute part on allait et on venait : les seigneurs, envieux de la moindre nouvelle, les moines s'empressant de porter au roi leurs secours et leurs prières, les pages envoyés de tous côtés à la recherche du grand écuyer, et de tous côtés rentrant consternés de l'inutilité de leurs démarches.

Au milieu du bâtiment royal, l'appartement du comte de Baradas prenait un aspect saisissant de l'intérêt immense qui s'y rattachait : ses murs, ses grandes fenêtres ouvertes semblaient se détacher du reste de la façade et attiraient tous les regards. Sur le perron, dans la cour, de nombreux valets demeuraient la tête basse et les bras croisés dans une oisiveté pleine de consternation; les chevaux, tous parés de leurs brillants harnais pour la promenade habituelle et restant attachés à la balustrade, regardaient la terre d'un œil morne, et leur front abattu semblait renfermer une pensée de tristesse. On voyait dans l'intérieur des vastes pièces cette solitude profonde qu'imprimait une nuit d'absence du maître.

Le bon et tendre Rolland y demeurait seul; assis au pied du lit, il tenait ses regards fixés sur cette cassette dont le comte lui parlait dans l'entretien que nous avons rapporté, et lui disait renfermer un trésor inutile, mais bien cher; il restait là comme un chien fidèle attaché à la garde de ce que son maître a de plus précieux, et semblait deviner par l'instinct du cœur, qui le servait mieux en veillant sur cet objet qu'en errant vainement sur ses traces... Quelquefois il s'élançait au dehors, appelait le comte de tous les cris de son âme désolée, puis revenait bientôt se placer auprès du dépôt sacré.

XIV

DANS LES TOMBEAUX.

Le comte de Baradas est toujours enterré vivant dans les souterrains de l'église.

Peu d'instants après y être demeuré seul, enfermé par Berthe, il était sorti de son terrible étourdissement, il avait relevé sa tête malade, essuyé les gouttes de sueur de son front et presque souri de ses terreurs.

Le jeune chevalier, qui vingt fois s'était senti transporté de joie au danger croissant de la bataille, s'étonna d'avoir tremblé devant la mort, sous quelque forme qu'elle se présentât. D'ailleurs, il pensa qu'au retour de la lumière, lorsqu'il pourrait se diriger dans ce dédale, il était impossible qu'il ne trouvât pas quelque moyen d'en sortir. Alors il ne sentit plus que la honte d'avoir eu peur des ténèbres comme une femme, peur de la prison comme un enfant, et il songea seulement à s'arranger le mieux possible pour les heures de nuit qui restaient à passer.

Il s'enveloppa de son manteau, s'étendit sur la pierre d'une tombe, et accablé par la fatigue de tant d'émotions successives, s'endormit assez paisiblement.

Lorsqu'il s'éveilla, rien ne peut rendre la tristesse de son premier regard.

Ce qui annonçait le jour était une lueur si pâle, si froide,

qu'elle semblait une âme de l'autre monde passant dans les ténèbres. Les statues de ce lieu représentent toutes, dans leur attitude, l'image des trépassés, et le comte, avant même que son esprit fût éveillé, se vit au milieu des morts : l'une de ces figures couchées près de lui le regardait de ses yeux éteints; l'autre, agenouillée sur la tombe où il avait pris asile, tenait ses mains de marbre appuyées sur sa poitrine, et le froid même qu'avait fait passer dans ses veines le sommeil sur la pierre lui semblait la glace de la mort répandue sur son sein.

Il se leva épouvanté malgré lui : il se mit à parcourir l'étendue des caveaux pour reconnaître l'endroit qui lui offrirait quelque moyen de s'échapper, ou au moins de se faire entendre.

Cette tâche active, quoique infructueuse, le soutint toute la journée. Pendant douze heures, il interrogea toutes les pierres, secoua tous les barreaux de la grille, sonda tous les interstices des murailles, jusqu'à ce qu'à ce travail ses mains se fussent usées jusqu'au sang, et son épée brisée jusqu'à la garde; douze heures il continua cette recherche, remplie d'une cruelle déception, sans une minute d'espérance.

Et la nuit revenait! la lumière s'était affaiblie peu à peu dans les miasmes épais du souterrain; elle allait disparaître tout à fait.

A la première atteinte de la faim qui se fit sentir tout à coup dévorante, furieuse, parce que jusque-là une puissante préoccupation l'avait dominée, et qu'elle venait du premier moment dans toute son intensité, le malheureux comte ne put retenir ses larmes, car il pensa que son épée était brisée!

De si vives angoisses le déchiraient, et autour de lui tout était froid, immobile, muet; pas un accident de lumière, pas un mouvement, pas un souffle d'air ne venait interrompre cette implacable uniformité.

Souvent, dans une morne douleur, il allait s'agenouiller devant la tombe d'Henri IV et pleurait. Il était enfoncé sous la terre dans ces sombres caveaux, et en même temps une pensée triste et chère, enfoncée dans le secret de son âme, donnait à sa situation une cruelle souffrance de plus.

Dans d'autres instants, il entrait dans un délire furieux. Pendant cette journée, qui avait duré un siècle, il s'était tellement lassé de l'aspect de ces statues qui peuplaient dérisoirement sa solitude de leurs figures inertes, de leur insupportable fixité, que, dans des mouvements de haine insensée, il frappait de la poignée de son épée leurs têtes, leurs poitrines retentissantes... Puis soudain, à la vue de la croix ou du symbole pieux qu'elles portaient, il se jetait à genoux et leur demandait grâce.

Mais il y avait des moments où tout disparaissait, le froid, la faim, la nuit, la solitude. Le comte se voyait dans le cercle de la cour, aux côtés du roi; il étudiait le souci peint sur le front de son maître, il pensait aux messages du cardinal-ministre, il pensait que c'était lui qu'on osait accuser, lui, le grand écuyer, le premier des seigneurs... plus que cela encore!... Et il était enfermé dans cette horrible prison, au moment même où il aurait fallu paraître, se défendre...

Puis tout changeait encore; il songeait à Berthe qu'il avait perdue, à Hélène qu'il ne devait peut-être plus voir; et les plus douces pensées, celles de l'amour, étaient empoisonnées pour lui!

La seconde nuit passée dans ces caveaux fut horrible; ce sanctuaire suprême du repos devait-il avoir de si atroces douleurs? Il n'y avait plus un souffle d'espérance, le sommeil ne pouvait plus raccourcir le temps; la faim augmentait à chaque minute ses tortures, et déchirait les entrailles du prisonnier... du prisonnier dont l'oubli scellait le cachot, qui ne pouvait pas même attendre l'arrivée d'un geôlier et d'un morceau de pain, qui ne pouvait pas même se reposer dans la pensée qu'un être au monde connaissait son sort et avait pitié de lui. Il n'attendait, il ne désirait plus que la mort. Mais dans cette nuit continue, où nulle étoile, nulle horloge ne marquait des heures, il ne savait même si le temps marchait encore et viendrait mettre un terme à son supplice.

Il semblait que de tels tourments ne pussent augmenter, et cependant ils devinrent plus cruels quand le retour de la lumière vint montrer pour la seconde fois ce séjour des morts à celui qui vivait encore pour souffrir.

Baradas était descendu dans les caveaux, le vendredi, à onze heures du soir; il avait passé trente-deux heures dans cette prison.

On est maintenant au dimanche matin.

Les angoisses aiguës du malheureux commencent à s'éteindre avec sa vie; quelques râles passent seuls dans ses entrailles déchirées; le froid le fait tomber dans une torpeur morbide; il n'a plus la force de soulever sa tête du degré de pierre où elle s'appuie.

Tout à coup, un bruit saisissant ranime les battements de

son cœur; il entend des pas précipités dans l'église, au-dessus de sa tête. Bien des fois dans la journée de la veille, des pas avaient résonné sur ce pavé, mais c'était la marche régulière de ceux qui venaient là pour prier, sans songer à lui. Mais maintenant c'est une marche légère, inégale, passant rapidement de l'une à l'autre partie de l'enceinte; la manière dont ce pas est accentué exprime l'inquiétude agitée et tremblante... C'est sans doute Rolland qui cherche son maître... ce ne peut être que lui... Ce jeune page a le génie du cœur, il saura retrouver celui dont sa présence sauvera la vie.

Baradas a repris subitement toutes ses forces; il se dresse de sa couche de mort, monte sur une tombe pour mieux entendre... mais le son des pas a cessé... Cependant, par la direction où ils se sont perdus, on peut juger que la personne qui les faisait entendre est maintenant dans la cour intérieure qui borde le chevet de l'église.

Le comte gravit les sculptures qui surmontent le mausolée et se trouve alors à la hauteur du soupirail... Il voit, à travers son double vitrage, des pieds rapides parcourir en tous sens le pavé; il ne peut distinguer que de fines bottines de peau blanche, garnies de flots de dentelles, mais c'en est assez pour reconnaître Rolland, son jeune page si aimant, qui le cherche et tremble pour lui!

A cette pensée, prompt comme l'éclair il s'élance au pied de la muraille, mesure d'un regard la hauteur du soupirail et le moyen d'y arriver. La balustrade de fer d'une tombe a des ornements découpés, il en arrache une fleur de lis, et, avec cette espèce de pique, fait des entailles profondes au pilastre qui s'élève jusqu'à la voûte. Puis, sur ces difficiles degrés, il monte en s'accrochant aux arêtes, il monte encore et peut déjà toucher le chapiteau; d'une main il se pend aux saillies de la pierre; de l'autre, il brise à poing fermé l'épais vitrage, et serre de ses doigts ensanglantés les barreaux du soupirail.

Il voit enfin la lumière à nu, il sent l'air sur son visage, il colle sa tête aux barreaux de la petite ouverture, en dardant un regard enflammé dans la cour...

Il est arrivé assez tôt pour voir Rolland... mais pour le voir passer en frappant son front de désespoir, et disparaître aussitôt.

Cependant il peut croire encore que de cette position plus favorable il apercevra quelque autre personne dans la cour, quoique cet espace soit ordinairement désert, et parviendra à faire entendre ses cris... Mais le malheureux n'a pas même le temps d'espérer.

Une vision affreuse vient frapper à la fois son âme et ses sens épouvantés.

La porte par laquelle vient de sortir Rolland, et qui donne sur le carrefour de Saint-Denis, est restée ouverte.

Baradas entend de ce côté un son de trompe, et, comme il s'élève dans l'air, la cloche de l'église s'ébranle et y répond par un glas funèbre.

Puis, dans le carrefour, s'amasse une foule morne, silencieuse, la tête basse; le panache blanc d'un héraut d'armes s'élève au-dessus d'elle; tout mouvement cesse dans cette multitude compacte; il semble que le silence y devienne consterné, lugubre, mortuaire.

Le messager royal donne lecture de la proclamation dont il est porteur.

Sa voix arrive à l'oreille de Baradas, d'abord faible et confuse; puis, peu à peu, le son s'éclaircit, les mots s'accentuent, des fragments de phrases pénètrent dans le cerveau du comte, sonores, retentissants, comme si, domptant la distance, une fatalité leur fit éclater à côté de lui.

« De par le roi... ordre d'arrêter, partout où il se présentera, Henri-Arthur, comte de Baradas,... accusé de haute trahison, et cité à comparaître devant les chambres. Sera regardé comme traître, et poursuivi selon la rigueur de la loi, quiconque lui donnera asile sur les terres de France. »

Puis la voix se perdit.

Les mains du comte se détachèrent des barreaux; les cheveux mouillés de sueur froide, les yeux hagards et injectés de sang, les traits décomposés et livides, il se laissa glisser sur le pavé du souterrain. Il tendit les bras à ces caveaux funéraires; ce lieu qui, un instant auparavant lui faisait horreur, maintenant il le bénissait; il allait du moins y trouver une mort obscure, sauvée de la honte de l'échafaud.

Il s'écria:

— O Fergus! Fergus!

Car, en ce moment, il entendit vibrer à son oreille les paroles de l'homme qui l'avait maudit:

Tu n'entendras plus que ton arrêt de mort... Tu n'auras plus que quelques pieds de terre dans les ténèbres...

Un tremblement convulsif agita tout son corps, puis il tomba rudement sur le pavé.

Le sursis de vingt-quatre heures que Louis XIII, comme nous l'avons vu, avait accordé au comte de Baradas pour paraître devant lui, était expiré ce matin-là; et le roi, d'après sa résolution annoncée, avait été obligé de signer, à la dernière de ces heures sonnantes, l'acte d'arrestation qu'on faisait alors publier et afficher dans la ville.

Des moments s'écoulèrent dont Baradas évanoui au fond des caveaux ne connut point la durée. Il rouvrit les yeux sous l'influence d'une chaleur bienfaisante qui se répandait dans ses veines; il était enveloppé d'un épais vêtement et à demi couché sur les degrés de marbre; un vieillard, agenouillé devant lui, versait du vin chaud sur ses lèvres.

La mémoire revint peu à peu au malheureux. En voyant le cadre sépulcral qui l'entourait, il se souvint de son étrange captivité et voulut s'élancer au dehors pour revoir le jour... Mais son regard s'étant levé en même temps sur le soupirail, un souvenir plus affreux le glaça de terreur; il entendit encore le fatal arrêt... Il se rejeta contre terre et enlaça de ses bras la pierre d'une tombe.

L'homme qui l'avait secouru lui dit alors de ne pas désespérer de son sort, parce qu'avec du courage et de la foi en la bonté de Dieu, il lui restait une voie de salut.

Berthe, le soir où elle était sortie des caveaux en chantant l'hymne des morts pour le comte de Baradas, avait négligemment jeté les clefs du souterrain sur ses pas: elles étaient tombées à l'angle d'une chapelle où Boniface les avait trouvées le dimanche matin avec beaucoup d'étonnement. Le sacristain, très-inquiet à l'idée que quelqu'un avait pu pénétrer dans l'asile sacré des morts, y descendit à l'instant même pour savoir si aucun dommage n'y avait été causé. En trouvant là le haut et puissant seigneur dont il venait d'entendre l'arrêt, il pensa qu'un ami avait fait descendre et enfermer l'accusé sous ces voûtes, pour le soustraire un moment aux poursuites dirigées contre lui.

Le vieux Boniface était lié de corps et d'âme à son église: quoique le comte de Baradas lui fût entièrement inconnu, celui qui avait trouvé un asile dans le saint lieu était sacré pour lui, et l'œuvre que son temple béni avait commencée, il se croyait obligé de l'achever.

Il assura donc à Baradas qu'il lui serait possible de fuir à l'entrée de la nuit, et jusqu'à ce moment le laissa caché dans les souterrains, après lui avoir descendu des aliments nécessaires pour le ranimer.

Le soir venu, Boniface apporta en effet au comte tout ce qu'il lui fallait pour son départ. Le jeune seigneur revêtit un habillement de la garde-robe du sacristain, et un grand feutre gris semblable au sien, ne gardant de son costume de cour que l'or qui en garnissait les goussets. Il fut aussi muni des papiers d'un neveu de Boniface qui séjournait en ce moment à Saint-Denis, et, grâce à ce secours, put espérer de gagner la frontière sous un nom étranger.

Boniface conduisit le fugitif jusqu'au mur d'enceinte de l'abbaye, qui donnait sur la campagne, et, posant une main sur le bras du comte, étendant l'autre vers le ciel, il indiqua le moyen de gagner le canton de Pierrefitte, où se trouvait le plus grand nombre de bois, et en se dirigeant d'après la situation des étoiles.

La nuit était favorable, son bleu limpide était en même temps des plus sombres, on pouvait s'y conduire, et il paraissait impossible d'y apercevoir une forme humaine... Cependant un moine, qui veillait à la fenêtre de sa cellule, tenait ses regards fixés du côté par lequel s'éloignait à grands pas Baradas.

XV

LE DIMANCHE MATIN.

Il était neuf heures du matin, du dimanche 16 mai, lorsque Baradas, enfin parvenu au soupirail des caveaux, y avait entendu son arrêt de mort. Nous allons rapporter ce qui se passait au même moment dans la partie de l'abbaye voisine de l'église.

Le jeune artiste, subitement possesseur des titres de noblesse dont une union ardemment désirée par lui dépendrait, avait passé la nuit la plus heureuse et la plus inquiète. Il avait vingt fois décidé de l'heure à laquelle il se présenterait chez mademoiselle de Guéménée, et repassé dans son esprit les premières paroles qu'il lui adresserait; il éprouvait déjà le battement de cœur, l'émotion tremblante qui allaient présider à l'entretien; jamais il ne s'était senti aussi atterré devant les grandeurs imposantes qui entouraient la noble dame que dans ce moment où il était près d'en triompher ; jamais il n'en avait autant souffert.

Il sortit de bonne heure pour se rendre au bâtiment contigu à l'abbaye, qu'occupaient les femmes de la cour, et solliciter un entretien particulier de la comtesse Hélène.

Il passa dans la cour déserte située derrière le chevet de l'église. Il ne restait plus personne dans cet endroit ; le héraut d'armes qui proclamait l'arrêt du comte de Baradas venait de s'éloigner, emmenant la foule avec lui : seulement on entendait au loin le son des trompettes qui l'accompagnaient.

La maison du sacristain, comme nous l'avons dit, donnait sur cette cour. Berthe était à sa fenêtre, pâle et immobile comme une figure de marbre. Karl-Jules, qui ne l'avait pas vue depuis trois jours, l'aperçut en ce moment avec une douleur inexprimable.

Comme il s'arrêtait un instant pour la regarder, elle descendit, traversa le jardin, et passa devant son père qui était sur le seuil de la porte.

Celui-ci répéta, d'une voix timide et tendre, sa recommandation habituelle :

— Ne sors pas, Berthe, ne sors pas !

A quoi elle répondit avec un air de sérénité et une voix calme, qui avaient quelque chose d'effrayant au milieu de l'altération extrême de son visage :

— Soyez tranquille, mon père, je ne quitterai pas l'abbaye.

Karl-Jules, en la voyant de plus près, fut encore plus frappé de l'expression paisible et en même temps égarée de ses traits. Elle passa devant lui sans le voir, et traversa une des portes de la muraille d'enceinte du bâtiment.

Au bout de quelques instants de réflexion, l'artiste, sans se rendre compte lui-même de l'inquiétude qui l'agitait, se dirigea du même côté, et se trouva en dehors du mur d'enceinte.

Cette muraille circulaire et les tourelles qui la surmontaient de loin en loin étaient une construction d'une architecture lombarde, remontant au règne de Charles le Chauve, un des fondateurs de l'abbaye. Sa destination ayant été de servir de défense au monastère, on la laissait tomber en ruine depuis que le temps des guerres barbares était passé, et la plupart de ses tourelles étaient démolies par le temps.

Dans la seule qui fût encore entièrement conservée, habitait, comme nous l'avons dit, le père Arsène, l'ange du monastère, cénobite au milieu de ses frères.

Une autre tour, quoique brisée et découpée par la ruine, avait encore toute sa hauteur : c'était celle qui portait la campanille, où l'on sonnait autrefois la cloche d'alarme. Au sommet de la tour carrée, et enfermant un escalier, était une plate-forme d'où s'élevaient les restes du clocher, avec sa flèche rompue, ses murs à jour, dont les pierres se détachaient dans une lente démolition, roulaient jusque sur la plate-forme, ou s'arrêtaient en degrés cimentés par la mousse et la rouille du temps.

Karl-Jules leva les yeux et vit, au sommet de ce pic élancé, comme une blanche figure de femme, qu'il ne pouvait distinguer nettement à cause de l'élévation et des lianes mouvantes de la ruine, et dont la forme vague n'était peut-être même qu'une illusion, puisqu'il devait être impossible d'arriver à cet endroit.

Cependant un élan irrésistible l'emporta, et il monta rapidement l'escalier de la tour.

Arrivé sur la plate-forme, il vit bien distinctement Berthe, agenouillée sur une des faces démolies du clocher, et penchée sur la terrible profondeur. Ses mains tenaient un chapelet et ses yeux étaient levés au ciel.

Berthe avait entendu de sa fenêtre publier l'arrêt rendu contre le comte de Baradas ; ce nom, les paroles terribles qui l'accompagnaient, et lui semblaient une condamnation à mort, avaient rallumé dans son cerveau toutes les flammes de la folie ; elle avait cru que, fatalement liée à cet homme, et après l'avoir suivi loin de la maison de son père, elle devait le suivre dans la mort. Elle était montée à ce sommet ; quand l'escalier de la tour avait cessé sous ses pas, elle avait posé ses pieds dans les fractures des pierres, et, légère et sans crainte comme l'oiseau, elle était arrivée à la cime du clocher pour se précipiter au bas et mourir.

Karl-Jules, épouvanté à cette vue, allait s'élancer sur la ruine, mais une main qui le saisit vivement arrêta son élan, arrêta le cri qui allait s'échapper de ses lèvres.

Il tourna la tête et vit le frère Arsène qui priait sur la plate-forme avant son arrivée, et s'était précipité vers lui en laissant tomber son livre sur la dalle.

— Malheureux, dit à voix basse le religieux, vous voulez donc la faire tuer!

Le jeune homme le regarda avec stupeur.

— Vous voyez bien, reprit le frère, que la malheureuse enfant a gravi ce clocher pour mettre fin à ses jours, et que le moindre mouvement ou la moindre crainte qu'on l'arrête dans son dessein la fera se précipiter.

Karl-Jules pensa que la pauvre jeune fille, comme la plupart des insensés qui, sans avoir la connaissance de leur état en ont le désespoir, et sentent que la mort est leur seule ressource, avait, dans un nouvel accès de délire, choisi ce moyen de destruction.

— Mon Dieu ! s'écria-t-il, que faut-il donc faire ?

— Je suis arrivé trop tard pour la retenir, dit le religieux ; j'implorais Dieu pour elle.

Berthe était à vingt pieds au-dessus de ces deux hommes qui la regardaient en tremblant.

— Écoutez ! reprit tout bas Karl-Jules. Elle parle... que dit-elle ?

— Elle prie.

— Et quand sa prière sera finie !...

— Elle prie, il suffit ; ne désespérons pas d'elle.

— Mais n'y a-t-il donc rien à faire pour la secourir ?

— Les secours humains n'y peuvent rien.

— O vous, mon frère ! vous dont la piété a presque fait un dieu, vous qui lisez dans le ciel, ne voyez-vous donc rien pour elle ?

Le religieux montra le livre qui venait de tomber de ses mains.

— En ouvrant ces feuillets sacrés, dit-il, pour les consulter sur le sort de la pauvre insensée, j'y ai lu ces mots :

« Aimer l'a perdue, être aimée la sauvera. »

En ce moment Karl-Jules tressaillit ; en parlant au religieux, il avait une minute détourné ses regards du clocher, mais un léger bruit, entendu de ce côté, les y ramenait vivement... C'était le vent dans les tiges de lierre, ou un mouvement de Berthe penchée sur l'abîme.

Le soleil, qui se levait dans toute sa splendeur, éclairait en plein la suave figure de la jeune fille. A cette hauteur prestigieuse, dans ce cadre radieux, elle semblait plus belle que jamais ; la pâleur de son visage lui donnait une empreinte divine ; elle levait au ciel ses yeux inspirés ; ses cheveux, dorés par le soleil, jetaient une douce lumière. Autour d'elle, les pierres du clocher étaient empreintes, dans leur vétusté, de petites paillettes étincelantes ; il s'élançait de leurs joints des pampres à la riche verdure, des giroflées aux grappes d'or ; sur cette surface, se mouvaient des nappes de lumière éblouissante et des masses d'ombre, qui variaient ses formes idéales ; les frêles fleurs de muraille frémissaient sur leur tige, et leur mouvement semblait un sourire... Ce tableau paraissait tout de grâce et de fraîcheur, et c'était la mort qui était là, la mort dans toute son horreur.

Karl-Jules regardait Berthe avec extase et désespoir.

— Oh! ne meurs pas, Berthe, s'écria-t-il en tendant les bras vers elle.

Le frère Arsène s'était remis à genoux et priait.

Mais l'air emportait le cri d'amour et les prières.

Puis, un souffle de vent s'éleva, comme s'il eût dû enlever la frêle créature qui tenait moins à cette tour que la feuille à la branche. Berthe se laissa aller à ce souffle de l'air ; elle se pencha tellement que son tablier flotta en dehors du clocher où elle était agenouillée ; elle ouvrit les doigts, et laissa tomber son chapelet dans l'abîme ; elle semblait près de le suivre.

— Oh! ne meurs pas, répéta Karl-Jules dans un cri de détresse, ne meurs pas! Je t'aime! je t'aime d'un amour vrai, éternel!

Cette fois elle entendit cette voix, et se rejeta un peu en arrière.

— Entends-moi, Berthe, reprit le jeune homme, car la vérité de ce que je te dis peut luire devant le ciel, je t'aime pour toi seule ; je t'aime de cet amour dévoué qui ne demande rien et voudrait tout donner.

Berthe se leva, tourna la tête du côté d'où venaient ces paroles, et mit la main sur son cœur, où cette voix semblait pénétrer.

Karl-Jules tenait fixés sur elle ses grands yeux bleus, dont l'ardeur devait l'attirer par un pouvoir magnétique.

L'ange du monastère implorait les puissances divines.

Le visage si pâle de la jeune fille se colora soudain de nuances pourprées ; elle posa le pied sur la première pierre pour redescendre.

— Oh! viens, viens près de moi, dit Karl-Jules ; je te consolerai... j'aurai pour toi quelque chose du Dieu des malheureux... le bonheur d'être aimée sera répandu sur ta vie, et tu oublieras tout le reste.

Berthe descendit une à une ces pierres vacillantes, qui ne tenaient ensemble que par des liens de ronces. Elle était suspendue dans les airs... le vent faisait voltiger ses vêtements... Un souffle de plus semblait devoir l'emporter.

Mais Karl-Jules levait sur elle son regard passionné; le jeune religieux priait pour elle... Elle était là entre l'amour et la prière.

Elle franchit d'un pas agile les derniers décombres et s'élança sur la plate-forme, où Karl-Jules la reçut dans ses bras et la déposa sur la mousse des ruines.

Berthe semblait sortir d'un songe; elle regardait avec une douce extase Karl-Jules et le frère Arsène; son front s'épanouissait comme s'il eût dépouillé le cercle de fer qui l'avait longtemps brisé; sa poitrine se soulevait de mouvements réguliers; les couleurs de la vie renaissaient sur ses traits.

Karl-Jules s'était agenouillé devant elle, le frère Arsène était debout à côté d'eux, les bras croisés sur sa poitrine.

— Écoute-moi, Berthe, lui dit Karl-Jules... Hélas! je ne sais si tu me comprends, mais la présence du plus saint de nos religieux donne à ce que je vais te dire le sceau d'un engagement éternel. Je t'ai aimée dès que je t'ai connue si candide et si charmante, dans cette église qui donnait à ton cœur naissant quelque chose de sa pureté et de sa grandeur : si je ne me le suis pas plus tôt avoué à moi-même, c'est que l'enivrement des sens et de l'imagination que j'avais connu jusque-là me rendait aveugle sur le véritable amour. Maintenant, je renonce à toutes les chimères ambitieuses... Elles auront duré bien peu! ajouta-t-il en jetant un coup d'œil sur les titres de noblesse que lui avait remis le moine, et qu'il tenait toujours à la main.

Son regard attira celui de Berthe; sur cet objet elle vit un grand cachet chargé de fleurs de lis et de couronnes royales.

— Oh! dit-elle en le regardant avec une espèce d'effroi, cela porte malheur!... malheur!...

Et elle déchira les papiers.

Karl-Jules la laissa faire avec une douce mansuétude.

— Déchire-les, si cela te fait plaisir, pauvre enfant, dit-il en voyant retomber sa fortune, sa noblesse, son avenir en lambeaux sur la pierre. Je n'ai plus d'autre avenir que de te consacrer ma vie, de veiller sur toi. Je connais tes souffrances, comme si j'avais toujours senti ton cœur battre sous ma main... Je jure ici de connaître, de trouver celui qui t'a perdue, de te venger...

Une exclamation d'effroi sortit des lèvres du frère Arsène, car il entendait toujours au loin la trompe du héraut qui sonnait la grande condamnation de ce jour... Karl-Jules crut que la charité chrétienne parlait seule dans le religieux.

— Oh! mon père, dit-il, laissez-moi cette juste indignation, ce sera la dernière. Oui, Berthe, je te vengerai, pour avoir un titre légitime près de toi; ensuite tu seras tout pour moi. Tout ce que j'ai donné jusqu'à présent à l'art, à l'ambition, aux plaisirs de jeunesse, toutes les ardeurs de mon âme s'épancheront en ineffable tendresse, en dévouement pour toi; si ton esprit égaré ne me comprend pas, il y aura bien toujours dans le cœur un instinct, une fibre vibrante qui te fera réfugier en moi; quand tu souffriras, sans savoir ce que tu fais, tu viendras dans mes bras... Douce âme que le ciel remet entre mes mains, prends ma vie et donne-moi ton bonheur en retour.

Pendant ces derniers mots, Berthe s'était penchée sur le sein de Karl-Jules, en semblait privée de connaissance; mais c'était un évanouissement plein de calme et de douceur, où ses lèvres s'entr'ouvraient pour sourire, où son cœur battait paisiblement, où elle était plutôt heureusement endormie que privée de sentiment.

Karl-Jules ne lui parlait plus, mais il y avait entre leurs âmes une communication mystérieuse, où la force, le courage relevaient la faiblesse abattue, où la loyauté, le dévouement guérissaient les blessures faites par le mensonge et l'abandon, où l'amour ressuscitait le bonheur.

Quand Berthe revint à elle, elle avait recouvré la raison : sa figure était sérieuse et résignée; ses longues paupières s'affaissaient sur leurs humides; une pudique honte colorait son visage. Elle ne pouvait pas encore supporter le souvenir de cette existence où l'amour avait été jusqu'à la folie, le désespoir jusqu'au suicide; car, par une vive réaction de l'intelligence, elle comprenait maintenant ce qui s'était passé devant le long rêve de la folie. Il lui semblait revoir le jour pour la première fois en sortant d'épaisses ténèbres; elle n'avait plus ni cet oubli funeste où son repos ne s'appuyait que sur l'anéantissement du passé dans sa mémoire, ni ces souvenirs lucides où l'affreuse vérité la jetait dans des accès de désespoir insensé. Elle se sentait vivre maintenant, et c'était dans son âme ce repentir pieux et confiant, où on se pardonne à soi-même par une douce influence de la miséricorde de Dieu.

Elle tourna sa figure enchanteresse et ses mains jointes vers le frère Arsène. Elle ne pouvait souffrir devant lui, qui, en tout temps, avait reçu les épanchements de sa conscience, et connaissait sa vie comme elle-même... Elle se pencha ensuite vers Karl-Jules... Oh! elle ne pouvait souffrir non plus en présence de l'ami à qui son malheur même l'avait rendue chère.

Les premières paroles de Berthe, l'expression de ses traits, cette lumière de l'âme répandue sur toute sa personne, firent voir le miracle qui s'était opéré en elle.

Le religieux et l'amant, si étroitement unis de cœur en ce moment, regardaient Berthe avec délices, et se regardaient entre eux pour se glorifier de leur ouvrage.

Au bout de quelques instants, Karl-Jules, du haut de la plate-forme, remarqua plusieurs personnes qui allaient et venaient d'un pas agité dans la cour et le jardin de l'abbaye, et entendit son nom plusieurs fois répété, comme lorsqu'on cherche quelqu'un avec empressement.

Il laissa Berthe aux soins du frère Arsène, et descendit promptement de la tour.

XVI

LE DERNIER MOT D'AMOUR.

Dès que Sarrazin fut revenu à l'entrée de l'abbaye, un valet de chambre lui dit que la comtesse de Guéménée, qui l'avait fait déjà demander chez lui plusieurs fois, le priait de se rendre près d'elle à l'instant.

Karl-Jules se rendit à cet ordre; il se dirigea vers le bâtiment occupé par les dames de la suite du roi. En traversant la cour, il vit au pied du perron un cheval de femme, sellé et tenu par un page. Il monta le grand escalier, et fut introduit dans un vaste salon qui desservait les appartements particuliers.

De là il entendit une femme de service, qui venait de passer dans une pièce voisine, dire que la personne qu'avait fait demander madame la comtesse attendait dans la salle de réception.

— Faites entrer ici, dit vivement Hélène, du fond de sa chambre.

Le jeune homme ressentit profondément tout ce qu'il y avait de froideur dans une entrevue aussi ostensiblement accordée. Il se rappela ses projets du matin même... d'une heure avant!... Il était sorti de chez lui pour venir revendiquer aux genoux d'Hélène des droits appuyés sur son serment, et il arrivait chez elle comme un étranger! En route il avait lui-même renoncé à ses droits, et Hélène, par un triste rapport de sentiment, le recevait avec la publicité la plus opposée aux espérances de l'amour. En quelques minutes, quel espace de temps s'était écoulé! Dans un si court trajet, quel chemin avait parcouru sa destinée!

La comtesse était en habit d'amazone et nouait un voile à son chapeau de feutre pour monter à cheval. Mais avec ce costume leste et dégagé qui semblait respirer le plaisir, elle était pâle, abattue, et ses yeux marbrés gardaient encore des traces humides de larmes.

À la vue de Sarrazin, une émotion trop vive lui ôta la force de se soutenir; elle chercha l'appui du canapé, et fit signe à l'artiste de s'asseoir dans un fauteuil qui était en face d'elle.

Autrefois, quand elle n'avait qu'un banc de bois sous les pommiers de son père, elle le partageait avec Karl-Jules; maintenant qu'elle se reposait sur un sofa blasonné, elle voulait, à ce qu'il paraît, y demeurer seule. Le sculpteur, sans formuler cette futile comparaison, en reçut l'impression amère. Il demeura debout, appuyé sur le dos du fauteuil qu'on lui offrait.

La fin de l'amour, c'est la plus triste de toutes les faces sous lesquelles la mort nous apparaît! Il y avait dans cette minute où les amants d'autrefois se retrouvaient ensemble tout ce qui pouvait faire sentir les atteintes de cette mort. C'était une annonce à haute voix au lieu du rendez-vous mystérieux, c'était le grand jour au lieu du crépuscule, c'était un ameublement princier autour d'eux au lieu des haies vives de la prairie, c'était le nom de madame au lieu de celui d'Hélène.

Mademoiselle de Guéménée reprit courage la première, et voyant l'extrême difficulté de sa position, se plaça tout d'abord au point le plus dangereux.

— Karl-Jules, dit-elle, vous allez juger par la franchise de mes aveux de la haute estime que je fais de vous. J'aime le comte de Baradas, et je viens implorer votre secours pour lui.

Le jeune homme pâlit légèrement, mais ne montra aucune surprise.

— Vous ne m'apprenez rien, madame, dit-il; l'aveu qui devait précéder les autres était celui de votre indifférence pour moi, et je l'avais pressenti. Quand nous ne sommes plus aimés, notre cœur sent le froid de la nuit où il se referme tristement.

— Ecoutez-moi, cependant, reprit-elle avec vivacité. Les circonstances m'ont fait passer de la solitude au monde le plus large et le plus brillant; de même, sans que j'y sois pour rien, mon âme a été enlevée-aux purs et saints amours de ma jeunesse, pour se livrer aux séductions éblouissantes d'un homme qui les réunissait toutes. Mais comme, à mes yeux, c'est en amour surtout que l'égoïsme est odieux et le devoir sacré, je serais toujours demeurée libre, afin d'être à vous si la fortune vous élevait au rang que j'avais assigné pour vous donner ma main...

Karl-Jules l'interrompit :

— Vous n'auriez pas attendu longtemps, madame, dit-il en présentant les titres de noblesse dont il avait instinctivement ramassé les vestiges. Voici les lettres qui me créaient chevalier.

Le cachet et les premières lignes frappèrent les regards d'Hélène.

Il les laissa tomber, et les lambeaux épars se dispersèrent sur le tapis.

— Déchirés! s'écria Hélène. Quoi! ces titres, vous les possédiez, et vous les avez anéantis!

— Cette noblesse d'un jour ne pouvait me réunir à vous, madame. Si nous l'avons cru tous deux un moment, c'est que ce moment était celui où l'on croit tout, où l'on ne voit rien qu'à travers l'amour et l'espérance. Mais le véritable obstacle qui nous séparait était dans notre sang, dans notre essence même, dans la nature différente de l'homme du peuple et de la noble dame. Cet obstacle, mon élévation subite ne pouvait l'aplanir : un nom, un titre, éclos furtivement sur une souche sauvage, ne pouvait en changer la nature. J'ai vu que les sympathies intimes, les rapports de toutes minutes nous auraient manqué, et qu'ils sont indispensables à l'union éternelle. J'ai connu avec douleur que, pour être heureux en amour, il faut autre chose qu'aimer.

Karl-Jules, comme tout autre l'eût fait à sa place, se donnait les honneurs du sacrifice; il se faisait une raison et se posait en homme fort, lui qui était si jeune homme dans l'âme.

— Ces lettres de noblesse, reprit-il, ne pouvaient donc me réunir à vous; qu'en aurais-je fait alors? Voilà ce qu'elles sont devenues!

Il montra les fragments semés sur la terre, et alla s'asseoir avec une noble confiance à côté d'Hélène sur le canapé qu'elle occupait. Il était maintenant son égal.

— J'avais pensé tout ce que vous venez de dire, répondit la comtesse en tendant la main à Karl-Jules; mais tant qu'il y aurait eu à balancer entre le simple artiste et le premier dignitaire de la couronne, je devais craindre de donner encore amour et fortune au plus heureux, au plus puissant; maintenant le favori du roi de France n'est plus qu'un proscrit, je peux l'aimer sans remords de plus heureux.

— Oui, le bruit vient de s'en répandre à l'instant même, le comte de Baradas est accusé...

— Il est perdu ; les émissaires du ministre emportent en ce moment les pièces qui déposent contre lui ; son procès est déjà commencé, et le jugement sera la mort.

— Et voilà donc où devait aboutir cette fortune de favori ! Cette existence de luxe et de caprice a eu la durée d'une fête qui brille et s'éteint dans la nuit... Il y a huit jours à peine que la délation a osé atteindre le comte de Baradas, que le cardinal, rêvant, convoitait cette nouvelle victime, l'a fait dénoncer par ses agents.

— Comment le savez-vous ?

— Un hasard m'a rendu témoin de cette scène. J'étais sur le balcon où donne l'appartement du roi, et je voyais l'intérieur à travers les rideaux entr'ouverts. Louis repoussait les accusations dictées par le ministre, mais le doute entrait dans son âme, et il plaisait déjà son amitié perdue. En même temps, dans la pièce voisine, le favori, au comble de la fortune, s'endormait d'un sommeil paisible, et c'était le dernier !

— Mon Dieu! pourquoi ne l'avez-vous pas prévenu?

— Louis l'aimait, je le croyais en sûreté. Quand les plus pauvres des hommes donnent leur sang pour sauver un ami, un roi ne pouvait-il pas donner une-parole? Cependant, je m'en souviens, pendant cette nuit-là, l'intérêt que m'avait inspiré la situation du comte, la pitié qui était pour lui au fond de mon âme se figuraient en rêves bizarres dans lesquels il me semblait toujours le sauver de ses dangers.

— Oh ! c'est le ciel qui vous inspirait. Ecoutez : Le comte de Baradas a disparu subitement de l'abbaye; averti peut-être de la délation du cardinal, il a voulu se soustraire au rôle humi-liant d'accusé; mais il est parti seul, à pied, l'état de sa maison le prouve, et ne peut être loin d'ici. Il faut qu'un ami secourable aille lui apprendre l'imminence de son danger, lui dire qu'une prompte fuite est sa seule ressource... Moi, je vais partir, le demander à tous les lieux habités ou déserts; mais je suis seule, je ne puis suivre qu'une route, je n'ai que mes yeux pour le découvrir... Aidez-moi donc dans cette généreuse recherche. Vous seul ici le pouvez, car vous seul n'appartenez pas à la cour, ne craignez pas de déchirer vos habits brodés dans des chemins escarpés, de risquer votre fortune en secourant un proscrit.

— Eh bien, madame, disposez de moi. Quel que soit celui pour qui vous exigez mes services, vous obeir et secourir le malheur, c'est assez pour moi.

— Oh! je le savais bien, que vous aviez un noble cœur... Je l'ai vu souvent dans vos regards... autrefois dans notre solitude.

Hélène avait penché sa tête sur les coussins, et son regard perdu dans l'espace semblait y chercher la campagne verdoyante où s'étaient épanouies ses amours de printemps. Un jeune sourire était revenu sur ses lèvres, son teint reprenait la demi-nuance de la première rose de l'année.

— Oui, dit-elle à Karl-Jules, je voyais bien alors que vous étiez un de ces êtres bons et généreux que Dieu envoie comme une bénédiction sur la terre de souffrance, vous êtes prêts à accomplir simplement de grands sacrifices, et à se dévouer avec un sourire.

— C'est que j'étais heureux alors, s'écria Karl-Jules en pressant la main de la jeune femme dans ses mains jointes. Hélène, votre amour m'élevait au ciel, comment n'aurais-je pas eu quelque chose de la douceur ineffable des bienheureux ?

— Dieu sait combien cette bonté céleste m'attirait vers vous, dit-elle avec un accent profond; de ce côté-là, du moins, nos cœurs étaient bien faits l'un pour l'autre... Et alors nous ne cherchions pas l'amour au delà de nos cœurs; nous ne voyions pas l'univers au delà du cadre de verdure qui nous entourait.

— Rien n'est changé en nous, dit l'artiste avec un soupir, et pourtant c'est le passé.

Leurs regards qui se confondaient harmonieusement, les accents de leurs voix qui vibraient de la même émotion, étaient radieux et doux comme le dernier rayon du jour, comme les derniers soupirs du vent dans un beau soir.

— Que du moins ce souvenir soit beni pour nous ! reprit Karl-Jules.

— Et soyons-en dignes, répondit-elle en se levant vivement; que les élans de nos âmes, égales en loyauté, en dévouement, se réunissent pour une œuvre sainte... N'attendons plus, partons !... Chaque minute peut perdre le malheureux fugitif, et nous, nous pouvons le sauver.

— Eh bien, adieu, Hélène ! s'écria le jeune homme. Je pars, je vais chercher à sauver celui que vous aimez, fût-ce aux dépens de ma vie : c'est là le dernier mot d'amour que je vous adresse.

Karl-Jules s'éloigna rapidement, et la comtesse de Guéménée descendit bientôt après de son appartement.

Elle partait seule de Saint-Denis.

Ne voulant pas que sa sortie fût remarquée, elle ordonna à un de ses gens de conduire son cheval à l'entrée de la campagne, et traversa à pied et furtivement les dépendances de l'abbaye.

A l'extrémité de cette enceinte étaient les celliers du monastère, qui donnaient dans une prairie peu distante de la route. Une vigne centenaire déroulait ses pampres épais sur toute l'étendue de ce bâtiment ; un large cintre était ouvert dans le berceau devant la porte des caves. On y voyait constamment un tonneau en perce, auquel étaient suspendues des coupes de fer : elles servaient aux passants et aux voyageurs qui, par un gothique et joyeux usage conservé jusque-là, pouvaient venir se désaltérer gratuitement au vin du monastère.

En ce moment, trois archers, ayant la bride de leurs chevaux passée au bras, tendaient leurs coupes à un moine qui leur versait le coup de l'étrier et le buvait avec eux pour la forme : le même sourire tendre, que faisait naître ce vin vermeil, errait sur les bonnes figures du moine et des soldats.

La comtesse Hélène, dont les pas étaient dissimulés sur la mousse, s'arrêta subitement derrière la treille.

En même temps, un religieux de haute taille, la tête basse et les bras croisés, arrivait au fond du berceau.

— Où allez-vous comme ça, mes braves? demandait le moine qui versait à boire.

— A la poursuite du comte de Baradas, le grand écuyer, qui, à ce qu'il paraît, a vidé les étriers.

— Et de quel côté prenez-vous?

— De tous côtés, mon père, et la terre a bien des chemins. Il faudra les battre tous, jusqu'à ce que nous trouvions sa trace, ajoutèrent les archers.

Ce qui sera furieusement difficile, à moins que le ciel ne nous vienne en aide...

Le moine qui venait du fond de la treille glissa en ce moment derrière les soldats, et jeta ces mots :

— Sur la route de Pierrefitte.

Et il continua sa marche lente et morne.

Les archers se regardèrent ébahis ; Hélène frissonna.

— Tiens, un oracle ! dit un des hommes d'armes en suivant de l'œil le religieux ; sauf le respect que je lui dois, le révérend père ne doit cependant voir bien loin avec son capuchon enfoncé sur les yeux... Ma foi, c'est égal ! allons sur la route de Pierrefitte !

Le moine du tonneau versa une nouvelle rasade.

— A cheval donc, mes amis, et en avant ! dit-il en buvant.

— A vous pareillement, mon père ! répondirent les archers en buvant.

Malgré cela, ils renouvelèrent encore les libations, et ce ne fut que quelque temps après que les soldats, alourdis et ballottants sur leur selle, gagnèrent le grand chemin.

Hélène avait déjà rejoint son cheval à l'entrée de la campagne, et se lançait sur la route comme la flèche fend l'espace.

XVII

UNE ARRESTATION.

Le comte de Baradas, que nous avons quitté à son évasion des caveaux mortuaires de Saint-Denis, voyagea toute la nuit.

Seul, condamné, maudit, perdu dans les bois, il ne sentait pas encore son malheur ; toute son existence avait passé dans le mouvement machinal de la marche qui lui faisait tant de bien. Excité dans sa course par la nécessité de fuir, poussé par le vent de l'orage qui soufflait derrière lui, il ne se sentait pas aller ; et il avait déjà fait six ou huit lieues par monts et vallées, lorsque le jour parut à l'horizon.

Il était alors dans de hautes futaies de charmes, fourrées à l'intérieur de lianes et d'arbustes sauvages. Le soleil enflammait la cime des arbres, et jetait aussi un rayon de sérénité sur son front ; l'air empreint d'aromes pénétrants, les voix des oiseaux qui fendaient l'espace et se répondraient de l'un à l'autre point du bois, lui causaient une vive impression de bonheur.

Après ce qu'il avait souffert, après un jour et deux nuits passés dans le sein des sépulcres, après avoir touché de si près à la prison et peut-être au supplice, l'air pur, la vue du jour, les ailes des oiseaux qui, en passant, frôlaient son front, faisaient sur lui l'effet d'une liqueur spirituelle, l'enivraient, lui faisaient délicieusement perdre la raison. Il se voyait déjà en pays étranger, soldat volontaire, s'élevant de grade en grade par de hauts faits d'armes, utile au pays qui l'aurait adopté, heureux et fier d'une fortune noblement achetée.

Et tandis que la gaieté du matin, l'influence dilatante de la marche, la fraîcheur de l'air allégeaient tout son être, il avait de ces élans de joie sans cause de la première jeunesse ; il sautait légèrement à la branche d'un arbre, et, en cueillant le fruit sauvage, il lui arrivait de s'écrier dans son triomphe :

— Vive le roi !

Mais il y avait des moments où cette influence physique de la vie qui revient s'arrêtait entièrement : il se voyait alors accusé et fuyant lâchement le danger ; il s'arrêtait glacé de honte ; il était prêt à retourner sur ses pas. Si la moindre circonstance fortuite se fût jointe à ce mouvement, si un mot de reproche fût venu l'atteindre, il eût été à l'instant même se livrer, braver l'amitié du roi, la haine de ses ennemis et leur échafaud.

La journée se passa ainsi, mêlée de moments de repos, de collations prises sur les provisions dont le bon sacristain avait rempli la sacoche, et de sommeil sur la mousse à l'ombre du taillis.

Le comte ne savait absolument pas où il était ; dans un voyage entrepris la nuit, il n'avait pu se diriger qu'au hasard ; il ne reconnaissait point les parages où il se trouvait, et ne voulait s'adresser à personne pour lui demander le nom. Mais comme nulle rencontre inquiétante ne vint le ramener au danger de sa situation, il conserva toute la journée le bien-être renaissant dans son âme, et ces forces physiques que la nature nous rend après de grands malheurs... souvent, hélas ! par une bonté cruelle, afin que nous puissions en supporter de nouveaux.

Vers le soir, le voyageur rencontra un endroit qui présentait une espèce de clôture en pleins champs, et autant de garantie, de sûreté qu'il s'en puisse trouver à la belle étoile.

C'était une grotte assez profonde. D'un côté, il y avait un chemin abandonné, à cause du mauvais état où il était tombé ; de l'autre, plusieurs carrières qui communiquaient les unes aux autres. Un rideau de peupliers, qui s'élevait entre cette cavité et la route, permettait de voir dans cette direction sans être vu ; un ravin gonflé par la pluie séparait la grotte des carrières ; mais les broussailles jetées de l'un à l'autre bord cachaient un tronc d'arbre, posé sur le courant d'eau, à l'aide duquel on pouvait le traverser, pouvant être poursuivi par ceux qui n'apercevaient pas cette espèce de pont ou ne pourraient le passer à cheval, et de là on gagnerait les profondeurs formées par l'extraction des pierres, lesquelles étaient couvertes de taillis et inexpugnables pour les cavaliers.

D'énormes troncs de sapins noirs et serpentaient sortaient du fond de l'antre, s'avançaient en solives sous la voûte, et se dressaient au bord du rocher pour aller le couronner de leur cime.

Ayant constaté les avantages de cet endroit, le fugitif le choisit pour sa halte du soir, heureux de suspendre sa course, dont la fatigue commençait vivement à se faire sentir.

— Que ce manteau est lourd ! dit-il en jetant à terre une partie de l'accoutrement qui lui avait sauvé la vie, mais qu'il aurait mieux aimé moins rude et moins pesant. Puis il ajouta, en regardant la grotte : Ce château sauvage dans lequel je reçois l'hospitalité offre peu de ressources, et il faut que je prépare moi-même mon souper !... Il est vrai qu'en posant le pain noir et les fruits, que j'ai achetés au dernier village, sur le bord de ce ruisseau, les mets et les boissons seront servis.

Le grand seigneur, qui avait d'abord pris avec gaieté son rôle de pauvre vagabond, en comprit en ce moment la misère, et après avoir étalé son mince repas sur la mousse, il ne put se décider à y toucher.

— Et le temps se couvre, dit-il, le couchant est enflammé... le vent nous apporte de sombres nuages ; il va tomber de l'eau à torrents... Les oiseaux sentent l'orage ; ils se cachent sous les feuilles... Mais moi, je n'ai point d'asile... Je ne vois plus qu'un bibou qui se tient penché sur ce rocher et me regarde fixement.

Il pensa à se retirer dans la grotte pour dormir à l'abri ; mais ses pieds étaient vivement endoloris, et en quittant sa chaussure d'un cuir épais, il les vit tout ensanglantés par l'excès de la marche. Il s'assit au bord du ravin, posa ses pieds sur une pierre à fleur d'eau, et cueillant une poignée d'herbes, se mit à laver ses blessures.

La grotte, la route, les arbres du rocher, le ciel, tout était d'un calme sombre, pas le moindre souffle n'avait troublé le morne silence : cependant Baradas entendit à son oreille une voix qui lui dit :

— Plus pauvre que moi !

Le comte pâlit et s'écria :

— Fergus !

Puis il se leva en sursaut, envisagea les traits d'un homme qui était devant lui, et se recula en répétant avec plus de stupeur que d'épouvante :

— Fergus !

— Oui, plus pauvre que moi, dit encore cet homme ; voyons, ai-je bien tenu mon serment ? Je t'ai dénoncé, je t'ai perdu : te voilà avec rien au monde : des vêtements qui t'étouffent et te déchirent la chair, du pain de seigle que tu ne peux manger, le creux d'un rocher pour y passer la nuit... sans même savoir, ajouta-t-il avec un infernal sourire, sans même savoir, pauvre condamné, si cette nuit t'appartient encore !

Baradas regardait toujours celui qui venait de lui apparaître ainsi avec une stupeur si grande, qu'il semblait que l'excès de la surprise eût troublé ses esprits.

— Eh bien ! oui, c'est moi, dit celui-ci en répondant à ce regard, c'est moi que vous avez fait condamner à mort, puissants exterminateurs ; moi dont vous avez vu, en arrivant à Saint-Denis, l'échafaud encore dressé, la hache et le billot encore rouges de sang ; moi, dont peu d'instants après, un procès-verbal, lu à haute voix dans le conseil du prince, relatait la mort... tandis que j'étais là, caché sous le capuchon du moine, assistant à la lecture, m'entendant dire mort au troisième coup de hache, et sentant bien que je vivais encore, à l'ardeur de vengeance qui bouillait dans mon âme.

Le comte, qui avait jusque-là tenu ses yeux hagards fixés sur les traits de Fergus, remarqua seulement alors la robe de bénédictin qui le couvrait.

Fergus, soit qu'il savourât son triomphe, et prît plaisir à prolonger l'état de stupéfaction dans lequel sa présence venait jeter le comte, soit qu'il voulût captiver l'attention de son ennemi par quelque secret dessein, lui parla de sa miraculeuse évasion des chaînes où on l'avait jeté.

Debout, appuyé contre l'entrée de la grotte, pâle et glacé, Baradas sentait comme le souffle de la mort pénétrer en lui avec le regard de Fergus ; le baron de Plangi posait fièrement, appuyant sa sandale sur la touffe d'herbe couchée à ses pieds comme il l'eût fait sur la tête d'un ennemi, dressant son grand front chauve sur lequel miroitaient les rayons embrasés du couchant. Tous deux étaient devant la caverne, entre le ravin et le rideau de peupliers. Fergus, en parlant, glissait souvent son regard entre les branches ; car si les arbres pressés voilaient cet endroit aux autres points de la campagne, ils permettaient à ceux qui étaient derrière de voir au loin sur la route.

— Cette robe de moine, dit-il, appartenait à un frère bénédictin qui eut le malheur de passer devant ma prison, au moment où je demandais un confesseur qui m'assistât pendant la veillée funèbre ; il entra. Pour son malheur encore, il avait la même taille que moi, le teint et la barbe également noirs. Cette espèce de ressemblance me suggéra une audacieuse idée : je mêlai au vin que nous buvions pour nous soutenir tous deux, confesseur et pénitent, un élixir que je portais toujours sur moi pour m'endormir parfois de ce sommeil léthargique dans lequel toutes sensations de l'âme et du corps sont anéanties, et pouvoir à volonté suspendre la vie quand elle était trop pénible...

— Et le malheureux?

— Il tomba bientôt dans un état d'insensibilité complète, répondit Fergus en tournant toujours un regard dérobé du côté de la route. Alors je le revêtis de mes habits ; je l'attachai de mes liens, qu'il avait lui-même dénoués ; je le couchai sur la paille où il m'avait trouvé couché ; je me couvris à mon tour de son froc de religieux, et à la faveur de ce déguisement, je sortis de la prison le capuchon baissé.

— Ensuite? demanda Baradas frémissant.

— Ensuite, le reste est facile à deviner. Les gens de la prévôté qui m'avaient reçu, à la nuit close, des mains des arquebusiers de Paris, avec ordre de me faire exécuter le lendemain, devaient prendre le bénédictin pour moi et le faire mourir à ma place.

— O misérable assassin ! profanateur impie !

— Lorsque les exécuteurs réveillèrent leur prisonnier, à midi, pour le conduire au supplice, ses cris, ses mouvements d'épouvante furent pris pour la révolte d'un condamné furieux : on lui bâillonna la bouche, on le lia de tous ses membres, et il périt.

Le comte était muet d'horreur.

Le matin de ce même jour, j'entrai à l'abbaye ; les papiers que j'avais trouvés dans la poche du bénédictin me permettaient de séjourner dans une communauté du même ordre. De là, je pus suivre la marche de mon entreprise, et voir les lettres du comte de Baradas au prince Gaston, que j'avais fait saisir par mes agents et porter au ministre, arriver enfin jusque sous les yeux du roi, ces lettres trahissaient !

— Et voilà le coup dont je meurs ! s'écria Baradas dans l'exaltation du désespoir, il part de la main odieuse !

— N'avais-je pas juré sur mon sang versé par toi, dans un outrage fait à ma pauvreté, de te rendre plus pauvre que moi...

Un éclair de joie, ardent comme une flamme de l'enfer, illumina tout à coup les traits de Fergus ; il venait peut-être du souvenir ranimé de son triomphe, peut-être de ce que l'inspection secrète qu'il faisait de la route voisine venait de lui offrir quelque objet ardemment attendu.

— Mais ce n'est pas encore là ce qu'il me faut, continua-t-il en dévorant du regard le pauvre fugitif ; dépouillé, proscrit, vagabond, il te resterait encore l'air et le ciel, et j'ai juré de te donner cette misère profonde, près de laquelle celle des vivants n'est rien, cette misère de la mort, où l'on n'a plus ni ciel ni terre, où l'on ne garde pas un vestige de ses grandeurs, pas un souffle de ses amours, pas même son nom, que le temps efface de la pierre du tombeau.

— Quoique je n'aie point d'armes, je te défie, dit le comte qui avait enfin repris l'énergie de son âme et la lumière de sa raison.

Le baron de Plangi secoua la tête.

— Ce n'est pas ainsi, dit-il, que je veux ta mort ; tu as échappé à la condamnation, il faut que tu la subisses.

— Mais tu ne peux me dénoncer, reprit Baradas, car tu es condamné toi-même, forcé de te cacher éternellement, et pour me livrer, il faudrait le montrer, te faire reconnaître.

Fergus sourit.

— Tu oublies l'habit respectable que je porte, reprit le faux moine.

Tant d'orgueil et de force se peignirent sur les traits de Baradas qu'il sembla grandir ; il tendit la main sur le front de son ennemi, en lui disant avec un inexprimable dédain :

— Tu ne peux rien sur moi :

Fergus ouvrit avec un geste violent les rameaux des peupliers, en s'écriant :

— Regarde !

Il montrait des archers qui descendaient bride abattue la pente de la route.

Le comte jeta un cri d'effroi et s'élança vers le pont qu'il savait caché sous les branchages, pour gagner les taillis et les carrières, où des soldats à cheval ne pourraient le suivre.

Mais, d'un seul coup de pied, aimé d'une force prodigieuse, Fergus brisa la planche et la fit rouler dans l'eau bouillonnante.

La retraite leur était ainsi coupée à tous deux, et les archers arrivaient devant la caverne.

Les deux sergents de piquet, ayant laissé leurs gens sur le chemin, s'avancèrent seuls.

Baradas chercha machinalement son épée à sa ceinture ; ne la trouvant pas, il croisa les bras, et le regard fier, attendit son sort.

Il y eut un moment où tout le monde demeura immobile.

Le comte tournait le dos à la grotte, Fergus et les deux soldats étaient en face du rocher ; les regards des archers s'étaient levés vers son sommet, et ceux de Fergus suivirent la même direction.

Il y eut là une apparition étrange.

Entre deux troncs de sapins qui se dressaient à fleur de roche parut une vieille femme, droite, élancée, sombre comme eux. Elle portait une robe d'étamine noire et un béguin de velours noir, d'où s'échappaient de longues mèches blanches que le vent agitait avec les rameaux des arbres d'hiver ; les rayons de pourpre et de flammes qui s'élançaient du foyer immense de l'occident faisaient une auréole flamboyante à ces trois grands corps ténébreux. Cette femme, dont on ne pouvait plus mesurer l'âge, entre ces arbres séculaires et sur cette roche éternelle, avait l'air du spectre du Temps... du Temps qui est l'immortelle justice.

Penchée sur la profondeur de la caverne, elle étendait son grand bras formidable, et du doigt elle montrait Fergus.

Les deux soldats posèrent la main sur lui, il était arrêté.

Bondissant de rage entre les serres de la force armée, son regard restait encore fixé par une puissance magnétique sur la place d'où venait de disparaître la vieille femme, et il s'écriait d'une voix qui sortait de ses entrailles :

— Que l'ai-je donc fait ?

Puis, tandis que les archers l'entraînaient, il dit pour adieu au comte, demeuré immobile et aussi étonné que lui.

— Maintenant, comte de Baradas, ce n'est plus qu'une question de quelques heures pour savoir lequel de nous deux montera sur l'échafaud le premier.

XVIII

LA VEILLÉE AU CABARET.

Le premier mouvement du baron de Plangi, en se voyant sur la route, au milieu du piquet de cavaliers qui l'emmenait en prison, fut de jeter aux taillis le froc de moine qui ne le déguisait plus, et il promena un regard sur lui-même, satisfait de voir reparaître au soleil son écusson de vieux fils d'or et son pourpoint écarlate, dont la couleur nobiliaire, reconnaissable pour lui seul, flattait encore ses regards ; puis il suivit courageusement ses gardes.

De la fenêtre du monastère, où il veillait la nuit pour observer les astres, Fergus avait vu un homme sortir furtivement du cloître ; sa haine lui avait fait deviner Baradas fuyant sous un déguisement. Il avait suivi de loin ses pas pendant quelques minutes ; et, le voyant prendre la route de Pierrefitte, avait révélé cette disparition aux hommes d'armes.

Mais, tandis que des archers poursuivaient non loin de là le noble proscrit, ceux qu'une autre dénonciation avait mis sur les traces de Fergus étaient arrivés les premiers.

Le seigneur de Plangi, que voici à pied sur cette route, misérable repris de justice, et au terme des jours qu'il avait volés à ses bourreaux, était, à vingt-cinq ans, un des plus puissants gentilshommes de France, venant d'entrer en possession des titres et richesses que ses aïeux avaient largement amassées pendant les guerres religieuses. Un malheur d'amour vint le frapper ; il se jeta dans une interminable ivresse de brigandage pour noyer son chagrin : sa nature impétueuse et perverse ne pouvait trouver ailleurs de remède.

Amoureux de la guerre, mais ennemi de l'ordre et de la subordination, il leva des compagnies franches, qui allaient sous ses ordres attaquer les faibles gentilhommières, les châteaux isolés et même les voyageurs de grands chemins; soldats indépendants ou brigands disciplinés qui conservaient pour leur plaisir quelque chose des us et coutumes des anciens chevaliers errants.

Pendant dix ans, Fergus réjouit son âme damnée dans les fêtes successives de carnages et de débauches. Au bout de ce temps, ses soldats, enrichis de rapines, se débandèrent, pour aller chacun de leur côté lever des troupes à leur compte, ou jouir doucement de la vie.

Abandonné des siens, Fergus ne pouvait plus exercer de souveraineté que dans sa terre de Plangi. Mais sa fortune, employée au brillant équipement de ses hommes d'armes, s'en était allée à cheval avec eux. Il revint en Champagne, ruiné, perdu de dettes, redouté et détesté. Il vendit ses domaines pour satisfaire ceux de ses créanciers qui voulaient se payer avec son sang, ne se réservant que les terres de ses aïeux que quelques pierres entassées en forme de pavillon, pour avoir toujours droit au titre de seigneur de Plangi, et s'enferma dans cette retraite.

Là, seul avec le ciel, il étudia les astres; passant de l'excès du mouvement à celui de la pensée, des combats à la vie contemplative. La sensibilité excessive de son âme, après avoir été refoulée dans l'amour, s'était autrefois transformée en piété ascétique pour ne pas périr; et au milieu de tous les débordements du brigandage, la rose mystique était demeurée debout sur le sol ravagé par les brutales passions. Dans la solitude, cette tendance dévotieuse s'exalta davantage, et se mêla à l'astrologie. Fergus se donna tout au ciel, des yeux comme de l'âme, par l'étude comme par la foi; il en résulta une croyance bizarre, où le cénobite astrologue voua son culte à une nouvelle divinité en trois personnes, qui étaient la lune, la vierge Marie et la femme de ses premières amours.

Il en était là, lorsque la lutte avec le comte de Baradas attira sur lui la colère du roi, et le fit condamner à mort, ainsi que le sire de Rigobert (un des anciens soldats indépendants qui était resté fidèle à son maître, parce qu'ayant mangé tous les fruits du pillage il ne pouvait vivre sans lui), ainsi que le sire de Rigobert, dis-je, le racontait aux curieux le jour où la foule assistait à la prétendue exécution du baron de Plangi. Ainsi tiré de sa retraite et rejeté par ses désirs de vengeance dans le monde des vivants, Fergus fut livré à ces intrigues ténébreuses qui, en ce moment, finissaient si fatalement pour lui.

L'orage qui menaçait depuis quelque temps venait d'éclater; la pluie tombait à longs flots; mais les archers, hommes de fer et revêtus de fer, ne sentaient pas couler l'ondée; Fergus n'avait plus que quelques heures à vivre, et tous les chemins sont bons pour aller au supplice. L'eau du ciel tombait donc sur les hommes de cette troupe comme sur les rochers de la route.

On marcha ainsi quelque temps; la nuit devint entièrement sombre.

Les hommes d'armes pouvaient abréger de beaucoup le chemin qu'il leur restait à faire en traversant l'île Saint-Denis, et l'heure avancée les engagea à prendre ce parti. Ils laissèrent leurs chevaux dans une hôtellerie de la route et s'embarquèrent avec leur prisonnier.

Un grand bateau, qui filait lent et droit, sous sa lourde charge, les conduisit dans l'île à travers la sombre épaisseur de l'atmosphère. Les sergents ayant assez avancé leur étape, jugèrent à propos de passer la nuit dans cet endroit. En entrant dans le lieu qui avait été choisi pour la halte du soir, Fergus se retrouva avec une sensation d'horreur et de vague épouvante dans le cabaret du *Bon-Temps*.

L'hôtesse était assise devant sa table vermoulue, la Bible sous les yeux, la même atonie sur les traits, le même mouvement machinal sur les lèvres; on eût même dit que pétrifiée à cette place, elle n'en était pas sortie depuis des siècles.

Elle paraissait encore plus caduque et morbide que le premier jour que nous l'avons vue, et le grand garçon qui desservait l'auberge s'occupa seul de la réception des arrivants.

— Bonsoir, la mère, dit un des sergents à Marion; vois-tu, nous te donnons notre pratique pour cette nuit, en récompense de la bonne capture que nous devons (il montrait le prisonnier). La trouvaille que tu as faite là est digne du meilleur dénicheur de diables de notre compagnie.

La vieille ne parut pas entendre ce mot de ce compliment, et ne leva même plus les yeux pour examiner avec une attention anxieuse ceux qui entraient dans le cabaret, comme elle l'avait fait toute sa vie.

Un jeune homme, assis à l'angle du foyer éteint, ne s'occupait pas non plus de ceux qui venaient d'entrer; l'air inquiet et pensif, la tête penchée dans sa main, il demeurait accoudé sur la petite table où était encore la bouteille qu'il venait de vider.

Les hôtes du cabaret se groupèrent autour de la cheminée, et demandèrent à grand bruit du vin, de l'eau-de-vie, du tabac. Le garçon alluma un grand feu de bruyère en leur honneur, et s'empressa de les servir.

Quand la flamme brillante remplit tout à coup le foyer et répandit sa lueur sur les visages qui l'entouraient, Fergus, toujours lié et au milieu des soldats, jeta un cri de surprise et de joie bien étrange dans sa situation.

Il venait de reconnaître le jeune homme du coin du foyer, et le regardait avec une vive émotion.

Celui-ci ne savait d'abord quel pouvait être ce prisonnier à la figure sombre, aux haillons seigneuriaux dont il fixait ainsi l'attention; mais soudain, en examinant ses traits, il revit en lui, moins le froc qu'il avait quitté, le moine des deux nuits mystérieuses: car ce jeune homme était Karl-Jules. Fidèle à son serment, l'artiste avait entrepris une battue dans les campagnes environnantes pour y découvrir les traces du comte de Baradas et l'instruire de son danger: il avait visité ce jour-là l'île de Saint-Denis, pensant que ce lieu désert avait pu être choisi pour retraite par un proscrit, et il revenait d'une course inutile, fort triste et inquiet du succès de son entreprise.

Malgré la répulsion qu'il avait en dépit de lui-même éprouvée pour son étrange protecteur, il allait courir à lui en le voyant dans une si triste situation, lorsque les coups violents frappés à la porte d'entrée attirèrent les regards de tout le monde.

Les fenêtres du cabaret étaient hermétiquement fermées; mais la lueur du foyer au-dessous de la porte mal jointe, et le verbe élevé des soldats, devaient arriver au dehors.

On entendait de ce côté une voix basse qui semblait faire de timides observations, et en même temps une voix arrogante, qui répondit avec éclats:

— Quand il y aurait céans des diables, ou bien même des archers, j'ai soif, il faut que je boive.

Et les coups recommencèrent.

Le garçon, à cette seconde invitation, ayant ouvert la porte, deux hommes de la plus détestable mine entrèrent, firent quelques pas en avant, et demeurèrent pâles et stupéfaits en se trouvant au milieu des soldats.

Ceux-ci, après avoir envisagé les nouveaux venus, leur mirent prestement la main au collet. Le sergent tira de sa poche le signalement de deux malfaiteurs qu'il cherchait depuis longtemps, pour constater l'identité de ceux qu'il venait de saisir, et après cette formalité remplie, arrêta, séance tenante, le pauvre Missouri et le sire de Rigobert.

Ce dernier, tirant sa rapière, voulut faire résistance, et pendant quelques instants que la lame tournoya autour de lui, rapide, étincelante, et enlevant la moustache à tout ce qui s'approchait, ce ne fut que cris, juruments, vociférations, tables renversées et bouteilles cassées dans le cabaret.

Pendant ce temps, Marion, froide et inerte au milieu du vacarme, ne levait pas même les yeux, suivant sa bible du regard et sa prière sur le lèvres. Missouri, tout au fond de l'antre, adossé à la muraille, hagard, livide, semblait l'image de la mort qui était au fond de ce tableau.

Enfin, Rigobert fut désarmé; on se rendit maître des bandits. Tous deux avaient fait partie des compagnies franches levées par le baron de Plangi; après la dissolution de ces bandes, errants et misérables, ils s'étaient livrés dans la contrée à des actes de bas brigandage, pour lesquels on les arrêtait en ce moment. Ils furent solidement liés avec des cordes et jetés sur un tas de copeaux au coin de la muraille.

Rigobert demeura replié sur lui-même, les membres retirés vers le corps comme un loup blessé, en faisant entendre un grondement sourd, d'où sortit tout à coup ce mot:

— A boire!

Il le prononça avec fureur, à la vue des bouteilles que le garçon faisait impitoyablement passer à sa barbe, en servant les hommes d'armes.

Le baron de Plangi, toujours grand seigneur, jeta une pièce d'or à terre pour qu'on donnât à boire à ses gens.

Peu à peu, triomphe et colère, victoire et défaite se noyèrent également dans le vin. Les soldats s'appesantirent sur leur chaise; les bandits tombèrent sur leur paille dans un sommeil agité, mais profond.

En ce moment, Fergus et Karl-Jules, qui étaient demeurés immobiles spectateurs du tumulte, purent se rejoindre; Fergus plaça son escabeau près de la petite table qu'occupait l'artiste, entre le foyer et la place où dormaient les deux bandits prisonniers. Les soldats étaient à l'autre coin de la cheminée, assez vaste pour que d'un côté à l'autre on ne pût s'entendre; ils sommeillaient à demi, ou jouaient aux cartes, et fumaient en même temps dans une double béatitude.

— Tu ne reconnaissais pas le moine de l'abbaye de Saint-Denis sous ce costume? dit le baron à Karl-Jules... Il y a bien peu de temps encore, c'était Fergus de Plangi qu'on ne reconnaissait pas sous le froc du frère Saint-François.

Ce nom de Fergus fit tressaillir Karl-Jules et lui dévoila subitement le mystère dont s'était entouré le moine bénédictin. Il eût été bien plus frappé du hasard qui lui faisait rencontrer le terrible ennemi de Baradas, au moment où il courait, lui, au secours du malheureux comte, s'il eût pu savoir tout ce qu'il y avait de providentiel... L'artiste comprit alors tout ce qui s'était passé : car, depuis la dénonciation faite par l'hôtesse du cabaret, le bruit s'était répandu que le baron de Plangi existait encore, après s'être, par son pouvoir magique, sauvé de la prison et de l'échafaud.

— C'est une grâce suprême de la vierge Marie, qui t'envoie vers moi en ce moment, jeune homme, reprit Fergus.

— Pourquoi?

— Pour que tu me rachètes du plus grand crime de ma vie, et pour que je recueille avant de mourir la plus douce joie qui pût m'être donnée sur cette terre, celle de te revoir encore.

L'artiste le regardait de ses grands yeux étonnés.

— Oui, reprit Fergus avec une animation imposante sur sa face d'aigle au grand front chauve, aux traits puissants, à la teinte rudement bronzée; tu peux me racheter d'un crime qui pèse cruellement sur ma conscience... même auprès d'un autre !...

Il se tut subitement et pencha quelques instants sa tête accablée entre ses mains; puis il la releva comme en sursaut, et tira vivement un anneau de dessous son doigt.

— Cet anneau, dit-il, j'ai violé une sépulture royale pour l'en arracher.

L'artiste fronça le sourcil et se recula d'un pas de Fergus.

— Il faut, reprit le criminel, que tu répares ce sacrilège, en rendant à la tombe ce qui lui appartient. Je ne veux pas avoir de mauvaises affaires avec les morts près de qui je vais descendre.

Il regarda tristement la bague, au large chaton de cornaline gravée, au cercle d'or noirci par seize années de sépulture.

— Ceci, dit-il, est l'anneau d'Henri IV, qui porte son sceau royal; dans une nuit infernale, j'ai été le prendre sur son cadavre : jure-moi de le faire remettre pieusement dans le cercueil.

Karl-Jules prit la bague d'une main tremblante et fit le serment qu'on lui demandait.

Fergus, à ses derniers moments, livra son secret tout entier.

— Ce cachet, dit-il, m'était nécessaire pour donner un sceau authentique aux lettres de noblesse que j'inventais pour toi.

— Ah ! s'écria Karl-Jules, ces titres étaient un mensonge !... J'avais donc bien raison, quand je me sentais toujours pauvre artisan et non point chevalier !

— Tout ce que je t'ai dit de ton père, de ses vertus, de son courage, était vrai; c'est seulement la reconnaissance de la royauté pour un digne serviteur qui était une chimère. C'est moi seul qui l'ai faite, et il m'a fallu l'appuyer par un crime.

— Et dans quel but ?

— D'abord, dans celui de ma vengeance. J'enlevais au comte de Baradas la femme qu'il aimait, puisque la comtesse de Guéménée était, par son serment, forcée de l'appartenir si tu devenais chevalier. Le jour même où la superbe idole de la cour était renversée, dépouillée, brisée par ma puissance (car c'est moi qui ai fait soustraire les lettres du favori au prince Gaston par ces deux hommes que voilà, et les ai envoyées au ministre) ; ce même jour, dis-je, l'amour, cette consolation suprême, manquerait aussi au comte de Baradas. Quand il marcherait à l'échafaud, il se retournerait vers la femme aimée pour trouver un adieu, une larme : il la verrait aux bras d'un autre... Oh ! ce sont là de ces joies de la haine que tu ne peux comprendre... Mais ce n'était pas tout encore : grâce à cet acte supposé qui te faisait noble, toi, Sarrasin, qui t'assurait la main de la plus riche, de la plus belle héritière du royaume, je donnais rang, fortune, bonheur, puissance, au fils de Marie...

— Ces lettres, interrompit Karl-Jules, elles sont déchirées. La Providence n'a pas voulu qu'un honnête homme profitât d'une ruse infâme... Et l'amour généreux d'Hélène est resté au comte de Baradas, au malheureux proscrit !... Mais pourquoi m'aviez-vous choisi pour vos fallacieux bienfaits ?

— Parce que tu es le fils de Marie.

Un soupir profond, qui s'éleva près d'eux en ce moment, fit tourner la tête à ces deux hommes qui parlaient à voix basse.

C'était Rigobert, dont le sommeil pénible et fiévreux agitait la poitrine et les lèvres.

Karl-Jules avait éprouvé, aux derniers mots de Fergus, une poignante terreur ; il tremblait d'apprendre quel lien pouvait l'unir à cet homme, et répéta, avec un frémissement dans sa voix :

— Le fils de Marie !... Que voulez-vous dire ?

— Écoute-moi. Quand tu venais, dans ton enfance, au château de Plangi, comme je te l'ai rappelé, tu y étais amené par une jeune femme nommée Marie. Elle n'était pour toi qu'une tendre et pieuse mère ; elle était pour moi la plus belle, mais aussi la plus sainte, la plus imposante des créatures. Je l'aimais de cet amour qui nous fait vénérer, adorer le nom de femme. Quand elle venait au château, où son mari m'envoyait traiter d'affaires, je passais de longues heures à m'entretenir avec elle sous les ombrages du parc. Elle, femme du peuple, parvenait quelquefois à éclairer mon cœur et ma raison. Ce fut elle qui m'inspira les sentiments de piété qui, malgré moi-même, sont toujours demeurés dans mon âme ; mais moi, je voulais en vain la convertir à l'amour qui dévorait mon cœur : sa simple vertu la défendait, et, sous les regards ardents d'un jeune seigneur voluptueux dans ses goûts, puissant dans ses volontés, impétueux dans ses désirs, vrai dans son amour, la sainté est toujours restée pure.

Les traits de Karl-Jules s'éclaircirent, et il respira plus librement.

— Lorsque ton père mourut, la liberté qui venait d'être rendue à Marie me donna plus d'espérance ; ma passion redoubla jusqu'aux transports les plus insensés, jusqu'au délire, jusqu'à la rage... mais pour aller se briser contre un écueil plus terrible que le premier...

En ce moment, Rigobert laissa échapper dans son sommeil quelques mots distincts, et Karl-Jules et le prisonnier, saisis de ces accents, ne purent s'empêcher d'y prêter leur attention.

Le dormeur se voyait déjà, en songe, dans le sein de la mort qui était si près de lui.

— Là... là, disait-il, dans la fosse du supplicié ! Quel froid et quelles ténèbres... Mais quelle blancheur passe dans ces ombres... c'est une femme, légère et transparente comme une vapeur détachée des nuages ; elle se penche sur la fosse... Marie !... oui, je la reconnais !

Fergus s'élança vers le bandit et allait l'éveiller violemment; mais Karl-Jules lui saisit le bras avec une force impétueuse, et lui jeta un regard armé de tant de puissance, qu'il le tint muet et tremblant à cette place.

Tous deux demeurèrent immobiles et palpitants devant l'homme endormi, dont la lueur sombre du foyer éclairait la figure pâle et contractée, dont un silence lugubre laissait percer les paroles stridentes.

— Marie !... elle parle... que dit-elle ? qu'elle ira m'accuser devant l'Être suprême... me vouer à l'enfer... Non ! non ! c'est impossible... Grâce ! grâce pour moi !... J'ai obéi, voilà tout... Le maître avait dit : Il me faut Marie morte ou vivante ; je n'ai pu l'entraîner vivante, Ah ! je l'ai tuée...

Karl-Jules était en proie à une horreur froide qui le tenait pétrifié. Il voyait devant lui l'assassin de sa mère... Fergus, condamné au silence, était forcé d'entendre les révélations de son complice. Et le prisonnier disait encore :

— Elle a mieux aimé mourir que d'être jetée aux bras d'un homme dont l'horrible amour ne fait point de merci... Je l'ai tuée, et tout a été fini par là... sur la terre !... Mais maintenant... Oh ! c'est donc vrai qu'il y a un autre monde... Marie heureuse pour l'éternité !... Fergus, maudit !... Il m'entraîne en enfer avec lui... Ah ! !...

A ce cri succéda un moment d'affreux silence ; Karl-Jules et Fergus se regardaient comme pour verser au sein l'un de l'autre l'horreur et l'effroi de leur âme.

Enfin le criminel se jeta tout à coup aux pieds de Karl-Jules. Cette puissante organisation, cette force indomptée, cet orgueil féroce, rampait devant le faible jeune homme.

— Oh ! pardonne, pardonne-moi la mort de ta mère ! s'écria Fergus. J'en ai fait pénitence pendant vingt ans ! pénitence dans la guerre, le brigandage, les orgies où je déchirais, où j'étouffais mon âme ; pénitence dans la retraite, où j'ai prié Marie jour et nuit comme une sainte, où mes yeux ne se levaient devant son image que voilés de larmes, où je restais agenouillé aussi longtemps qu'une statue en la regardant pendant la nuit au milieu des étoiles... Oh ! je l'avais tant aimée...

Fergus, saisi par ce souvenir, se leva subitement, s'appuya contre la muraille ; il avait un regard sublime, un sourire exalté, son visage semblait rayonner dans l'ombre ; il se parlait à lui-même :

— Oui, aimée... aimée jusqu'à la tuer ! C'est une puissance

de passion surhumaine, un sacrifice sanglant dans de divins mystères : il y a pour celui qui l'accomplit tant de transports inconnus, tant d'ardeur et de désespoir, d'adoration et de rage, qu'on ne peut le juger : la grandeur de l'amour rachète peut-être le crime.

Karl-Jules épouvanté fit un mouvement en arrière ; Fergus retomba anéanti sur la pierre, en tendant les bras vers le jeune homme.

— Oh ! grâce ! répéta-t-il en reprenant une expression de détresse profonde : ne me quitte pas ainsi ! Si tu ne me pardonnes pas aujourd'hui, tu sais bien que je vais mourir demain, et l'éternité me fait peur ! Un mot de toi, et je serai consolé, et je pourrai braver la mort ! un mot de toi, pour ma délivrance éternelle !

Le jeune homme, dans son indignation, allait le repousser et s'enfuir... mais il vint se placer devant ses yeux comme une vision qui l'arrêta ; il vit la figure de sa mère plus lucide qu'elle ne lui était jamais apparue ; elle se montrait calme et pleine de douceur. Karl-Jules pensa que si l'angélique créature était encore de ce monde, elle ferait grâce : il laissa tomber son regard et sa main sur la tête de Fergus incliné devant lui.

— Meurs en paix, pauvre criminel, dit-il, le fils de Marie te pardonne !

Puis il s'élança hors de la taverne.

Mais, au lieu d'errer de nouveau à la recherche du comte de Baradas, il retourna précipitamment à Saint-Denis.

XIX

CRIMES SUR CRIMES.

Dans cet anéantissement de l'âme, où l'homme, arrivé au dernier degré du malheur, n'a plus même le sentiment lucide de sa situation, les yeux s'attachent quelquefois avec une fixité étrange aux objets les plus indifférents. Fergus, les pieds et les mains liés, jeté sur un grabat, à l'une des extrémités de la longue pièce dans laquelle on avait conduit avec lui les soldats et les prisonniers, Fergus regardait, à la lueur d'un bout de chandelle qui brûlait encore au pied de son lit, un grand tableau suspendu à cet endroit de la muraille.

Il représentait une belle jeune fille, en pied, sur la terrasse d'un château couronné de tours gothiques. Il n'y avait point de cadre, la toile était enfumée et rompue en plusieurs endroits ; les coins du haut, décloués, retombaient sur le fond ; cependant la figure de femme était si charmante, et les fragments qu'on voyait du château si majestueux, que l'image de la beauté et de la splendeur surgissait encore de cette peinture délabrée.

Au bas était écrit, sur une plaque de cuivre, *Marie de Hautemer.*

Fergus, machinalement occupé de ce tableau, n'en détachait point ses yeux hagards et éteints par la souffrance. Peu à peu le luminaire se consumait au pied du lit ne jeta plus que des jets vacillants et inégaux sur la peinture ; les paupières du prisonnier s'affaissaient aussi dans une lourde somnolence ; puis la chandelle s'éteignit tout à fait ; Fergus, exténué par l'excès de la marche, par les efforts qu'il avait faits pour demeurer calme et ferme à l'approche de la mort, par toutes les fatigues du corps et de l'âme, céda à son accablement ; lorsque depuis longtemps les hommes d'armes et les deux bandits dormaient à l'autre bout de la galerie, il ferma enfin les yeux.

Encore occupé, dans son rêve, du dernier objet qui l'avait frappé, il murmura plusieurs fois le nom de *Marie de Hautemer*, et crut voir la belle personne du tableau se détacher de la toile et s'avancer vers lui, en répondant :

— Tu m'appelles, me voici.

Il s'éveilla en sursaut, et vit l'hôtesse du cabaret du *Bon-Temps* debout devant sa couche, une lampe à la main.

Elle répéta de la même voix qu'il avait entendue en songe :

— Tu m'appelles, Fergus.

— Toi, spectre affreux ! dit-il, non vraiment, laisse-moi.

— Marie de Hautemer, reprit-elle en montrant du doigt le tableau, cette jeune beauté, c'est moi ; et dans ce château habitaient les seigneurs de Hautemer, forts et superbes comme ces tours de leur demeure, et pourtant toujours comme elles regarder en face le ciel... Ils sont tous morts en une nuit.

Cette femme avait pris un autre accent, un autre visage ; il semblait qu'en parlant des temps écoulés elle eût remonté elle-même le cours des âges et secoué l'engourdissement et le masque de pierre de la vieillesse. Ainsi ressuscitée, elle était moins hideuse, mais plus terrible à voir.

Fergus la regardait, l'écoutait avec stupeur.

— Veux-tu, dit-elle, que je te conte l'histoire de ce château ?

Et, sans attendre la réponse, elle s'assit sur le bord de la couche et se pencha vers le prisonnier.

Cet acte d'intimité, ce mouvement de tendre abandon, dans ce squelette vivant, au milieu des horreurs qui planaient dans l'air, avaient une douceur affreuse, étaient comme une caresse infernale.

Paralysé par un pouvoir surnaturel, Fergus ne pouvait même faire un geste pour le repousser.

La lampe posée à terre, au pied du grabat, ne jetait que sur le tableau et sur la vieille femme sa lueur chargée de fumée ; partout ailleurs l'espace était obscur ; mais dans l'ombre s'ouvrait une grande fenêtre, et derrière la croix que décrivaient ses barreaux de fer on voyait la teinte bleuâtre de la nuit, sillonnée de vapeurs noires qui couraient dans l'étendue comme des ombres funèbres.

L'hôtesse du cabaret, assise au pied de la paillasse, entre le prisonnier et l'antique peinture, jouait machinalement avec le poignard qu'on avait toujours vu pendu à sa ceinture, et de sa voix profonde et vibrante elle disait à Fergus :

— Sous Henri III, en 1566, le château que tu vois représenté sur cette toile s'élevait dans toute sa splendeur, et portant sur sa plus haute tour la bannière blanche des calvinistes. Il y avait en ce moment, dans la demeure suzeraine, le comte de Hautemer, un des chefs appartenant à l'Eglise réformée, et vieillis dans de glorieux combats ; ses deux fils qui venaient de ceindre l'épée de chevalier, et attendaient le moment de porter leurs services à la France, et sa fille, la belle Marie, surnommée, à cause de son nom de maison, l'*Etoile des Hautemer*. Un soir la famille était réunie dans la salle basse du château.

Le vieux comte lisait la Bible ; la jeune fille, la tête penchée sur l'épaule de son père, recevait dans son âme, qui s'ouvrait comme une fleur à la rosée, les paroles divines découlant de la bouche de son père ; les deux fils, accoudés sur la table où reposait le livre saint, et le front appuyé dans leurs mains pour que rien ne vînt distraire leur pensée, gravaient dans leur mémoire les préceptes évangéliques ; et les trois enfants de Hautemer recevaient des germes féconds pour une longue vie de vertu, qui devait couronner la gloire sans tache de leurs ancêtres.

On entendit tout à coup dans le lointain, au milieu du silence de l'île toujours déserte à cette heure, des chants d'église entonnés à haute voix.

Le comte tressaillit à ces accents des catholiques, qu'il avait trop longtemps connus pour ennemis. Il se leva et tendit un flambeau hors de la fenêtre. Il vit s'avancer, la bannière en tête, les cierges allumés et chantant des psaumes, une procession de ces pénitents gris institués par le roi Henri III. La file des pénitents, longue et serrée, avança, entoura le château, et le ceignit tout entier.

Le comte saisit son épée et dit à ses fils de s'armer : mais il était trop tard.

Les pénitents avaient jeté leur cierge à terre et dépouillé leur froc. A la lueur du flambeau, qui était posé sur la fenêtre et éclairait le dehors, on vit des soldats bardés de fer, et portant sur leur cotte de maille l'écharpe rouge de l'Eglise romaine.

Leurs trois cents carabines firent feu en même temps sur les murs du château.

Il n'y avait de défenseurs dans ce fort que le vieux comte, ses deux fils et une vingtaine de serviteurs. Cependant, la nuit entière ils firent une résistance désespérée, tirant des plates-formes, des tours, des créneaux, des meurtrières, du fond des caveaux, du haut des toits et de la brèche fumante, usant jusqu'aux dernières munitions, chargeant ensuite leurs armes avec l'or et les joyaux de la maison, avec les écussons brisés en mitraille, déchirant les habits de seigneurs, les voiles des jeunes filles pour bourrer les mousquets et les couleuvrines.

Une heure avant le jour, une explosion de poudre fit sauter les portes du bâtiment.

La famille se précipita éperdue dans l'intérieur, et se trouva de nouveau réunie dans cette salle basse où elle était la veille au soir si heureuse et si paisible. Le comte était mourant, ses fils couverts de blessures, sa fille aussi, le sein taché de sang, les mains noires de poudre, les cheveux brûlés par le feu des mousquets, car elle avait combattu comme ses frères. Le chef des catholiques se précipita dans la salle le premier ; son visage et ses vêtements étaient rouges de sang ; rouges comme son écharpe, insigne de meurtre et de carnage.

Il fit saisir et terrasser par ses gens le comte de Hautemer, les deux jeunes seigneurs, ses fils ; et tandis que des soldats leur tenaient le genou sur la poitrine, les prenant par les cheveux, il les égorgea tous trois de sa main.

La vieille femme regarda plus fixement le prisonnier et ajouta :

Marie était présente à ce spectacle ; elle ne fit pas un mouvement, ne laissa pas échapper un soupir, car elle attendait la mort... Mais le chef, près de l'assassiner aussi, jeta sur sa beauté un regard de férocité lascive, et elle s'enfuit épouvantée ici ce regard.

Elle se réfugia ici même, dans sa chambre, qui était à la place où nous sommes, embrassant son lit virginal, qui était à la place où est ce lit. Le vainqueur l'y poursuivit, et fut plus barbare encore pour elle qu'il ne l'avait été pour son père, pour ses frères massacrés.

A ce souvenir, la vieille femme frissonna de tout son corps, une pâleur livide se répandit sur sa figure, qui semblait ne pouvoir changer ; elle devint semblable à une face de pierre rongée par le temps.

Elle reprit d'une voix plus sourde et plus lente :

— Il fallait qu'il y eût bien du courage dans le sang des Hautemer qui coulait dans ses veines ; car, après cet instant, la jeune fille ne tua pas avec les armes éparses autour d'elle, ne se jeta pas dans les flammes de l'incendie qui s'élevaient déjà sous ses fenêtres. Elle demanda de la force à Dieu ; puis elle descendit l'escalier, en passant sur les corps sanglants de ses serviteurs qui avaient tous péri dans le combat ; elle rentra dans la salle basse silencieuse alors et pleine de nuit où étaient les cadavres de ses parents. Rampant sur le pavé, elle chercha des mains dans le froid de la pierre, dans le froid de la mort, le corps de son père. Elle s'agenouilla devant lui, prit le poignard qui était à sa ceinture, et, élevant vers le ciel sa main armée de ce fer, jura à ce vieillard, qui avait été massacré, qui avait eu ses deux fils massacrés et sa fille déshonorée, de le venger comme il avait souffert, d'anéantir le chef catholique et toute sa race, comme Dieu l'avait fait pour le premier pécheur.

En parlant ainsi, l'hôtesse s'était penchée plus près de Fergus, et il sentait le souffle glacé qui sortait de sa bouche avec ce serment.

— Le chef catholique, lui dit-elle, c'était le baron Fergus de Plangi, ton aïeul.

Fergus bondit et se dressa sur sa couche ; son œil commençait à plonger dans ce lointain ténébreux.

L'hôtesse de la taverne continua :

— Marie était bien faible ; mais le vainqueur lui avait laissé une arme terrible, la vie et le temps.

Les soldats avaient fait un feu de joie au bord du bois ; puis, prenant chacun un brandon, avaient mis le feu aux quatre coins du château. Mais ce bâtiment, aussi solide que riche, mettait si longtemps à laisser réduire ses splendeurs en cendres, que les brigands étaient las de flammes et de pillage avant qu'il eût cessé de brûler ; il restait encore ce corps de logis où nous sommes.

Plangi et les autres chefs, ses dignes alliés, étaient tous ivres ; il leur vint une joyeuse idée : ils voulurent conserver ce qui restait de ce château, situé dans un lieu isolé, pour en faire une taverne, où ils viendraient s'ébattre à l'aise avec leurs filles de joie, et qu'ils nommaient le *Cabaret du Bon-Temps.* Le baron Fergus, qui haïssait depuis longtemps les seigneurs de Hautemer, et avait assouvi sa rage personnelle sous l'apparence de la cause catholique, applaudit à cette pensée, grâce à laquelle il pourrait éternellement insulter à la mémoire de ses ennemis ; et il voulut, pour couronner son œuvre, que la fille du comte, suzeraine de ce lieu, devînt l'hôtesse de ce cabaret. Tu entends, Fergus : on voit pis en ce monde qu'on ne pourra jamais trouver en enfer.

Alors la vieille s'appuyant d'une main sur le grabat, étendit l'autre vers le tableau et dit encore :

— Regarde, voilà ce que j'étais une minute avant l'arrivée du baron de Plangi, voilà ce que je suis devenue. Regarde cette beauté radieuse, puis ces traits affreux ; regarde cette parure, puis les haillons qui me couvrent ; regarde au bas du tableau : je me nommais Marie, l'*Etoile des Hautemer* ; je suis devenue Marion, la servante du cabaret.

Un éclat de rire convulsif agita les rides de son visage ; puis la tristesse la plus morne y succéda. La lampe venait de s'éteindre ; cette figure sombre n'était plus éclairée que par la lueur blafarde du ciel, interrompue de noirs nuages.

Marion reprit d'un accent plus sûr :

— Je veux achever ce qu'il me reste à te dire... Après ça, ma bouche se taira pour toujours... Oui, il ne me faudra plus qu'un peu de terre sur la tête pour achever d'être morte.

J'avais pris la robe d'étamine, le béguin noir et le trousseau de clefs à ma ceinture ; je servais la maison, tirant le vin, versant à boire aux bandits, lavant leurs pieds, à genoux devant eux. On me crut aussi vile que je le paraissais ; on crut que je subissais cet opprobre pour conserver la vie, et j'acceptai ce mépris sans rien dire !...

Mais le baron de Plangi revint bientôt à la taverne. Un soir, après avoir bu, il me regarda encore de ces yeux enflammés d'une hideuse ardeur. Et moi, je lui souris ; courant légèrement en avant, en tournant la tête vers lui, en lui tendant la main, je l'attirai jusque dans ma chambre isolée, jusque sur ce lit. A peine fut-il étendu sur cette couche, ivre et haletant de désirs, que je lui plongeai ce poignard dans la gorge, l'y tenant enfoncé, pendant les convulsions de la mort, jusqu'à la dernière. Puis, armé d'une force surnaturelle, je lançai son corps par cette fenêtre dans les décombres des ruines.

L'île était alors rempli de malfaiteurs, on crut que l'un d'eux avait égorgé Plangi ; on dit : « Le diable prenne son âme ! » et on n'y pensa plus.

C'était ton grand-père, Fergus.

Le malheureux prisonnier rugissait sourdement de colère et d'épouvante.

— Mais, continua Marion, cet homme laissait un fils, bien jeune encore, et élevé à l'étranger. Il fallut attendre ; j'attendis trente ans. Enfin, en 1596, le nouveau baron de Plangi revint en France ; peu après, il se maria et se donna le jour. Il n'avait pas hérité des mœurs féroces et dépravées de son père, et je n'avais nul espoir de le voir venir dans ma taverne mal famée. Je l'y attirai par un piège ; on lui donna ici un rendez-vous secret : lorsqu'il y vint, on lui parla d'une affaire imaginaire, mais dans laquelle son bonheur semblait engagé. On l'y retint jusqu'à la nuit. Je fis en sorte qu'il ne trouvât pas de bateau pour partir ; je conduisis le voyageur dans cette chambre, je lui donnai ce lit pour sa nuit... Et je veillai !

On n'a jamais su, en trouvant à cette époque son cadavre percé de coups dans la Seine, comment le baron de Plangi avait péri ; eh bien, regarde, ajouta Marion, qui tenait toujours entre ses doigts le couteau-poignard et en caressait la lame étincelante, regarde : voilà le fer qui l'a tué.

C'était ton père, Fergus !

Le condamné bondissait sur sa couche et se tordait comme sous le fer du tourmenteur ; il grinçait des dents et serrait les poings, de rage ; mais les chaînes dont il était chargé l'empêchaient d'enlacer la vieille femme et de l'étouffer entre ses bras.

— Il ne restait plus que toi, Jean Fergus, le dernier des Plangi, ajouta-t-elle ; mais tu étais bien loin d'ici. Je me remis à mon comptoir, je lus la Bible, où je m'affermissais par l'exemple de Dieu à punir le criminel jusque dans sa postérité ; je gardai sur mes traits une impassibilité de marbre, ne levant les yeux que lorsqu'il entrait un étranger, pour savoir si ce n'était point toi qui venais. La vieillesse creusa mon visage, le desséchait comme une terre d'hiver, et j'attendis, j'attendais trente années encore ! Je ne voulais pas mourir.

Pendant bien longtemps, tes courses errantes sur les limites de la France, ta carrière périlleuse, et plus tard, ta retraite profonde, me firent craindre que tu ne périsses autrement que de ma main ; ta condamnation à mort parut me alarmer un instant ; heureusement tu sus t'y soustraire, et, il y a dix jours, tu vins dans cette taverne.

— Oui, murmura Fergus, Dieu a voulu que le plus grand de mes crimes me conduisit ici..., où la fatalité m'attendait.

— Tu comprends comment je te reconnus au son de ta voix, qui est celle de tes pères ; à cette bourse brodée de tes armoiries, que tu jetas sur la table. Les traits de ton visage, le vêtement de moine que tu portais, semblable au froc de Plangi, tout en toi me rappela le premier des Plangi ; je crus voir ton aïeul au moment où il entra au château ; soixante ans s'effacèrent pour mon cœur bondissant de joie !... Mais hélas ! la vieillesse accablait mes membres brisés... Je soulevais ce poignard et il tremblait dans ma main, mes yeux n'y voyaient plus à le guider... Alors je t'ai dénoncé et fait prendre ; c'est mon doigt qui t'a désigné aux archers ; c'est toujours moi qui anéantirai cette race maudite, et il vaut mieux qu'elle finisse sur l'échafaud que sous les coups d'un noble poignard.

Fergus accablé n'avait plus d'existence que pour entendre et souffrir. Un éblouissement, qui troublait et confondait tous les objets, lui faisait voir ensemble, et dans une même personne, la vieille femme qui s'était levée et se tenait debout au pied du lit, et la jeune fille du tableau ; l'affreux spectre et l'angélique figure mêlaient leurs traits dans un assemblage bizarre, et la voix de cet être double lui disait encore :

— Ma tâche est accomplie. J'ai vécu ici soixante ans, ici où mes parents sont morts sans que personne bût à la coupe funèbre, morts sans sépulture, et mêlant leurs cendres à la poussière de cette taverne immonde. J'ai vécu sans repos, sans sommeil ; toutes mes nuits se passaient sur ce lit où j'avais subi la plus affreuse torture, où j'avais commis deux assassinats ; le lever du soleil me semblait toujours le rayon de l'incendie qui dévora ma demeure héréditaire, qui dévora les corps de mon père, de mes deux frères. J'ai vécu sans avoir même la consolation des plus malheureux, la religion, car je ne connaissais plus que le dieu vengeur!...

Mais je ne regrette rien, ma tâche est accomplie.

La terrible apparition se voila davantage aux regards de Fergus, mais il entendit encore ces mots :

— Adieu! Fergus! demain au point du jour, quand tu partiras pour aller à l'échafaud, j'irai chercher des broussailles, des branches de vieux chênes dans le bois, je les amasserai autour de ce bâtiment à demi consumé, et j'achèverai l'incendie commencé il y a soixante ans. Ces restes de murailles saintes seront dépouillés de leur souillure par le feu qui purifie tout.

Moi, je mourrai au milieu de ces flammes. C'est du haut de ce bûcher que je m'élèverai vers le ciel ; et quand je paraîtrai devant Dieu, quand il me demandera compte de ma vie, je lui montrerai ces trois ombres des Fergus enchaînées à ma suite ; ce seront là mes vertus, mes bonnes œuvres, mes palmes de victoire.

A ces mots tout disparut, tout rentra dans le silence. Fergus ferma les yeux et demeura sans mouvement sur sa couche.

Le lendemain, à cinq heures du matin, les archers partirent avec les criminels dont ils s'étaient emparés.

Lorsque le bateau qui ramenait la petite troupe fut près de toucher au rivage de Saint-Denis, il s'arrêta un moment au spectacle saisissant qui s'offrit tout à coup dans le centre de l'île.

Autour du cabaret du Bon-Temps, qui s'élevait sur un sol noir et fangeux, parce qu'il versait depuis longtemps autour de lui de la fange et des pierres calcinées, étaient rangées des masses énormes de houx, de joncs et de bruyères, qui venaient de s'enflammer, et communiquaient le feu dans toutes les parties du vieux bâtiment.

On entendait à la base les violents craquements des charpentes qui se rompaient, au sommet les vifs éclats de toitures qui se lançaient dans l'espace ; le feu s'élevait avec une force prodigieuse de ces ruines auxquelles on n'eût pas cru qu'il restât encore quelque chose à consumer, une existence à détruire.

Le ciel du matin était pâle et plombé ; la flamme se dessinait à grands traits sur ce ton blafard ; il semblait que cet incendie se levait à l'horizon au lieu du soleil, pour signaler quelque jour affreux.

Au sommet du bûcher on vit paraître un spectre noir : la vieille hôtesse du cabaret ; elle tenait à la main un énorme brandon, dont elle secouait les étincelles autour d'elle ; la flamme, comme appelée par ce signal, se pressait sous ses pieds, et elle semblait marcher sur les pointes de feu.

Des gerbes embrasées s'élançaient sous de grands coups de vent, allant de tous côtés en sifflant, mugissant, se répandaient sur les bois, ou venaient retomber dans l'eau de la Seine qui doublait leur lumière.

Le peu d'habitants qui se trouvaient dans l'île demeuraient ébahis autour du bâtiment enflammé, sans songer à porter des secours contre cet incendie dont on ne pouvait approcher, et qui d'ailleurs ne dévorait qu'une masure déserte et maudite.

Fergus, lui seul, connaissait le secret de ce sinistre ; il le regardait avec une sensation inexprimable d'effroi et d'horreur. Il revoyait tous les crimes qui avaient amené ce moment, et qui se dénouaient là, toute la rage humaine traduite par les ravages de la flamme. Il embrassait de l'œil tout cet immense foyer, et, dans le trouble de son regard, croyait y voir comme des points noirs, qui étaient les cadavres bronzés des anciens seigneurs de ce lieu, et de son aïeul, et de son père ; tous expiraient là dans ce duel terrible entre les deux familles, qui finissait à cet instant.

Lorsque la flamme, diminuant de hauteur, découvrit le sommet du bûcher, on vit le squelette, à demi consumé, de la vieille hôtesse ; il resta debout, quelques instants, sur des pics de pierres et de charpentes ; puis, trembla sous le vent, et roula dans l'abîme avec le dernier jet de feu.

XX

PLUS QU'UNE OMBRE.

Le château de Liesse, à quelques lieues au nord de Saint-Denis, était situé sur le premier plan d'une hauteur rocailleuse, au pied de laquelle se déroulait une vaste forêt. Posé sur un piédestal naturel, l'antique édifice déployait ses larges masses d'architecture féodale, de couleur sombre ; il n'avait d'autres beautés que l'ensemble majestueux et imposant de ses murs armés en guerre, et ayant conservé leur aspect formidable sous la rouille du temps et de la paix, pour lesquels ils n'étaient pas faits : on pouvait le comparer à l'*Hercule au repos*.

Les arcades à plein cintre du rez-de-chaussée régnaient sur une terrasse, d'où on descendait dans le parc qui, s'étendant au loin, allait rejoindre la forêt.

Le parc était abandonné depuis de longues années par la culture ; au-dessous des arbres vieux comme le temps, qui enlaçaient leurs bras gigantesques, l'if, le houx, les hautes herbes remplissaient l'espace, et obstruaient les allées qu'ils avaient autrefois tracées. Cette végétation inculte et vigoureuse confondait les ombrages de l'habitation seigneuriale avec ceux du bois voisin ; le mur d'enceinte disparaissait dans ce confluent de verdure ; et on ne distinguait plus les arbres plantés à main d'homme de ceux que la terre avait apportés en naissant.

L'antique forêt, qui avait été autrefois le théâtre des chasses royales, était abandonnée aussi depuis plusieurs règnes ; la croissance démesurée des rameaux y entretenait une ombre épaisse, la mousse et le limon couvraient le sol, le silence y régnait, la nuit y était éternelle, et le gibier y mourait de vieillesse.

Ce lieu était si désert, qu'un petit pâtre s'étant aventuré par hasard sur la lisière du bois, était venu conter à l'assemblée du village voisin, tenue au bord de la fontaine, qu'il avait vu le *sauvage éternel* passer dans l'ombre de la forêt de Liesse ; et celui qu'il nommait ainsi était, selon la croyance de ces campagnes, un être fantastique qui demeurait sur la terre depuis le commencement des temps, mais ne pouvait vivre que dans les lieux que nul pas d'homme n'avait foulés depuis cent ans.

Le récit de l'enfant n'était pas entièrement fabuleux ; car depuis quelques jours un homme seul, égaré, retranché aussi du monde comme le *sauvage éternel*, errait dans la profondeur de cette solitude.

Le comte de Baradas, après le danger auquel il avait miraculeusement échappé, s'était promptement éloigné de la grotte où nous l'avions vu prendre asile, pour continuer au hasard son voyage clandestin ; mais plus triste, plus troublé maintenant, avec la pensée que des hommes d'armes étaient sur ses traces, et surtout avec le sentiment de terreur profonde qu'avait laissé en lui l'apparition de Fergus.

Il marcha pendant toute la nuit qui suivit cette fatale rencontre.

Au retour de la lumière, le voyageur se trouva tout à coup dans des parages connus, dont chaque sentier était familier à ses pas, et où chaque objet avait un nom pour lui ; il vit, avec un mélange indicible de joie et de crainte, qu'il était sur ses propres terres. Le soleil levant éclairait la cime des bois qui formaient ses domaines, et, au-dessus de cette belle nappe de lumière et de verdure, s'élevait le massif fronton du son château de Liesse.

La prudence devait l'engager à fuir ces parages où il y avait plus de danger pour lui d'être reconnu ; mais un charme irrésistible l'attirait vers les lieux qu'il aimait et qu'il voulait voir encore une fois. Il se dit qu'il était bien déguisé sous son costume campagnard ; que, d'ailleurs, on ne connaissait plus guère la figure d'un disgracié ; et, après avoir parcouru rapidement le chemin qui l'en séparait encore, il s'enfonça dans les profondeurs des arbres, où il ne devait probablement rencontrer que les paisibles habitants des bois.

Cependant il marchait avec crainte dans l'épaisseur des taillis, redoutant même le bruit des feuilles qui s'ouvraient sur son passage. En même temps il s'enivrait du souvenir des jours qu'il avait passés en cet endroit, parce que les jours passés sont toujours beaux ; il glissait son regard entre les branches, et contemplait quelque partie du noble manoir. Il lui fallait dérober le vue rapide de ce château, dont si peu de temps auparavant il était maître et seigneur.

Il passa ainsi quelques jours au fond de la forêt, se rassurant par la complète solitude qui y régnait, et errant surtout dans les parties qui touchaient à la demeure seigneuriale.

Un soir, qu'il était assis non loin du mur qui ceignait cette résidence, la façade du castel s'éclaira tout à coup d'étincelantes clartés ; l'illumination se répandit dans le parc, et une musique harmonieuse s'éleva de tous les points.

Le roi venait d'arriver avec sa suite dans le fief du favori, qui avait déjà changé de maître, et appartenait, avec la charge de grand écuyer, au baron de Charost, objet de l'antipathie instinctive du comte de Baradas.

Les lumières de la demeure seigneuriale redoublaient d'effet par l'ombre épaisse de la forêt qui y était opposée : le proscrit, caché dans ces ténèbres, pouvait donc embrasser toute cette façade resplendissante, et le cintre de verdure étroit et long où passait son regard semblait, comme une longue-vue, rendre les objets plus distincts, et leur donnait le prestige d'un tableau magique.

Ce majestueux manoir, que Baradas avait toujours aimé, lui semblait plus beau que jamais, tandis qu'il le regardait ainsi.

Éclairée sur tous les points à la fois, sa masse imposante paraissait dans toute sa grandeur; on voyait passer derrière les vitraux scintillants des armes et des panaches, sous lesquels l'imagination pouvait faire revivre les preux d'autrefois; au dehors, les figures sculptées en grand nombre sur la façade s'animaient dans la lumière extérieure et montraient des tableaux vivants de tournois et de batailles.

Deux belles jeunes femmes de la cour, parées de fleurs, se tenaient par hasard de chaque côté du perron, appuyées sur les urnes antiques qui le surmontaient, et, au milieu de cet édifice, tout de vieux murs et de vieux arbres, représentaient la nature toujours jeune, les charmes de l'année nouvelle qui renaît sur le fond des siècles.

Des officiers, de jeunes pages allaient et venaient en tous sens; chacun s'agitait pour donner à cette soirée un air de fête; mais tout ce mouvement régnait encore une teinte de tristesse ; il y manquait le véritable seigneur du lieu, le brillant comte de Baradas, dont la présence aurait tant embelli ce séjour.

Le roi se promenait sur la terrasse, tantôt lent et rêveur, tantôt inquiet et agité; il regardait souvent l'heure au cadran placé au-dessus du portail, signe non équivoque de mauvaise humeur et d'ennui...

Le baron de Charost marchait constamment derrière le prince, mesurant son pas lourd sur celui de son maître... Louis voulut se débarrasser de son épée : il déboucla le ceinturon et se retourna pour le tendre à son grand écuyer; mais ses yeux, accoutumés à se reposer sur la noble et séduisante figure du comte de Baradas, rencontrèrent celle du gros baron, semblable à une face de pierre bouffie qui se serait détachée de la muraille, et il jeta son épée sur un banc avec impatience...

Le son du cor annonça que le banquet était servi, et tout le monde rentra dans les salons.

Baradas, après tout ce qui venait de frapper ses yeux, se retrouva plus seul et plus malheureux dans le fond de sa forêt.

Si sa fortune avait été rapide et extraordinaire, sa misère était aussi subite et profonde (1). A chaque instant ses privations avaient augmenté; en ce moment surtout la pénurie était extrême : la couche de terre était humide et froide; les vêtements de laine devenaient beaucoup plus pesants; les provisions étaient épuisées, et la faim faisait une seconde fois sentir ses transes aiguës à celui qui avait été nourri dans les coupes d'or.

Des jets de lumière provenant du château glissaient jusqu'au fond des taillis; le comte se mit à chercher quelques fruits sauvages et des œufs des oiseaux qui nichent dans les broussailles; il se souvint aussi d'une source située près du parc et dont l'eau était excellente, il alla en puiser pour son souper.

C'était tout ce que Baradas conservait de ses richesses; l'obscurité de ses arbres pour se cacher, le reflet des lumières de son château pour se guider, les fruits sauvages et l'eau de source de son domaine pour se nourrir. Le pauvre favori n'avait plus que l'ombre de sa fortune.

Et de son autre monde, il entendait les fanfares, les chants des convives qui s'évertuaient au rire et à la joie, pour distraire l'hôte royal du château.

— C'est cela, disait-il, faveurs, richesses, emplois, titres, grandeurs, tout se détache de moi, tombe, roule en cascade comme l'eau de cette source, et les échos qu'éveille cette chute sont les éclats de rires de mes bons amis.

Puis il voyait derrière les vitraux du castel, dans la partie qui avait composé son appartement particulier, les valets de dernier étage prendre leurs ébats, se ruer dans ces pièces encore toutes remplies de l'empreinte qu'il y avait laissée, gaspiller son luxe délicat, voler ses bijoux, mettre ses habits à lui, ses habits encore marqués de ses formes élégantes, imprégnes de douces senteurs, remplis dans les goussets de lettres d'amour !

Mais tous ces sujets de désespoir et de colère étaient peu de chose encore, il y avait une source d'amertume bien plus profonde dans ce secret qu'il portait dans son sein et qui allait mourir avec lui.

(1) Pour signifier une fortune aussi promptement dissipée qu'acquise, on dit longtem̄... .... *Fortune de Baradas*.

Il y songea jusqu'au moment où le froid et la fatigue l'endormirent tristement sur la dure.

Le lendemain, à son réveil, il voulut fuir le voisinage du château fécond en impressions douloureuses, et s'enfonça dans le cœur de la forêt.

Le soleil se levait; les cerfs et les daims qui avaient été paître pendant la nuit dans les prairies voisines revenaient se fortifier dans leurs remparts de verdure; les oiseaux, en secouant leurs ailes, faisaient tomber la rosée. des hautes branches sur les fleurs de gazon, et s'en allaient passer leur journée. dans les airs. Baradas, languissant, accablé, fatigué du peu de vie qui lui restait encore, parcourait à pas lents ces immenses dédales silencieux.

Soudain il entendit un léger son de cor de chasse passer, voler tour à tour sur divers points de la forêt, comme un papillon d'harmonie.

C'était la chasse royale qui arrivait dans le lointain.

Baradas pensa avec tristesse que cette chasse sur les terres de Liesse, c'était lui qui avait dû la présider. Étant alors dans un fourré inextricable, il ne redouta point l'approche du cortége, et comme un vif intérêt du cœur lui faisait désirer de la voir passer, il eut encore le courage de monter pour cela sur une roche escarpée, mais dominée par des cimes de sapins, à travers lesquelles il ne pouvait être aperçu.

Dès qu'il fut là, la chasse défila sous ses yeux.

La troupe faisait retentir sa vaste et puissante rumeur, on entendait le piaffement des chevaux, les commandements des chefs aux valets, des valets aux meutes, et dans les airs résonnaient encore les clochettes argentines des faucons qui prenaient leur vol. Entre les branches, Baradas apercevait la ligne resplendissante du cortége, la voiture découverte du roi.

Louis était escorté par ses premiers officiers et son grand écuyer. En ce moment, il disait avec un air de profond ennui :

— Messieurs les gentilshommes de la chasse au courre et au vol, faites en sorte que tout ce qu'il y a de mieux dans cette forêt soit abattu aujourd'hui, car nous ne comptons pas y revenir, et nous voulons qu'elle garde souvenir de cette visite.

— Ah! sire, vous êtes à tous si bon prince! dit le baron de Charost avec un sourire d'extase.

Le malheureux proscrit voulait savoir si la comtesse Hélène avait pris part au plaisir de cette chasse. Les belles écuyères qu'il vit venir auprès du roi avaient toute la pétulante allégresse d'une promenade de plaisir en une belle matinée; elles se réjouissaient à cette fête, qui était donnée sur les terres du proscrit; elles se désolaient gaiement des nœuds de rubans et des flocons de dentelles qu'elles laissaient aux ronces des buissons, près de celui qui avait tout perdu... et peut-être était ce moment sans doute condamné à mort... Mais Hélène n'était point parmi elles !

Baradas, soulagé, consolé autant qu'il pouvait l'être encore... redescendit sous les voûtes de la forêt; il s'étendit sur la terre, insouciant de ce qui pourrait arriver de lui. Il passa ainsi plusieurs heures anéanti, mourant, sans regards et sans pensées.

La futaie de chênes où il se trouvait était profonde et ténébreuse, une partie de la journée s'était écoulée sans que le moindre bruit y pénétrât.

Mais enfin, les feuilles frémissent légèrement : un beau cerf, la tête renversée sur le dos, les fuseaux jetés en avant, fend l'espace, et vient tomber sanglant sur la terre auprès de Baradas.

C'est un beau dix-cors, plein de finesse, d'expérience et d'audace, l'honneur de la forêt. Atteint par les chiens, le flanc déchiré, il leur a échappé une fois toute nouvelle, a passé un ruisseau pour qu'on perdît sa voie, tandis qu'un plus jeune cerf, frais sorti des halliers, se levant à sa place, et donnant le change aux limiers, les entraîne au loin à travers taillis et terriers, clairières et buissons, plaines et collines, sur la terre et dans l'air.

Le vieux cerf, la langue pendante, les jambes roidies, tombe sur les genoux, en faisant entendre le bramement de détresse. Il s'étend sur les ronces, triste et dernière reposée; il est seul, ni biche, ni faon ne viennent accueillir sa victoire et tristement flairer ses blessures; une larme tombe de ses yeux... Noble animal ! qui pleure comme l'homme.

Mais derrière les massifs de houx la chasse passait au retour; meutes et chasseurs revenaient la tête basse, l'hallali ne se faisait point entendre, la bête n'avait point été forcée...

Le cerf darde de ce côté son œil plein de joie, relève fièrement la tête, puis, la laissant retomber sur les ronces, rend le dernier soupir.

Baradas le regarde avec pitié ; il croit voir son sort dans celui de ce pauvre cerf. Lui aussi, il est seul, blessé, il va mourir sans revoir ceux qu'il aime,

— Le cerf mourant et le favori disgracié, dit-il, devaient tomber ainsi, l'un près de l'autre : ce sont les deux victimes du caprice royal.

Le comte est décidé à ne plus tenter la fuite, à terminer sa vie à cette place. La fatigue, la faim le jettent dans un étourdissement douloureux ; il semble que la terre vacille sous lui, les arbres tournent devant son regard, le voile, qui dérobe déjà les objets à sa vue affaiblie, est comme un linceul qui va s'étendre sur sa tête, il sent la mort qui s'avance.

Mais il pense encore à Hélène qui, du moins, n'a pas insulté à son malheur, en venant à cette fête royale ; il se demande où elle est dans ce moment? peut-être dans le temple à prier pour lui ? peut-être dans le monde où elle l'oublie aussi ?

En ce moment, il entend bruire l'herbe sèche sous des pas légers. Il lève les yeux, Hélène est devant lui.

XXI

LA MAISON DU GARDE-CHASSE.

La comtesse Hélène était seule ; ses cheveux et sa toilette en désordre annonçaient qu'elle avait longtemps marché dans la forêt ; une joie radieuse brillait sur son visage altéré de fatigue. En voyant Baradas, elle laissa échapper une exclamation de bonheur étouffée par la crainte ; lui, un cri de joie qu'aucune crainte ne pouvait retenir.

Il se souleva à demi, et joignit les mains en adoration devant elle.

Hélène lui tendit la main et lui dit, tandis que sa voix frémissait sous le calme de ses paroles :

— Monseigneur, dans cette dernière soirée que nous avons passée ensemble sous les arcades du cloître, vous m'avez dit que vous m'aimiez ; aujourd'hui je viens vous répondre que moi aussi, je vous aime.

— O Hélène ! une telle parole en ce moment n'est pas d'une femme, mais d'une âme céleste !

Elle s'assit près de lui sur la mousse, et ils demeurèrent quelques minutes en silence plongés dans cette extase où la vie entière se fond en amour ; ils avaient passé de l'excès de la douleur à celui de la félicité, par la seule puissance de deux regards qui se rencontrent, de deux voix qui se confondent. La situation du malheureux disgracié est la même qu'un instant auparavant ; cependant, alors il ne voulait que mourir, maintenant il ne sait plus qu'il a souffert ; il ne croit même plus au malheur.

— La chasse royale va bientôt rentrer au château, dit enfin la comtesse ; nous profiterons de ce moment pour gagner sur le bord du bois la maison du garde-chasse Thibaut : c'est un homme de courage, d'adresse et de bonne volonté pour ceux qui le payent bien : il vous donnera asile pendant quelques heures, et ensuite vous servira de guide pour traverser ce pays par les chemins les plus sûrs, et de là atteindre la frontière.

— Ce départ est-il donc indispensable? demanda Baradas, qui, depuis son éloignement de la cour, ne savait ce que le sort avait décidé de lui.

— Une accusation de haute trahison est portée contre vous devant les chambres.

— Et on instruit le procès, n'est-ce pas? en préparant d'avance l'échafaud.

— Dans huit jours, vous pouvez être à l'étranger et hors de toute atteinte, dit Hélène, parlant bien vite d'une existence nouvelle à celui qui voyait s'écrouler la sienne.

Comme elle prononçait ces derniers mots, un bruit de feuilles se fit entendre près d'eux dans le taillis, puis s'arrêta brusquement ; mais ils étaient trop absorbés tous deux pour remarquer ce mouvement.

— Oui, monseigneur, continua Hélène, vous emporterez avec vous votre nom, le souvenir de vos brillants faits d'armes, la force et la grandeur de votre âme, les meilleurs de vos biens, et ceux qu'on ne peut vous ôter ; vous aurez bientôt une fortune nouvelle et plus digne de vous, parce que vous ne la devrez qu'à vous-même.

— Dieu sait que je ne regrette rien de la position que je vais quitter, dit le comte ; pour moi, c'était trop ou trop peu...

A ce dernier mot, qu'il prononça comme se parlant à lui-même, Hélène le regarda avec étonnement ; mais bientôt elle continua :

— Ne voyez donc plus devant vous que cette terre hospitalière où vous pourriez être encore heureux et grand.

Il leva sur elle des yeux pleins de douceur et de reproche. Elle ne comprenait donc pas que la plus grande souffrance du banni était de s'éloigner d'elle!

— Eh bien! oui, dit-il avec une mélancolique indifférence, j'irai quelque part... en Italie... je ne sais où.

— Moi, dit-elle, j'aimerais mieux le Nord, parce que, de ce côté, il n'y a pas d'hostilités avec la France.

Il tressaillit à ce mot *moi*, ne sachant qu'elle signification lui donner.

— Et puis, ajouta-t-elle, on a besoin de moins de fortune pour y tenir un noble état de maison.

— Que m'importe?

— Mais il m'importe, à moi ; je veux être toujours belle, parée, environnée des charmes du luxe et de l'élégance pour vous plaire.

Le comte se précipita à ses genoux.

— Oh toi! toi! s'écria-t-il, tu viendrais avec l'exilé!

— Oui, afin qu'il n'y ait plus d'exil pour lui.

Baradas n'avait pas la force de répondre, mais il était penché sur les genoux de la jeune femme, et les battements de son cœur se faisaient sentir à elle, le souffle entrecoupé et brûlant de ses lèvres exhalait assez les émotions délicieuses de son sein.

Le bruit causé par le frôlement des branches se renouvela près d'eux, mais sourd et contenu cette fois ; on eût dit qu'un soupir s'exhalait aussi de ce côté. Mais Hélène ni le comte n'entendaient rien ; ils étaient trop heureux pour que la crainte approchât de leur âme ; dans la confiance d'enfant que donne le bonheur, cette ombre des sapins qui les entourait leur semblait suffire à les dérober au monde entier.

— Oui, disait Hélène, j'ai foi en votre avenir, car il me semble que l'amour a des forces protectrices, et je vous aime... je vous aime comme vous deviez être aimé. Je trouve tant de douceur et de confiance dans ce lien qui nous unit, qu'il me semble devoir aussi porter en vous force, douceur et confiance ; je me sens si bien prête à vous donner tout ce qui est en moi, à sacrifier pour vous avec joie amis, famille et patrie, que je ne puis m'empêcher de croire que cette destinée, ainsi vouée à la vôtre, lui sera un soutien et un bonheur.

Le comte la regardait, l'écoutait avec une ardeur aussi pure que passionnée : car un des bienfaits du malheur est de purifier l'amour. Hélène était si grande, si généreuse en ce moment, qu'elle pouvait faire oublier sa beauté ; le regard du comte, attaché sur elle avec transport, glissait sur son enveloppe admirable pour aller embrasser son âme plus belle encore. Puis, quand il s'était enivré de cette contemplation adorée, il baissait sa longue paupière, comme pour enfermer son bonheur dans son sein, ou pour dire qu'il voudrait mourir ainsi.

— Le soleil baisse, dit enfin Hélène, la chasse royale doit être rentrée ; nous pouvons gagner en sûreté la maison de Thibaut, qui est assez peu éloignée d'ici, et du côté opposé au château ; allons!

Baradas, en s'enveloppant de son lourd manteau, pensa pour la première fois au costume qu'il portait, et dit en souriant avec une peine d'embarras :

— Ce rustique habit n'a point blessé vos regards, madame... C'est que sans doute vous ne l'avez pas remarqué.

— Si fait, dit-elle, je l'ai vu tout d'abord ; il m'a fait songer qu'il y avait autrefois des dieux déguisés en bergers.

La maison de garde-chasse, où ils arrivèrent bientôt, ne recevait jamais d'étrangers dans cette forêt abandonnée ; c'était un étroit logis, revêtu des dépouilles des bêtes fauves, et se cachant comme elles sous les arbres ; seulement vers l'entrée était une fontaine de pierres brutes, entre un cerisier et un buisson de rosiers. La maison ne se composait que d'une grande pièce, élevée de quelques marches au-dessus du sol, et éclairée par une fenêtre ouverte à côte de la porte d'entrée.

Lorsque les voyageurs entrèrent, Thibaut était seul, assis sur un fagot sec, entre un fût de vin en perce et des armes jetées à terre ; il grondait entre ses dents, récapitulant dans sa mémoire les mauvaises chances de la chasse qui venait d'avoir lieu.

La comtesse lui frappa sur l'épaule ; et, en se retournant, il demeura ébahi à la vue de la noble demoiselle et de son compagnon.

— Thibaut, dit la comtesse Hélène avec toute la résolution qui était dans son âme, et qu'elle voulait faire passer en lui, voici le comte de Baradas, accusé, poursuivi par la justice, et qu'il vous faut sauver.

Il ouvrit de grands yeux, et allait s'épouvanter de ce qu'on exigeait de lui, lorsque Hélène l'interrompit.

— Il s'agit, reprit-elle, de faire ce que je vous demande sans peur et sans hésitation. Écoutez-moi.

Elle lui expliqua alors ce qu'elle voulait de lui et la récompense qui lui en reviendrait; non point avec l'accent de la prière, mais avec cette autorité naturelle du rang et de la beauté qui s'impose naïvement, et se voit partout reconnue.

Aussi, le garde-chasse s'inclina en silence; il se sentait déjà la résolution nécessaire pour mener à bien l'entreprise dont on le chargeait, et la vive convoitise de la forte somme qu'on lui offrait pour salaire aidant, il se mit entièrement aux ordres d'Hélène.

— Ce n'est pas tout, mon cher Thibaut, continua-t-elle, nous prenons votre maison pour domicile, et nous allons nous y installer jusqu'à ce soir, à l'heure du départ.

Dès qu'elle eut dit cela, Thibaut sentit qu'il n'était plus chez lui, et s'apprêta à servir les maîtres de son logis.

Hélène lui ordonna de tirer des buffets et du cellier toutes les provisions qui pourraient s'y trouver, et eut la prétention d'improviser un bon repas dans la rustique demeure. Elle mit la main à l'œuvre, bouleversa linge, vaisselle et fourneaux pour préparer les mets et le couvert, et arrangea toutes choses de travers avec une grâce maladroite et une gaucherie charmante, jetant partout, çà et là dans la maison, cet éclat charmant qui s'exhalait d'elle.

Baradas la regardait de tous ses yeux; il était en extase devant ces petites choses, symbole d'un dévouement sublime. Hélène mettait ses belles mains dans le feu pour lui, comme pour lui elle allait livrer à l'exil sa destinée si brillante; elle lui sacrifiait ses rubans et ses dentelles, accrochés aux bancs de chêne de la cabane, comme elle allait lui sacrifier ses plaisirs, ses affections, sa faveur à la cour de France.

Ils s'assirent ensemble à la table servie.

Hélène avait pour le malheureux disgracié une sollicitude qui transparaissait dans ses moindres mouvements : elle le rassurait et était toujours prête à s'alarmer pour lui; elle se faisait gaie et souriante pour voir cette sérénité se refléchir sur son visage; mais, sous ses plus beaux sourires, il y avait des larmes pour tout ce qu'il avait souffert.

Dans ce repas champêtre où ils rompaient ensemble un pain noir, il y avait surtout un bonheur inexprimable à voir naître tout à coup l'intimité à laquelle les usages du monde, dans d'autres circonstances, imposent si longtemps des barrières. Puis, les projets qu'ils formaient, les décisions qu'ils prenaient ensemble pour le départ commun, leur faisaient si bien sentir la douceur d'appartenir l'un à l'autre, d'avoir désormais la même existence!...

Le comte de Baradas en était venu à sourire de sa ruine, de ses dangers; il disait alors à Hélène qu'on l'avait condamné au bonheur.

Tous deux, absorbés dans des joies immenses par la plus petite découverte de leur intimité enchanteresse, oubliaient qu'ils jouaient leur vie, leur bonheur, dans chacune de ces douces minutes qui passaient si vite.

A la fin du dîner, Hélène s'aperçut qu'il n'y avait point de dessert. Avisant alors le cerisier dont les branches chargées de fruits pendaient devant la fenêtre, elle courut de ce côté pour s'en procurer. Comme sa main avait peine à atteindre les tiges de l'arbre, elle s'empara d'une baguette pourvue d'un crochet, et attirant à elle les rameaux, n'eut plus que l'embarras du choix pour cueillir les plus belles cerises. Elle les mettait une à une dans la corbeille qu'elle voyait s'emplir jusqu'au bord. Jamais, dans le cours de sa vie, la comtesse de Guéménée n'avait été aussi absorbée que par cette importante affaire.

Elle fut éveillée de son attention en entendant dire sous la fenêtre :

— C'est vous? comtesse Hélène !

Le roi était devant elle.

Froide, pétrifiée, elle fut une minute sans rien sentir, sa vie était suspendue.

— Je ne sais vraiment si je dois en croire mes yeux, reprit Louis XIII arrêté sous le cerisier. Il y a si peu de jours, vous étiez trop souffrante pour suivre la chasse et vous vouliez rester à Saint-Denis, et aujourd'hui, je vous trouve seule, en pleine campagne, au bord d'une forêt !

L'accent du prince, en prononçant ces mots, exprimait cependant plus d'émotion que de surprise.

— Hélène voulait en vain répondre, elle ne pouvait remuer ses lèvres de marbre.

— Est-ce quelque enchanteur, madame, qui vous a transportée dans ce rustique séjour? demanda encore Louis XIII; sur l'honneur, je suis prêt à le croire.

La jeune femme venait enfin de comprendre que, pour que le roi s'éloignât sans soupçon, il fallait répondre, il fallait feindre, et sa bouche glacée essaya de sourire.

— En vérité, sire, dit-elle, il ne peut être étonnant de voir une de vos humbles sujettes dans cet endroit champêtre, lorsque Votre Majesté y semble elle-même égarée.

— Mais, je ne suis point seul ici, répondit le prince en indiquant une allée voisine où on apercevait le capitaine des gardes et quelques officiers : j'ai permis à mes gentilshommes de se reposer en cet endroit, et je marchais un instant pour me délasser du mouvement de la voiture.

La vue des gens qui accompagnaient le roi redoubla la terreur d'Hélène; des armes brillaient derrière le rideau de feuillage! Elle tremblait de tout son corps, un voile était étendu devant ses yeux. Il lui semblait que tout vacillait à l'horizon et prenait un aspect étrange; la fontaine, les touffes de fleurs, les rameaux de la forêt, le lointain du ciel, tout flottait, tournoyait, se voilait d'une vapeur argentée, s'embellissait d'un prestige enchanté, comme dans les rêves des mourants! Ce paysage rustique et charmant, où se préparait une scène de mort, était de la plus affreuse sensation; Hélène se sentait devenir folle.

Cependant le roi s'était assis sur un banc, au pied du cerisier, et disait avec une mélancolique ironie :

— Je suis bien aise d'être venu ici pour jouir de ce tableau champêtre : une cabane à l'ombre, une fenêtre couronnée de pampre, à cette fenêtre une jeune femme cueillant des fruits... Tout cela sent vraiment l'idylle.

— Hélas ! non, sire, dit Hélène, il n'y a ici que le parfum des roses sauvages.

— Je ne les avais pas vues, dit le roi en tournant la tête de ce côté; elles sont magnifiques.

Louis attacha son œil lent et doux sur les arbustes; il y avait une impression de tristesse indicible dans le regard de ce prince malheureux, contemplant avec tant de douceur une rose.

— Quelle délicieuse nuance ! dit-il, on voudrait les regarder jusqu'à la chute de la dernière feuille !

— Ah ! sire, dit en souriant Hélène, ne parlez pas aussi tendrement de ces fleurs des bois... on dirait que vous contez fleurette...

Son âme payait bien cher l'enjouement de ses paroles et de son visage.

— Ces fleurs, reprit tristement Louis, se plaisent mieux dans la masure de cette mature que dans le plus beau vase du Louvre... Je crains vraiment, madame, que vous ne fassiez comme elles.

— Non, sire, dit Hélène avec une vivacité extrême, et pour vous le prouver, et faire cesser cette raillerie de Votre Grâce, je vais vous accompagner à l'instant au château, où vous voulez sans doute rentrer...

— Non, madame, interrompit le roi en s'arrêtant d'un geste, il vous en coûterait trop sans doute, la cour aurait maintenant peu de charmes pour vous.

— On ne peut oublier les charmes de la cour, quand ils sont unis à l'attachement du prince.

— Mais vous venez de prouver le contraire par une fuite bien étrange. Savez-vous qu'il y a des lois bien sévères contre les déserteurs.

— Mon Dieu ! sire, vous ne voudriez pas me faire mourir !

L'effroi réel de la malheureuse femme, qui se faisait jour sous ces paroles insignifiantes, leur donnait un accent de désespoir inexprimable. La pâleur d'Hélène était devenue plus profonde.

Le roi la regarda ; mais il souffrait assez pour être impitoyable, il répondit froidement :

— Peut-être.

Faible et tremblante comme une feuille, Hélène serait tombée sur la terre, sans cette animation morale qui, dans quelques instants, remplace les forces de la vie. Elle s'appuyait contre le cadre de la fenêtre et se trouvait ainsi près du roi.

Si la terreur de ce moment n'eût pas entièrement troublé son regard, elle aurait vu quel triste abattement couvrait les traits de Louis XIII et quelle amertume cachait son sourire.

— C'est que, vraiment, reprit le roi, c'est le temps des désertions ; si cela continue, ma cour sera bientôt dépouillée de ses plus beaux ornements.

— Eh ! qui donc songe à vous abandonner, sire ?

— Vous voyez bien que je pense toujours à lui, répondit Louis avec un sourd accent de douleur et de colère.

Un cri étouffé vint mourir sur les lèvres d'Hélène.

— A lui ! reprit Louis XIII, qui, pendant deux ans, a lâchement volé l'affection de son roi.

— Oh ! mon Dieu !

— Oui, volé, je le dis ainsi, continua le prince en élevant la voix comme à dessein : n'était-ce pas un rapt infâme que de prendre à toute minute la tendresse de mon cœur, sans rien donner en retour que de faux semblants de respect et de dévouement faits pour les courtisans sans âme ?

— Sire, au nom du ciel, n'en croyez pas ses ennemis !

— J'ai lu ses lettres, tout est là. Dieu sait que je n'aurais jamais cru contre lui un autre que lui-même. Mais ce fier chevalier se pliait au mensonge, à l'astuce comme un autre ! Forcé à jouer le rôle d'ami et de sujet fidèle devant moi, il épanchait, dans des lettres très-intimes, le fiel qui remplissait son âme ; ces pages étaient remplies d'outrages pour moi... Et il savait que j'allais serrer la main qui venait de les tracer !

Des larmes roulaient dans les yeux du prince et altéraient sa voix.

— Oh ! moi, continua-t-il en se parlant à lui-même, je n'ai jamais eu la puissance de mon rang, les joies de ma jeunesse, l'amour que je voyais partout autour de moi ! Je n'avais que l'amitié, et combien de fois elle m'a trahi !... Mais c'en est trop ; on saura que le cœur d'un roi a reçu le sacre divin comme son front, qu'on n'y touche pas sans crime, et qu'il y va de la mort de s'en jouer ainsi !

Les officiers du roi s'étaient avancés sans bruit, et assistaient à cette triste scène ; tout était calme et silencieux dans la cabane, dans la petite cour, sous l'ombre du cerisier... mais c'était partout un silence d'angoisses et de terreur.

— Il y en a tant, reprit Louis XIII, dont un sourire du monarque suffirait pour dorer l'existence ! Et celui à qui j'avais donné toute mon âme l'a repoussée, dédaignée... Que lui avais-je donc fait, mon Dieu ! que trop l'aimer ?... Je n'avais pas une pensée qui ne fût à lui, je lui prodiguais toutes les faveurs royales et j'en inventais de nouvelles pour lui. Il était plus beau, plus brillant, plus admiré que moi, et je n'en étais pas jaloux ; on le prenait parfois pour le roi de France, et j'en souriais ; il régnait plus que moi-même, et je ne l'en aimais que mieux !... Je l'aimais loyalement, aux yeux de tous, j'étais son ami avec bonheur dans la solitude, avec orgueil au milieu de la cour. Et lui, comment y a-t-il répondu ? Il n'a pas même eu pour moi la franchise de la haine... Dieu le jugera... Oh ! souvent à nous autres princes, on nous parle d'un Dieu pour rabaisser notre orgueil ; on nous montre ce juge suprême qui est au-dessus de nous ; mais croyez-le, madame, les rois sont souvent bien heureux qu'il y ait un Dieu pour rendre une dernière justice !...

— Oh ! qu'il vienne donc au secours de tous ! s'écria Hélène avec une ardeur désespérée. Mais vous, sire, soyez miséricordieux pour le coupable, ou, pensez-le bien, vous auriez à pleurer votre sévérité toute la vie.

— Ma clémence, répondit le roi, il n'en a pas voulu ; il n'a pas osé me voir, même pour sauver sa vie ; il n'a pas osé affronter ma présence, même pour se justifier ou pour demander grâce...

— Mais il l'affronte pour se livrer ! dit le comte de Baradas, en paraissant sur le seuil de la cabane.

A sa vue, tout frémit autour de lui.

Le jeune comte, exhaussé sur ces degrés rustiques, humblement vêtu, le front calme, pâle et beau comme il ne le fut jamais, dominait la foule des seigneurs et regardait en face le ciel et son roi.

Tout le monde était muet de saisissement : Hélène en pleurs ; Louis XIII, faible et tremblant devant le coup terrible qu'il avait évoqué.

— Vous le voyez, reprit Baradas d'une voix calme et fière, je viens me livrer ; je suis sans gardes, sans épée, je me rends votre prisonnier. Si cela ne suffit pas pour m'arrêter, j'avoue ici tout ce dont on m'accuse. Oui, j'ai haï, méprisé le monde où j'étais jeté. Cela devait être ainsi. J'avais vingt-cinq ans, je n'avais vécu que dans les armées, au milieu des soldats, où règne le patriotisme sublime, où l'expression de l'amour qu'on porte à sa patrie est le sang des veines épuisé avec joie pour elle, je venais à la cour avec des idées jeunes, généreuses ; je croyais que les grands sentaient l'existence de la nation entre leurs mains et voulaient en rendre compte à Dieu ; j'ai vu des hommes qui n'étaient forts que pour opprimer, riches que pour jouir, puissants que pour dépouiller, grands que pour s'avilir ; qui, n'ayant pas plus d'intelligence que de cœur, faisaient trophée d'ineptie et d'absurdité. J'ai vu une population entière de courtisans, car ce n'étaient pas quelques hommes seulement qui se faisaient bassement serviles devant le maître, mais un conseil d'État, un ministère, un parlement, des corps entiers. J'ai trouvé une société folle et désordonnée, où les seigneurs portaient le sac de pénitent et les prêtres le casque et la cuirasse. J'ai trouvé un prince qui, absorbé dans une étroite reli-

gion, servait au lieu de commander ; qui, en se faisant moine, oubliait d'être roi, et abaissait ainsi Dieu et la royauté. Alors qu'ai-je donc fait ? j'ai jeté des plaintes quand on brisait mes illusions ! j'ai crié quand la barbarie du siècle renversait les saintes espérances dans mon âme ! J'ai blâmé, j'ai maudit tout haut, puisqu'on m'a reproché cent fois mon dédain orgueilleux et mon arrogante tristesse. Qu'ai-je fait de plus aujourd'hui qu'hier ? Hier on m'adorait, aujourd'hui on demande ma mort.

Le noble condamné, du haut de ses marches de pierre, dans le cadre rustique qui l'entourait, imposait tellement par l'éclat de sa grandeur et de son courage, que les fronts se baissaient devant son audace.

Mais les regards du comte de Baradas se tournaient avec plus de douceur du côté de Louis XIII.

— On m'accuse, dit-il, d'avoir porté le blâme jusque sur la personne du prince, je l'ai fait ; d'avoir été ingrat, je ne l'ai pas été...

Le roi tressaillit et leva un regard de reproche ; mais ses faibles paupières retombèrent aussitôt, et il n'eut pas la force de proférer une parole.

— Pour l'amitié de mon prince, le seul bien précieux de tout ce qu'il m'a donné, Dieu sait si je l'ai méconnue, Dieu sait si j'ai aimé le roi de France qui s'était fait mon ami ! C'est parce que je l'aimais trop que j'aurais voulu le voir glorieux, digne de son rang et de lui-même, digne du cœur que la nature lui avait donné, et qui, sans les influences perverses qui l'anéantissent, eût suffi seul pour faire de Louis XIII un grand monarque... Mais pour la fortune, les honneurs dont on m'a comblé, je ne devais point de reconnaissance : un prince pare son favori comme un objet qui lui appartient ; l'éclat qu'il pose sur cette tête est toujours à lui, et il le reprend au premier changement de fantaisie. Vous en avez un exemple en ce moment : tandis que le plus pauvre des hommes a son chien pour le garder, moi, si puissant hier, il ne me reste pas un soldat pour me défendre. Mais quand un roi renverse ce qu'il a adoré, dépouille ce qu'il a paré, sa main meurtrière reprend aussi ce qui ne vient pas de lui, mais de Dieu, la vie ! Ainsi, dans ce jour d'odieuse condamnation, on va m'ôter, à moi, ma couronne de noblesse, mon manteau de cour, et on va m'arracher aussi mon enveloppe mortelle, la parure dont la nature avait revêtu mon âme... Regardez ! ce coucher de soleil est bien beau ; c'est le dernier qui m'éclaire ! ce soir la nuit de la prison, demain la nuit de la tombe.

Une ineffable séduction environnait en ce moment la beauté du jeune homme ; tout frissonnait autour de lui ; le roi le regardait fixement et avait le sein oppressé de larmes.

Le comte de Baradas fit un geste de commandement.

— Partons, messieurs, je suis prêt, dit-il en descendant le seuil de la cabane.

C'était encore le fier seigneur qui commandait son arrestation. On tremblait de lui obéir... on regardait le roi... mais Louis avait l'œil hagard, insensé ; on le voyait chanceler et s'appuyer au tronc de l'arbre pour se soutenir.

En ce moment, une voix cria du fond de l'allée :

— Courrier de Paris !

Et une estafette sautant à bas de son cheval, dès qu'elle fut en vue du roi, vint remettre des dépêches à Sa Majesté.

Presque en même temps que le courrier de Paris, un jeune homme, dont le cheval était couvert de sueur, arriva bride abattue par la même route, et se déroba parmi la foule, dans laquelle ses regards semblaient chercher quelqu'un avec anxiété.

Les papiers qu'on remit au roi portaient le sceau du parlement ; Louis, plus tremblant encore, n'eut pas la force de les ouvrir.

Le malheureux prince payait bien cher le mouvement de vengeance qui l'avait entraîné. Se trouvant séparé de la chasse, et seul un moment dans la forêt de Liesse, il avait aperçu avec un vif étonnement et une émotion extrême le favori disgracié caché dans cette retraite, et près de lui la comtesse Hélène ; il avait entendu leur entretien. Au retour de la chasse, il avait voulu passer devant la maison du garde-chasse, et s'en était approché seul pour jouir amèrement des angoisses que sa vue causerait aux fugitifs. Mais il avait été loin de prévoir la terrible issue de cette surprise.

Le message du parlement le pénétrait encore d'une sinistre impression ; il éloignait de lui ces papiers en détournant la tête, et était près de les laisser tomber.

Un des gentilshommes qui se trouvaient près de lui eut l'air de croire que le roi les lui tendait par ce mouvement, et, satisfaisant l'ardente curiosité qui se montrait de toute part, ouvrit les dépêches et en donna lecture.

C'était l'arrêt de mort du comte de Baradas :

« ..... Les chambres déléguées, considérant que par la loi

u code de Louis IX, celui qui touche à la personne du prince « des ministres est regardé comme criminel de lèse-majesté, concluent à ce que Henri-Arthur Baradas, convaincu de ce crime, soit dégradé de noblesse et ait la tête tranchée... »

A l'affreux arrêt qu'il entendit, les traits du roi se décomposèrent, ses yeux s'éteignirent, il se pencha flétri et mourant comme un arbre déraciné... On l'emporta à la hâte dans sa voiture, qui partit de toute la vitesse des chevaux. Le malheureux prince savait trop, par les tristes exemples qu'il en avait déjà eu, que ses attachements de cœur, assez puissants pour le faire cruellement souffrir, étaient trop faibles pour sauver ceux que Richelieu avait voués à l'échafaud.

Le comte de Baradas ne changea pas de visage. Pour prix de sa vie qu'il avait livrée, il demanda un quart d'heure de liberté; il voulait le consacrer à rendre grâces à Hélène d'un jour d'espérance et de bonheur que l'amour lui avait donné. On feignit de ne pas entendre sa demande; il fut jeté dans une voiture entourée de gardes, qui s'éloigna rapidement.

En une minute, la place où s'était passé ce que nous venons de rapporter, balayée de toute la foule, resta entièrement abandonnée.

Au moment où le comte de Baradas sortait de sa retraite et se livrait, Hélène s'était jetée aux genoux du roi; mais, n'ayant d'autre voix que ses pleurs, elle n'avait pu se faire entendre; Louis ne l'avait point aperçue.

Elle était restée prosternée à la même place, au pied du cerisier, la tête appuyée sur le bord de la fontaine; et, au moment où l'arrêt de mort avait été prononcé, un profond évanouissement était venu la saisir dans cette attitude où elle était demeurée. Sa taille affaissée et flexible se repliait sur les marches de la fontaine; sa tête posait renversée sur la pierre froide; des larmes étaient arrêtées sur ses joues; ses mains se joignaient encore dans le mouvement de la prière.

Le jeune homme, qui était arrivé au galop de son cheval derrière le courrier de Paris, la soutenait dans ses bras, et s'efforçait à la ranimer. C'était Karl-Jules. A genoux, la tête penchée sur celle d'Hélène, pâle et glacé comme elle, il fit longtemps de vains efforts pour la rappeler à la vie. Enfin, dans l'inspiration de son cœur, il dit tout bas:

— Espérez, Hélène... vous le savez, j'ai rêvé une nuit que je sauvais le comte de Baradas.

Elle entendit ces mots, et rouvrit les yeux.

XXII

L'ANNEAU ROYAL.

La basilique de Saint-Denis, que nous avons vue le huitième de mai au milieu d'une pompe radieuse et souriante pour la consécration de son autel, était, l'un des derniers jours de ce même mois, revêtue d'une parure lugubre qui répandait son deuil jusqu'au fond de l'âme.

On avait voilé de rideaux noirs les rosaces des croisées, pour ôter leur gracieuse lumière et faire la nuit en plein jour: les cintres et pilastres étaient tendus de noir; la lampe qui brûle perpétuellement dans le chœur était voilée d'un crêpe. L'étendue n'avait d'autre lumière que les torches de cire jaune que des moines immobiles tenaient aux quatre coins du chœur.

Les nombreux ornements du maître autel se couvraient aussi de voiles funèbres; au pied était un cercueil vide, et, devant, des fauteuils armoriés rangés en demi-cercle. Au fond du chevet, des moines cachés dans l'ombre chantaient les vigiles des morts, à l'autre extrémité, l'orgue y répondait par une harmonie sourde et plaintive.

Dans la chapelle de la Trinité, où le roi se plaçait lors des jours de cérémonie, son prie-Dieu, ses coussins, ses livres d'heures étaient préparés.

Malgré cet imposant appareil, le temple demeurait dans la solitude; les portes fermées de tous côtés étaient gardées en dehors par un cercle de hallebardiers, et, devant, un cercueil vide. On eût dit que dans toute l'enceinte il n'y avait pas un être vivant: car les chantres, cachés dans l'ombre du chœur, n'étaient qu'une voix mystérieuse, et les moines qui portaient les flambeaux, avec leurs vêtements bruns, leurs capuces baissées, leur complète immobilité, semblaient des candélabres de bronze. Il n'y avait rien là qu'un soupir de mort dans la solitude.

Midi sonna.

Le grand portail s'ouvrit en tournant sans bruit sur ses gonds. Une procession lugubre entra; c'était une double file de bénédictins ayant chacun un homme d'armes à leur côté. Ils s'arrêtèrent au commencement de l'enceinte et élargirent leurs rangs. Alors parut un homme d'une haute stature, vêtu d'un sac de toile grise, ayant la tête et les pieds nus, une corde à nœud coulant passée au cou, un chapelet et un cierge entre les mains.

Son grand front chauve et son visage creusé se confondaient dans la même teinte jaunâtre, encadrés du noir d'ébène de sa barbe et de ses cheveux crépus: c'était une de ces têtes de saints que Murillo peignait dans les inspirations d'une religion sombre et cruelle; ses traits en avaient l'exaltation souffrante; dans ses yeux noirs, largement ouverts, scintillait une lueur blanche; son regard perdu montrait qu'il n'apercevait rien de ce qui l'entourait, mais seulement les visions que son âme évoquait à l'approche de la mort.

C'était Fergus qui, la veille du supplice, était obligé de venir faire amende honorable chez les moines bénédictins, dont lui, criminel frappé par la loi, avait osé prendre le nom et la robe pour cacher son existence maudite: on avait retardé son exécution d'un jour pour cette cérémonie.

Ses deux coupables agents avaient déjà subi leur peine; on voyait leurs corps suspendus à des potences sur la place publique que la procession venait de traverser en entrant dans l'église.

Les religieux chantaient les psaumes de la pénitence. Au dernier verset, Fergus se prosterna le front sur la dalle et se frappa la poitrine, en demandant trois fois pardon. Puis la procession fit quelques pas en avant et s'arrêta pour le même acte de contrition: elle avança ainsi jusqu'au haut de la nef. Là, Fergus, après avoir reçu l'ablution d'eau bénite, se releva pour la dernière fois.

A la droite de l'entrée du chœur, où le criminel se trouvait alors, était la chapelle de la Vierge-Marie; Fergus tourna les yeux vers cet autel avec extase. Nous avons vu que sa piété, toute d'amour pour la reine céleste, était toujours demeurée vivante au milieu des troubles de son âme, comme une étoile dans la nuit. En ce moment, il demanda au sous-prieur qui avait présidé la triste cérémonie la grâce de prier un instant avant sa mort à l'autel de Marie. Le père bénédictin savait que cette demande était inspirée par une ferveur sincère, dont il avait pu juger pendant le séjour de Fergus au couvent, sous le nom de frère Saint-François; l'ayant de plus assisté en qualité de confesseur depuis son arrestation, il avait été touché du repentir du condamné, et en ce moment crut devoir satisfaire à son dernier désir.

Le père supérieur fit donc retirer les membres de la procession, disant qu'il se chargerait de veiller sur le prisonnier, dont la garde était d'ailleurs assurée par les troupes qui entouraient l'église. Ils demeurèrent tous deux, confesseur et pénitent, dans la chapelle de la Vierge, presque entièrement obscure: Fergus, agenouillé sous le regard de la sainte consolatrice des affligés; le sous-prieur, assis près de lui, lisant tout bas les prières des mourants.

Quand la file des moines qui avait accompagné Fergus se fut retirée, l'église retomba quelques instants dans sa solitude, où les psalmodies lugubres continuaient seules à se faire entendre, où les cierges mortuaires brûlaient toujours aux mains des moines immobiles.

Puis le portail s'ouvrit de nouveau et donna passage à un cortège qui entra lentement.

Car ce n'était point pour l'amende honorable de Fergus, criminel obscur, que cette pompe funèbre avait été déployée. Il allait se passer dans le temple une cérémonie plus importante et d'une impression bien plus douloureuse.

Le comte de Baradas, à la première station des gardes qui le conduisaient à Paris, avait été enfermé à l'abbaye de Saint-Denis, qui avait des prisons pour les criminels d'État. Il allait subir la dégradation de noblesse et de chevalerie avant l'échafaud: l'arrêt du parlement le voulait ainsi; comme cette cérémonie, ainsi que la réception des chevaliers aux ordres royaux, avait lieu dans les églises, on décida qu'il y serait procédé en celle de Saint-Denis, pour abréger le temps et hâter le supplice.

Le grand écuyer entrait en ce moment accompagné des membres de premier grade qui devaient accomplir l'ordre de déchéance.

La faible lueur d'un jaune sombre que répandaient les cierges dans cette enceinte tendue de noir jetait un jour fantastique sur ce groupe lugubre; le silence était si grand que le bruit des pas lents et graves résonnait comme un frémissement répandu dans l'enceinte.

Baradas était splendidement vêtu de ce costume blanc, rehaussé de pourpre et d'or, que nous lui avons vu à son arrivée triomphale à Saint-Denis, lorsqu'à son magnifique aspect la population émue criait:«Vive le roi!» Ce vêtement de fête, par une espèce de fatalité, se trouvait aussi composé de couleurs blanches et rouges qu'on faisait porter aux martyrs dans l'ancien monde.

Lorsqu'en montant la nef, Baradas passa à peu de distance de Fergus, celui-ci releva la tête en tressaillant; son regard sembla répéter les paroles qu'il avait dites au comte dans ses funestes adieux : « C'est maintenant une question de quelques heures, pour savoir qui de nous deux montera sur l'échafaud le premier. »

La joie de la vengeance fit légèrement frémir son sein... Ce fut sa dernière sensation de ce monde; il retomba aussitôt absorbé dans sa fervente prière.

Le comte de Baradas s'avança jusque devant le maître autel, où ses pas s'arrêtèrent au cercueil préparé pour lui; les membres de l'assemblée se rangèrent dans le chœur.

Les portes étaient refermées et nul étranger ne pouvait pénétrer en ce moment dans le sanctuaire; peu de personnes s'y trouvaient après celles que nous avons indiquées; et, très-éloignées du groupe principal, elles étaient perdues dans l'ombre.

Voici quelle était la disposition de l'église en ce moment : Dans le chœur, le comte de Baradas était à genoux sur le coussin de velours noir placé devant le cercueil et au pied du maître autel : à côté de lui se tenait le duc de Ventadour, commandeur de l'ordre du Saint-Esprit et remplaçant le grand maître; en face, les six chevaliers des ordres royaux commençaient les formalités de la déchéance.

Dans la chapelle de la Sainte-Trinité était retiré Louis XIII, qui n'avait pas eu la force de présider la cérémonie. Ce prince, courbé sous la languissante vieillesse de ses vingt-cinq ans, se tenait agenouillé en pleurant. Dans cette chapelle était, comme nous l'avons dit, l'effigie d'Henri IV, en habit royal, la couronne en tête et le sceptre en sa main droite; à un pilier voisin étaient suspendus l'épée, la cotte d'armes, les éperons, la bannière du grand roi; une lampe posée sur l'autel jetait toute sa lumière sur cette seule et grande figure. Peu à peu, Louis se prenait à considérer plus attentivement les traits de son père, qui lui semblaient s'animer dans une clarté pâle et vacillante; et la pitié filiale se fondant dans son âme avec la religion, il adressait ses prières en même temps à son père et à Dieu.

De l'autre côté, et dans le haut de la nef, demeuraient le condamné Fergus et le sous-prieur, tous deux plongés dans le recueillement des heures d'agonie.

Près du portail ferme, dans l'ombre projetée par l'immense tribune de l'orgue, étaient deux hommes encore qui se promenaient lentement et en dissimulant le bruit de leurs pas. C'était Karl-Jules, qui pouvait pénétrer dans l'église à toute heure, et le frère Arsène, qui allait se retirer, lorsque l'artiste le retint par ces mots :

— Restez encore, mon frère, je vous en supplie.

— Pour être témoin d'une sévérité cruelle, exercée par des hommes qui, Dieu le sait, n'ont pas le droit d'être sévères ?

— La Providence veille peut-être ici.

— L'humble mère du pauvre s'éloigne des grands qui l'oublient, elle ne descendra pas dans cette assemblée.

— Il faudra du moins qu'il s'y trouve bientôt le plus juste et le plus pur des hommes; c'est pourquoi je supplie l'ange du *monastère* d'y demeurer.

La cérémonie avait commencé son cours, les chevaliers y apportaient la plus triste majesté. Et comme en ce moment les religieux qui continuaient leurs chants funèbres, les moines qui portaient les torches, semblaient faire partie inhérente de l'édifice, et que les autres personnes étaient dérobées dans les parties les plus reculées de l'enceinte, les membres des ordres royaux, placés dans le chœur sous la clarté des flambeaux, semblaient être seuls accomplissant leur douloureux devoir.

Le comte de Baradas portait encore les insignes de l'ordre du Saint-Esprit : le grand manteau noir et orange, le chapeau avec la croix de l'ordre en diamant, la même croix suspendue à un cordon bleu sur la poitrine, étendit l'autre vers le ciel, le dizain (1) pendu à la ceinture. Les membres de l'ordre délégués avaient le costume de deuil qui se prenait aux funérailles des chevaliers : le grand manteau de drap, le rabat, le linge uni, l'écharpe de crêpe.

Le commandeur, debout devant l'autel, à côté du criminel agenouillé, et en face des chevaliers présents, posa une main sur le livre des Évangiles, étendit l'autre vers le ciel, et répéta à haute voix le serment du grand maître.

Il était dit dans ce serment :

« Je jure de maintenir à jamais l'ordre du Saint-Esprit, sans le laisser déchoir, amoindrir ni diminuer...; et, à cet effet, de

(1) Chapelet à dix grains à l'usage des chevaliers de l'ordre.

faire dégrader et rejeter du sein de l'ordre quiconque n'en serait plus digne... »

Deux chevaliers s'avancèrent pour détacher la croix du condamné; il l'avait déjà arrachée.

— Reprenez, dit-il en la jetant à leurs pieds, reprenez ce signe que vous osez appeler la *croix*, et que vous ôtez au malheureux, à l'heure de la mort.

Puis, dépouillant aussi le manteau, le chaperon, il dit encore :

— Reprenez cette apparence d'honneur, cette vaine surface dont vous vous enveloppez aux yeux du monde, et qui est si souvent trompeuse... Moi, je n'en ai pas besoin : l'honneur est dans mon sein, sur mon front, je peux les montrer nus au peuple devant qui je vais paraître pour la grande et dernière solennité.

Et, en même temps, toutes ces dépouilles tombèrent sur le pavé du temple.

Le commandeur, prenant un encensoir éteint, en répandit les cendres sur ces attributs de la chevalerie, pour les déclarer morts et anéantis.

A cet instant, le roi avait quitté la chapelle de la Trinité, et avançait à pas précipités, mais tremblants, une main appuyée sur son cœur, le regard exalté et perdu.

Le commandeur prononçait sur le front du condamné la formule de la dégradation.

A chacun de ces mots terribles, un des titres, une des dignités du comte de Baradas était anéanti; chaque parole de cet anathème était comme une pelletée de terre retombant sur la fosse où était allé s'abîmer son destin.

— Vous n'êtes plus, disait la loi puissante par la bouche du grand maître, vous n'êtes plus chevalier du Saint-Esprit, vous n'êtes plus noble, plus écuyer, gouverneur, lieutenant du roi, vous n'êtes plus comte de Baradas, vous n'avez plus de nom...

— Oui, il perd tous ses noms, s'écria le roi en se précipitant au pied de l'autel, car je viens lui donner à la place... celui de *mon frère*.

Il prit Baradas entre ses bras et l'attira sur son cœur, en répétant :

— Mon frère!...

Les assistants étaient étonnés de ces paroles au point de croire qu'un prestige surnaturel planait sur le temple. Le jeune comte, quoique moins surpris, semblait pourtant ne comprendre qu'à demi cet événement.

Le roi, dans une agitation que rien ne peut exprimer, froissait un parchemin qu'il avait peine à dérouler entre ses doigts tremblants.

— Lisez, messieurs, dit-il aux chevaliers, lisez cet acte.

Le jour était trop obscur au milieu de cette décoration funèbre pour qu'on pût distinguer les caractères; Louis arracha le crêpe qui couvrait la lampe :

— Plus de voiles mortuaires ici, s'écria-t-il en faisant ce mouvement. C'est le grand jour qui doit luire sur cet écrit.

Tous les regards à la fois dévorèrent les lignes qui y étaient tracées; et à mesure que la lumière de la vérité leur arrivait, les assistants demeuraient frappés de respect.

C'était une déclaration par laquelle Henri le Grand, peu de jours avant sa mort, avait reconnu Henri-Arthur de Baradas pour son fils.

— Tout est oublié, dit-il avec un sourire enchanté; je ne puis plus te punir, je ne dois plus que t'aimer... Bénie soit la nature qui vient m'imposer en devoir ce que mon cœur désirait tant!

Le comte se prosterna devant Louis XIII; plutôt en action de grâces de ces tendres paroles que de la vie qu'il lui rendait.

— Cependant, sire, dit-il en se relevant, cet acte est incomplet et il y manque...

Mais il s'interrompit; il venait de jeter les yeux sur le parchemin, et il y avait vu deux fois répété le sceau royal d'Henri IV. Saisi d'un étonnement si vif, qu'il était une espèce d'effroi, il crut un instant à un miracle et s'écria :

— Au nom du ciel, sire, qui vous a remis cet acte?

— Mon père.

On regarda le prince en silence.

— Oui, poursuivit-il, depuis quelques instants je priais dans la chapelle de la Trinité, accablé de douleur, et pourtant saisi de je ne sais quel enivrement d'âme, de quel délire religieux, où l'espérance brûlait encore au milieu de mes angoisses; je priais le ciel, je priais mon père, dont la statue était devant moi, et je le suppliais de me sauver de la mort que j'allais donner, avec une inspiration folle qui bravait l'impossibilité de ce que j'osais demander. Tout à coup, j'ai aperçu ce papier sur la table de l'autel, où Henri IV semblait tourner ses regards et étendre sa main... Je l'ai lu !... et, continua-t-il en tendant de nouveau les bras au comte de Baradas, il nous a sauvés tous deux.

Cependant, tandis que ceci se passait, Karl-Jules avait attiré le frère Arsène derrière une colonne voisine du chœur et lui montrait la scène qui avait lieu en cet endroit. En même temps l'artiste prit sur son sein un anneau qu'il posa sur un socle de marbre :

— Ceci, dit-il, est le sceau royal d'Henri IV enlevé de son cercueil.

— Dieu puissant ! s'écria le frère avec effroi.

Tous deux, par un mouvement instinctif, joignirent les mains devant ce gage sacré et leur cœur battait vivement.

— Oui, reprit Karl-Jules, le sacrilège ouvrant la tombe avait pris cet anneau à la main de l'illustre mort ! il devait, par un acte de vengeance féroce, servir à la perte d'un homme noble et puissant, du comte de Baradas ; le ciel a permis qu'il amenât son salut. Ce cachet venait de tomber entre mes mains, quand l'arrêt de mort a été prononcé. Je savais que le comte possédait un acte précieux, capable de lui donner une franchise souveraine, s'il avait été accompli, mais auquel il manquait le sceau d'Henri IV, que la mort n'avait pas donné le temps à ce prince d'y apposer. Je me suis fait remettre ce titre par le page dévoué du comte, qui gardait fidèlement la cassette où il était enfermé... Oh ! dites-moi, mon frère, n'ai-je pas été bien audacieux d'achever ainsi la volonté du monarque !... Mais cette volonté du prince vivant, qui était de donner un nom à son enfant, devait être toute-puissante, même au delà de la tombe, quand il s'agissait de lui sauver la vie.

— O mon fils ! dit le religieux en laissant couler une larme, cet anneau sera deux fois béni !

— Maintenant, mon frère, je vous le remets ; car c'est vous seul, homme juste et sans tache, dont les mains sont assez pures pour le reporter dans son auguste sanctuaire.

— Que la volonté de Dieu soit faite !

Karl-Jules, dans une émotion profonde dont il eût en peine à se rendre compte lui-même, regarda une dernière fois cet anneau.

— Précieux trésor de la royauté et de la mort, dit-il, toi qui connais les secrets de la vie la plus haute et le mystère du repos éternel, toi qui as demeuré seize années dans le tombeau et commencé l'avenir immortel, ton sacré caractère t'a préservé de la profanation : tu avais été tiré du cercueil pour une action criminelle, tu n'as accompli qu'une œuvre sainte de salut. Maintenant, rentre dans la nuit consacrée ; tu n'as vu le jour un moment que pour sauver la vie et l'honneur d'un malheureux, tu peux retourner à la main auguste qui t'a porté.

Louis XIII avait hâte de sortir de ce lieu d'expiation, dont l'appareil funèbre déchirait encore son âme.

— Venez, messieurs, dit-il, nous n'avons, Dieu merci, plus rien à faire dans cette église sombre comme un tombeau ; allons revoir le ciel.

— Attendez, sire, dit vivement le comte de Baradas. Nous allons sortir d'ici ; mais le secret qui y a été découvert doit y demeurer enseveli. Ecoutez-moi : il est dit dans cet acte, dressé lorsque j'avais déjà dix ans, que le roi mon père n'avait pas plus tôt reconnu ma naissance, parce que celle qui m'avait donné le jour, et n'existait plus, ayant été la plus vertueuse des femmes, il redoutait d'attacher à sa mémoire le souvenir de la seule faute qu'elle eût commise. Eh bien ! que ce sentiment généreux de mon père soit une loi pour nous ; que le nom dont il a voulu respecter la pureté soit préservé d'une révélation qui, en m'élevant, moi, abaisserait le souvenir de ma mère. Que je ne sois jamais, aux yeux du monde, que le simple comte de Baradas, gracié par la clémence de Louis XIII.

— Peux-tu sacrifier, dit son frère, ton rang de prince, l'éclat qui l'environne ?

— Je le pourrais pour obéir au devoir, dût-il m'en coûter davantage. Mais, maintenant, les gloires de cour sont désenchantées pour moi. Donnez-moi un commandement d'armée, sire, cet honneur sera mieux à ma taille. Dans nos temps barbares encore, ce n'est que dans les combats que la supériorité a de la place pour se déployer ; lorsque la guerre gouverne encore le monde, le plus beau titre est de conduire et gouverner la guerre. Et pour moi, j'en jure sur mon âme, je ne désire plus que cette couronne militaire, à laquelle on peut mettre pour fleuron l'amour et la liberté.

Les regards des assistants peignaient un assentiment profond à tout ce que Baradas venait de dire ; le roi fut obligé de céder.

— Au moins, dit-il au comte, dans le secret de nos âmes, tu seras toujours mon frère : j'aurai maintenant un nom à donner à l'entraînement si tendre que j'éprouvais pour toi... Et toi, ajouta-t-il avec une touchante mélancolie, tu seras maintenant forcé de m'aimer.

Comme le prince et les chevaliers descendaient la nef, ils croisaient la file des moines et des hallebardiers qui venaient reprendre Fergus pour le conduire à la prison, où il n'avait plus que quelques heures à passer avant le supplice.

Au bruit des lances qui résonnaient sur le pavé, le sous-prieur ferma son livre et toucha le bras du condamné qui priait à genoux, le front prosterné sur les marches de l'autel, pour le faire sortir de sa longue méditation et l'inviter à se lever.

Mais aussitôt le père bénédictin tressaillit, porta vivement la main sur le cœur de Fergus et jeta un cri de saisissement.

Les gardes et les moines avancèrent plus rapidement pour saisir le condamné.

— Arrêtez, dit le père supérieur, en empêchant leurs mains de toucher à la victime, tout est fini !

Fergus était mort.

La divinité qu'il avait toujours adorée, soit qu'elle existât comme il la voyait, sous la triple apparence de la Vierge, de la lune et de la femme de ses premières amours, soit qu'elle ne fût qu'un esprit pur, indéfinissable à la pensée humaine, l'avait enfin pris en pitié. Après avoir détourné les yeux de lui au temps de ses égarements, elle venait de l'abriter de sa douce puissance à l'heure du repentir. Il était mort à ses pieds.

XXIII

CONCLUSION.

Peu de temps après ces derniers événements, et le jour où Louis XIII allait quitter l'abbaye de Saint-Denis, on célébrait à la basilique le mariage du comte de Baradas, nommé commandant en chef de l'armée d'Espagne, et de la jeune comtesse de Guéménée, revêtue de nouveaux titres par la munificence du roi. Une fois encore, le temple était ouvert à toutes les pompes de ce règne, pour se refermer ensuite, et attendre les fêtes d'un autre siècle dans sa grandeur éternelle.

La population de cette petite ville, comme nous l'avons déjà vu un mois auparavant, se portait en ce moment-là vers le parvis de l'église, pour jouir du passage du cortége royal : deux personnes seulement, allant en sens inverse de cette foule, s'éloignaient par les portes différentes de l'enceinte de l'abbaye et descendaient dans la campagne.

C'était Karl-Jules et Berthe, qui, par des chemins déserts à cette heure, se dérobaient aux bruits que faisait éclater de toute part la fête nuptiale.

Le statuaire suivait un sentier tracé au bord des blés verts ; il allait en chantant la ronde villageoise qu'il avait apprise de Berthe pour rafraîchir et rasséréner ses pensées. La matinée, couverte d'une brume transparente et rosée, était douce mais voilée : ainsi se trouvait l'âme de Karl-Jules.

Il entendait derrière lui les sons allègres des cloches et même la musique éloignée de l'orgue qui présidaient au noble mariage célébré en ce moment. Cette voix, répandue dans l'air, lui rappelait qu'il en était fini avec toutes les espérances du passé, et celles du présent étaient encore incertaines. Il avait tout disposé dans son esprit pour unir sa destinée à celle de Berthe ; mais ce vœu, ce serment généreux avait été adressé à la pauvre folle ; il ne savait si Berthe revenue à la raison l'avait entendu. Depuis quelques jours, il l'avait revue dans les chapelles, dans le jardin du sacristain, mais sans oser troubler par des paroles trop explicites le calme renaissant de son esprit. Il avait donc, dans ses rêves d'amour, ouvert pour lui et pour elle le plus délicieux élysée, sans savoir si elle voudrait venir l'habiter ; il avait préparé leur avenir, leur fortune, leur bonheur, sans savoir si cet anneau d'alliance irait à la main de la jeune fille... Et cependant, à présent, il sentait que toute la joie de sa vie en dépendait.

En même temps, Berthe venait rêveuse aussi par un chemin bordé de baies vives, où la fauvette, en train de chanter son air du matin, la suivait en sautant sur les touffes d'églantines.

Les deux sentiers qu'ils parcouraient se rejoignirent à la route de Paris, et Berthe et Karl-Jules se rencontrèrent à la célèbre croix penchée qui se trouvait au bord de ce chemin.

Leur bonjour habituel était un regard et un sourire ; après l'avoir échangé, ils s'assirent ensemble au pied de la croix qui s'inclinait sur leurs têtes, et sur un petit tertre de mousse où ils étaient à demi enfoncés dans les joncs et les hautes herbes.

Pour se reposer tous deux de la fatigue de la marche, Karl-Jules se pencha vers la jeune fille, appuya ses deux mains jointes sur ses genoux, et elle posa sa tête sur l'épaule de Karl-Jules.

Le statuaire était accoutumé à voir les sentiments et les pensées se traduire par la pose du corps et ses mouvements.

— Savez-vous, ma chère Berthe, dit-il, que la position où nous voici tous deux est tout à fait l'expression de notre destinée : tous deux fatigués, meurtris, brisés de notre élévation insensée dans de trop hautes régions, où nous étions allés nous rompre les ailes, nous nous sommes rencontrés en retombant sur la terre pour nous soutenir et nous appuyer l'un sur l'autre.

— J'ai souvent pensé à cela depuis quelques jours, dit-elle, et j'y pensais en ce moment.

— Aussi, pour moi, reprit Karl-Jules, je ne désire plus, Dieu m'en est témoin, qu'une douce existence à l'ombre.

— Vous avez raison : c'est à l'ombre que croît le baume qui guérit les blessures.

— Mais pour que la guérison redevienne la vie, et la consolation le bonheur, il faut qu'elles vous soient aussi chères qu'à moi.

— En doutez-vous ?

— Oui, car cette transformation bienheureuse, l'amour seul peut l'amener, et je ne sais...

En ce moment, des sons de fanfare se firent entendre, et presque en même temps des troupes défilèrent ; l'éclat de vingt équipages dorés, étincelants, passa sur la route, emportant le roi et la cour vers Paris. Un carrosse venait derrière les autres, plus souple, plus lent, et se balançant avec mollesse : il exprimait le bonheur qui se replie sur lui-même, et n'aspire pas au but du voyage. C'était la voiture qui emmenait le comte de Baradas et sa belle épouse.

Lorsque Berthe leva les yeux sur ce carrosse, sa respiration s'arrêta et tout son être tressaillit. Karl-Jules était assez près d'elle pour sentir ce mouvement ; il porta toute son attention sur la jeune fille. Le regard de Berthe se troubla ; il se répandit sur son visage une de ces pâleurs subites qu'on y voyait passer autrefois... Mais soudain, elle se retourna vers Karl-Jules, lui jeta un regard céleste, ses traits exprimèrent le triomphe et la sécurité ; elle reprit la douce attitude où elle inclinait sa tête sur l'épaule de l'artiste, et murmura doucement :

— Aimer l'a perdue ; être aimée la sauvera.

Karl-Jules fut soudain frappé d'un trait de lumière par cette impression violente et ces paroles de Berthe.

— Ah ! c'est lui, s'écria-t-il, en étendant la main vers la voiture qui s'éloignait ; c'est lui, n'est-ce pas, qui t'avait abandonnée et perdue ?

— Oui.

— Lui, sur qui je voulais venger ton malheur ! et que j'ai comblé de tous les biens !

En effet, c'était le vieillard, père de Berthe, et Karl-Jules, les deux hommes qui, attachés à la jeune fille par les liens les plus tendres, portaient le plus de haine à l'auteur de ses maux, qui l'avaient sauvé sans le connaître ; comme si la miséricorde de cette douce créature se fût répandue sur ces événements providentiels.

— J'avais juré sa perte, reprit Karl-Jules, le front obscurci de colère et de douleur, et c'est moi, moi qui l'ai sauvé !

— Ils sont bien-aimés de Dieu, répondit Berthe, ceux qui tiennent ainsi leurs serments de vengeance.

— Oh ! Berthe, tant de souffrances versées sur toi ne peuvent être oubliées ni pardonnées !

— Il n'y a plus rien à oublier, à effacer ni à punir, dit-elle en mettant sa main dans celle de Karl-Jules, le passé est anéanti, puisque je t'aime.

www.ingramcontent.com/pod-product-compliance
Lightning Source LLC
Chambersburg PA
CBHW061654180626
46818CB00003B/1100